ullstein

JONAS BRANDT ist im Norden Deutschlands aufgewachsen. Er arbeitet als Lehrer und reist gern, wobei ihn das Schreiben stets begleitet. Immer wieder zieht es ihn an Deutschlands Küsten, wo er seine klugen Kommissare mit Vorliebe ermitteln lässt.

JONAS BRANDT

DIE KÜSTEN-KOMMISSARIN

DER TOTE AM LEUCHTTURM

OSTSEE-KRIMI

Ullstein

Besuchen Sie uns im Internet:
www.ullstein.de

MIX
Papier
FSC FSC® C083411

Originalausgabe im Ullstein Taschenbuch
1. Auflage März 2021
2. Auflage 2021

Umschlaggestaltung: zero-media.net, München
Titelabbildung: ©FinePic®, München (Wasser); padrady photos/
getty images (Dünen);
©Reinhard Schmidt/mato images (Wasser, Möwen, Steg)
Gesetzt aus der Quadraat Pro powered by pepyrus.com
Druck und Bindearbeiten: CPI books GmbH, Leck
ISBN 978-3-548-06429-1

Prolog

Mecklenburger Bucht, August 1977

Der Junge blickte aus dem Fenster. Kleine Dörfer mit reetgedeckten Häusern, Sträucher, die sich in der Meeresbrise bogen. In der Ferne die weißen Schaumkronen der Ostsee. In seiner Brust zog sich etwas zusammen. Er wusste noch nicht, dass es der Abschied war, der sich so anfühlte.

Plötzlich kam das Auto am Straßenrand zum Stehen.

»Alle aussteigen!«, befahl der Volkspolizist und beugte sich herunter, um den Rücksitz besser sehen zu können. »Auch das Kind.«

Lars wartete, bis seine Mutter das Auto verlassen hatte, dann kletterte er aus dem zitronengelben Trabant und griff sofort nach ihrer Hand. Sie fühlte sich anders an als sonst. Nass und kalt.

»Sie haben kein Boot dabei, oder?«, fragte der Polizist.

»Nein«, antwortete sein Vater. Doch das war gelogen. Das schwarz angepinselte Schlauchboot war in den hinteren Autositz eingenäht, auf dem er gerade noch gesessen hatte. Lars wusste, dass sie damit zu dritt über die Ostsee fahren würden. Nächtelang hatte Papa auf Mama eingeredet. Bis sie am Ende nachgegeben hatte. *Na gut, wir kommen mit*, hatte sie gesagt. *Wir*, das waren Lars und seine Mutter.

»Die sehen wir hier in Grenznähe nicht so gern«, sagte der Polizist und steckte seinen Kopf ins Auto, um sich darin umzusehen.

»Ach so.« Papas Stimme klang anders als sonst. Weich und nicht so streng.

»Sie sollten schon etwas besser Bescheid wissen. Ist ja schließlich auch Ihre DDR«, erwiderte der Polizist vorwurfsvoll, nachdem er im Kofferraum nachgesehen hatte. »Trotzdem noch eine gute Fahrt!«

»Ihnen auch einen schönen Tag.«

Rasch schob Lars sich wieder auf die harte Rückbank, die ganz warm von der Sonne war. Dann ließ Papa den Motor an.

»Das hast du toll gemacht«, sagte seine Mutter zu ihm und streichelte ihm zur Belohnung das Haar. Er griff nach ihrer Hand. Sie sollte nicht aufhören.

»Nicht schlecht«, lobte ihn sein Vater in das Knattern des Motors hinein, als sie wieder auf der Landstraße waren.

»Was denn?«, erkundigte sich Lars.

»Die Klappe halten und keine Angst zeigen.« Kurz darauf bremste sein Vater scharf und schaute nervös in alle Richtungen. Dann bog er in einen schmalen Waldweg ein, der direkt von der Landstraße abging. »Hat uns jemand gesehen?«

»Nein«, antwortete Lars. Ganz sicher war er sich aber nicht.

Nach einer kurzen Holperfahrt kamen sie an die Düne. Es roch nach Meer und Sommerferien. Lars hörte das Rauschen der Wellen. Eine Möwe schrie eine Begrüßung zu ihnen herunter. Endlich da!

Seine Eltern brauchten eine Weile, um die Nähte der Rückbank aufzutrennen und das Schlauchboot herauszuholen. Es folgten der Blasebalg, drei Taucheranzüge aus dem Stoff mit dem schwierigen Namen, drei kleine Schwimmringe, zwei Schläuche mit Wasser und ein paar Haferkekse, die Mama selbst gebacken hatte. Sie versteckten alles im hohen Gras der Düne und Papa nähte die Sitze wieder halbwegs zusammen. Dann stiegen sie in den Trabi.

»Den müssen wir woanders abstellen«, sagte sein Vater.

Sie fuhren ein Stück in den Wald hinein. Hinter ihnen staubte der Sandweg. Mama nahm seine Hand und streichelte sie. Dann entdeckte Papa offenbar eine Stelle, an der er das Auto verschwinden lassen konnte. Er legte den Rückwärtsgang ein und fuhr ins Gebüsch hinein, bis es nicht mehr weiterging. Als Lars ausstieg, passte er nicht auf, und eine Brennnessel streifte seine nackten Beine. Es brannte ein bisschen. Aber er biss die Zähne zusammen und sagte nichts, während sie sich gemeinsam auf den Rückweg zur Düne machten.

Als sie ankamen, war es spät geworden. Im roten Licht der tief stehenden Sonne sah Lars seinen Eltern dabei zu, wie sie das Schlauchboot abwechselnd aufpumpten. Ihr Schweigen machte ihm Angst, und er fragte sie, ob er mithelfen solle. Sein Vater erlaubte es ihm nicht, aber er sagte, er könne aufpassen, dass niemand kam und sie entdeckte. Lars fand, dass das eine schwierige Aufgabe war. Wenn die

Polizei kam und er sie nicht früh genug bemerkte, wäre er allein schuld.

Als es dunkel wurde, trugen sie das Boot einen kleinen Pfad über die Düne entlang zum Wasser. Lars packte auch mit an.

»Die Ostsee ist ruhig hier«, sagte sein Vater. »Erst recht im Sommer.«

Lars tauchte die Hand ins dunkle Meer ein und griff in den weichen Sand am Grund. Vielleicht konnte er ein bisschen davon auf die Reise mitnehmen. Plötzlich verspürte er einen brennenden Schmerz. Ruckartig zog er den Arm aus dem Wasser. Ihm wurde schwindelig und heiß zugleich. Aber er riss sich zusammen und schrie nicht, sondern sagte nur leise: »Aua!«

»Was ist denn, Lars?«, fragte ihn seine Mutter.

»Ich glaube, mich hat was gestochen.«

»Eine Feuerqualle?«

»Was spielt er auch da rum?«, schimpfte sein Vater. »Halt sie ins Wasser, wenn wir fahren. Das kühlt. Wir müssen los.«

»Sei tapfer!«, sagte seine Mutter und küsste ihn auf die Stirn.

Nach dem Kuss tat es noch doller weh. Tränen kullerten ihm über die Wangen. Noch einmal biss er die Zähne zusammen. So fest wie noch nie zuvor in seinem Leben.

Schließlich legten sie ab.

»Die ersten drei Seemeilen vor der Küste sind die gefährlichsten«, flüsterte sein Vater. »Von ihren Beobachtungstürmen aus sehen sie fast alles.«

»Was sind das für große Lichter?«, fragte Lars.

»Flakscheinwerfer«, antwortete sein Vater. »Da dürfen wir nicht reinfahren.«

Nach einer Weile ging ein kleiner Mond auf, der sich aber schnell wieder hinter ein paar Wolken verkroch. Es war fast ganz dunkel. Mehrmals überprüfte der Vater den Kompass mit der kleinen Taschenlampe, die Lars an einer Schnur um den Hals trug. Es war wichtig, dass sie erst einmal stramm nach Norden fuhren. Lars versuchte, nicht an seine Hand zu denken, die immer noch wehtat.

»Was ist das, Papa?«, fragte er in die Stille hinein, die keine mehr war, weil sich ein entferntes Brummen in sie gebohrt hatte. Es kam schnell näher. Ein Schiffsmotor. Lars sah die Bordlichter.

»Leise!«, ermahnte ihn sein Vater und gab ihm einen Klaps auf den Hinterkopf. »Das ist ein Streifenschiff. Sie nennen es Bremse. Aber nicht, weil es so langsam ist, sondern weil es brummt wie eine Pferdebremse.«

»Was ist, wenn die Leute auf der Bremse uns sehen?«

»Pst!«, machte der Vater.

Ich kann ja mal ihre Lichter zählen, dachte Lars bei sich. Doch dazu kam er nicht mehr. Die Bremse hatte plötzlich so laut den Motor aufgedreht, dass er vor Schreck fast ins Wasser gefallen wäre. Dann kam sie direkt auf ihr kleines Schlauchboot zugerast. Immer näher und näher! Mit beiden Händen klammerte Lars sich an seiner Mutter fest. Er konnte spüren, dass sie am ganzen Körper zitterte.

»Was machen die denn?«, rief Papa. Dabei hätte er es wissen müssen, dachte Lars. Das mit der blöden Flucht war schließlich seine Idee gewesen. Er hatte Mama dazu überredet. »Die halten ja volle Kanne auf uns zu!«

»Lars! Halt dich an mir fest!«, schrie seine Mutter in das Dröhnen hinein.

»Eure Schwimmringe!«, hörte er den Vater rufen.

»Hilfe! Mama!«

Das Tosen des Motors wurde immer lauter. Es klang für Lars nicht wie eine Bremse, sondern wie Tausende. Ein großer Schwall Wasser klatschte auf das schmale Schlauchboot. Lars verschluckte sich. Im nächsten Moment wurde er unter Wasser gezogen. Die Bremse war einfach über sie drüber gebrettert, schoss es ihm durch den Kopf. Panisch ruderte er mit den Armen, kam an die Oberfläche und spuckte das Meerwasser aus. Das Salz brannte ihm in der Kehle. Er blickte sich um. Das Schlauchboot war verschwunden. Er begann zu weinen. Eine Welle schlug hart in sein Gesicht, und die Ostsee vermischte sich mit seinen Tränen. Wo war Mama? Um ihn herum war es dunkel, nass und kalt. Die Bremse brummte davon und zog eine weiße Schneise in das schwarze Wasser.

»Lars!«, hörte er die Stimme seines Vaters.

»Ja?«

»Wirf mir die Leine zu, die an deinem Schwimmring dran ist!«, rief er. »Und atme ruhig.«

Er strampelte heftig mit den Beinen, während er die lange weiße Schnur suchte. Er wusste, dass sie an dem Rettungsring festgemacht sein musste, weil seine Finger eben noch mit ihr gespielt hatten.

»Mama?«, kreischte er und starrte mit weit aufgerissenen Augen in die Dunkelheit.

Sein Vater stimmte kurz darauf in seine Rufe mit ein. Sie riefen so lange, bis ihnen die Luft ausging. Aber seine Mutter antwortete nicht. Sie hatte doch einen Schwimmring gehabt! Oder war sie noch im Boot gewesen? Wo war das Boot? Konnte ein Schlauchboot untergehen? Und wo war der Kompass?

»Mama muss hier irgendwo sein«, sagte sein Vater.

»In welche Richtung müssen wir jetzt, Papa?«

»Immer nach Norden.«

»Woher weiß Mama, wo Norden ist?«, fragte Lars japsend. Woher wusste Papa, wo Norden war?

»Rede nicht so viel!«, befahl ihm sein Vater. »Spar dir deine Kräfte auf. Du lässt dich einfach treiben. Ich ziehe dich.«

Papa war ein sehr guter Schwimmer. Früher hatte er sogar Wettkämpfe gewonnen. Lars streckte Arme und Beine von seinem Körper weg. *Treiben lassen*, dachte er und schloss die Augen.

Er wachte erst wieder auf, als er seinen Vater rufen hörte. »Hilfe! Hier!«

Es war immer noch Nacht, und sie schwammen immer noch im Wasser. Die Kälte war ihm die Beine hochgekrochen. Träumte er? Wo war Mama? Angst schnürte ihm die Kehle zu. Er konnte sich nicht erinnern, wann er sie zum letzten Mal gesehen hatte. Hatten sie sich nicht bald wiedertreffen wollen? Hatten sie das nicht so abgemacht?

Seitlich von ihnen erblickte er eine riesige Wand mit vielen Lichtern. Das musste ein Dampfer sein.

Wieder schrie sein Vater: »Hilfe! Hierher!«

Lars wollte auch schreien, aber er brachte keinen Ton heraus. Im Wasser hämmerten die Schiffsschrauben und oben in den hell erleuchteten Fenstern bewegten sich Menschen wie kleine Käfer. Sahen die Leute sie etwa nicht? Hörten sie nichts?

Dann fielen ihm die Augen wieder zu.

Als er das nächste Mal aufwachte, war die Wand mit den Lichtern nicht mehr da. Er bewegte seine Füße und merkte, dass sie taub geworden waren.

»Sieh mal!«, rief Papa. »Da ist der Leuchtturm von Dahmeshöved.«

Lars wusste nicht, was das bedeutete. Aber sein Vater lachte.

»Nun schau doch! Das Licht der Freiheit!«, rief er noch einmal, und Lars drehte den Kopf zur Seite. Er erkannte ein winziges Leuchten, das gleich wieder verschwand. Dann war es wieder da. Dann wieder weg.

»Wie lange noch?«, fragte er.

»Halt durch! Ist nicht mehr weit«, erwiderte der Vater prustend.

Plötzlich bemerkte Lars das Brummen. Es kam schnell näher. Stumm sah er seinen Vater an.

»Eine Motorjacht«, rief der. »Das sind Dänen! Lars, wir haben es geschafft! Sie haben uns gesehen! Hilfe! Hierher! Hier sind wir!«

Lars erkannte an den Lichtern, dass es keine Dänen waren. Es war die Bremse. Sie kam immer näher und blendete ihn. Er schloss die Augen. Die Tränen drückten von innen gegen seine geschlossenen Augenlider. Wo war Mama? Sein Körper fühlte sich kalt und taub an. Die Hand tat immer noch weh. Das Brummen der Bremse war jetzt überall. Unter ihm, über ihm, vor ihm. Sein Vater schrie, aber Lars verstand kein Wort.

Dann wurde alles schwarz.

1. Kapitel

Dahmeshöved, März 2019

Als der Professor die Plane beiseiteschob, schleuderte ihm ein Windstoß zur Begrüßung eine Handvoll Nieselregen in den zerzausten Bart. Mit schläfrigen Augen blinzelte er zum Leuchtturm hoch. Wie eine riesige Schachfigur erhob sich das *Licht der Freiheit* in ein graues Wolkengebirge hinein. Warum hatten sie dem Turm nur sein rot-weißes Kleid ausgezogen? Diese nackten Klinkersteine sahen auch nach so vielen Jahren immer noch beschämend aus. Das konnte selbst die putzige rote Pudelmütze nicht wettmachen.

Als der Blick des alten Mannes vom Leuchtfeuer zur Straße wanderte, schnalzte er mit der Zunge. Die Verheerungen des nächtlichen Sturms konnten sich sehen lassen. Die Äste, die der Wind den Bäumen ausgerissen hatte, lagen wie Leichenteile nach einem Attentat kreuz und quer auf der schmalen Leuchtturmstraße verstreut. Ansonsten ließ sich kein größerer Schaden erkennen. Hauptsache, die Planen seines mietfreien Souterrains hatten gehalten! Der Professor hatte sie neben dem halbfertigen Rohbau zwischen zwei Sanddornsträuchern aufgespannt. Die Baustelle, in der er sich eingenistet hatte, gehörte Knut Petersen, der hier ein

Spa hinpflanzen wollte. Gegenüber vom Leuchtturm und direkt neben der Eltern-Kind-Klinik.

Bis auf das Leuchtfeuer selbst hatte der Petersen hier fast alles aufgekauft: beide Nebengebäude, den kleineren Beobachtungsturm, das dazugehörige Land und die großen Grundstücke südlich und östlich des Turms. Vor einem Jahr hatte eine Hamburger Baufirma damit begonnen, das Fundament für das Hotel zu setzen und die Grundmauern hochzuziehen. Kurz darauf war die ganze Sache dann ins Stocken geraten, und niemand wusste, warum. Auch nicht die rumänischen Bauarbeiter, die ab und an vorbeikamen und dem Professor ein Mittagessen hinstellten. Gute Leute, die ihm wohlgesonnen waren und nicht gleich die Nasen rümpften, wenn er sich ihnen näherte.

Die Petersen-Brüder, die in der umgebauten Scheune direkt hinter dem Leuchtturm von Dahmeshöved verkehrten, sprangen da schon unsanfter mit ihm um. Ihnen gefiel es nicht, dass ihr Vater einen Penner auf seinem Grund und Boden campieren ließ. Der jüngste Sohn Bjarne kam fast täglich nach Dahmeshöved, um an seiner Jacht zu basteln. Eine alte Uecker Fahrensmann, die mittlerweile ganz passabel aussah, davon hatte der Professor sich bereits überzeugen können. Angeblich wollten Vater und Sohn den Umbau noch in diesem Frühjahr abschließen. Es stand ein großer Segeltörn an.

»Guck mal, wer da kommt!«, ertönte plötzlich eine schrille Stimme von der schmalen Straße her. Sie gehörte Ansgar Petersen, der gelegentlich nach Dahmeshöved kam, um sich bei seinem kleinen Bruder Bjarne mit Barem zu versorgen.

»Moin!«, grüßte ein sinistrer Bariton zurück. Wenn das mal nicht der alte Hansen war, dachte der Professor und streckte seinen Kopf unter der Plane hervor. Vorn, an der Straße, erspähte er das lange Elend Ansgar und Opa Hansen mit seinem Enkel Hendrik. Wurde ja ein richtiger Menschenauflauf. Und das bei dem Schietwetter!

»Wie geht es Hendrik?«, erkundigte sich Ansgar mit von Spott triefender Stimme. »Trägt er immer noch Windeln?«

Von seinem Unterschlupf aus sah der Professor, dass der Alte grußlos in einiger Entfernung stehen geblieben war und auf den Jungen starrte, der am Wegrand saß und unverständliche Laute von sich gab. Der Professor wusste, dass der Hendrik schon zwölf Lenze zählte, aber im Kopf gut zehn hinterherhinkte.

»Kümmere dich um deinen eigenen Kram!«, fuhr Hansen Ansgar an. Passend dazu brachte eine Böe sein weißes Haar in Abwehrstellung, während Hansens Gesicht so aussah, als wollte es der Steilküste von Heiligenhafen Konkurrenz machen.

»Guck ihn dir doch mal an!«, spottete Ansgar weiter und verschränkte die dünnen Arme vor der Brust. »Er frisst Gras.«

Hendrik hatte plötzlich damit begonnen, büschelweise Gras auszureißen und es sich in den Mund zu stopfen. Nur mit Mühe konnte Opa Hansen die Hände des Jungen aufbiegen und sie von dem Grünzeug befreien. »Lass das, Hendrik!«

»Wir haben hinter dem Haus noch eine Wiese«, rief Ansgar zu ihm hinüber und grinste.

Doch Hansen achtete nicht auf ihn, sondern zog seinen widerspenstigen Enkel vom Boden hoch und machte, dass er weiterkam.

Während sie in der Kurve verschwanden, trottete Ansgar gemächlich in Richtung Scheune. »Bjarne, du alter Sack! Komm gefälligst raus!«, rief er nach seinem Bruder. Dann schlüpfte er durch die Hecke am Ende des Grundstücks, überquerte den schmalen Weg und verschwand in der grün verkleideten Werkstatt.

Kurz darauf ertönte ein markerschütternder Schrei.

»Was ist denn nun los?«, flüsterte der Professor, der seine Behausung mittlerweile verlassen hatte und erstaunt dabei zusah, wie Ansgar mit blassem Gesicht aus der Werkstatt gestürmt kam und wie ein leckgeschlagener Einmaster bei heftigem Seegang über die Leuchtturmstraße schaukelte. Ansgars Blick wanderte nervös umher und landete schließlich auf seinen eigenen Händen, die mit roter Farbe beschmiert waren. Fahrig wischte er sich die Finger an seiner Hose ab, klaubte sein Telefon aus der Tasche und wählte eine Nummer.

»Ole! Hier ist was passiert! Du musst unbedingt kommen!«, brüllte er in sein Handy und begann plötzlich, in Richtung Dahme zu laufen.

Jetzt erkannte der Professor auch, dass das Rote an seinen Händen keine Farbe war. Sondern Blut.

2. Kapitel

Oberkommissarin Frida Beck saß im Büro der Mordkommission Lübeck und starrte auf ein ballistisches Gutachten, das mehrere Monate in der untersten Schublade ihres Schreibtischs gelegen hatte. Der Text verschwamm vor ihren Augen, und nur vereinzelt drangen die Wörter wie Projektile über die Netzhaut in ihr Gehirn: *Makarow, Schussbahn, Schädelknochen*. Sie schaffte es nicht, auch nur einen vollständigen Satz aus dem Bericht zu behalten. Es tat zu weh.

Jemand im Büro rief ihren Namen. Frida schob das Papier unter einen Stapel Akten und hob den Kopf. »Hi, Deniz!«

»Lasse und ich gehen was essen. Kommst du mit?«, fragte der mittelgroße, dunkelhaarige Mann und fuhr sich mit der Hand über den locker sitzenden Bauch. Deniz war einer ihrer Lieblingskollegen in der KI und Lasse war ein Studienfreund von ihm, der erst vor Kurzem nach Lübeck gekommen war. Warum glänzten Deniz' braune Augen bloß schon wieder so verdächtig? Seit einiger Zeit hatte Frida den Eindruck, dass er sie mit seinem Studienfreund Lasse verbandeln wollte. »Nein, danke. Habe keinen Appetit.«

»Na gut. Dann bis später!«

Sie schätzte Kommissar Deniz Yilmaz aus vielen Gründen. Er besaß eine gute kriminalistische Intuition, glänzte regelmäßig mit ausgefallenen Ermittlungsideen und war humorvoll, wenn er auch mit seinen Witzchen manchmal danebenlag. Dass er den Cupido für sie spielen wollte, nahm sie ihm nicht weiter übel. War sowieso ein hoffnungsloses Unterfangen.

»Frau Beck?«, ertönte die tiefe Stimme eines Mannes.

Diesmal war es der Erste Hauptkommissar Björnsen, ihr direkter Vorgesetzter in der Mordkommission. Ein bulliger Typ mit rasiertem Schädel, der perfekt in jede US-amerikanische Detektivserie gepasst hätte und dessen Aussehen die bösen Jungs zuverlässig einschüchterte. Bei den Kollegen war er allseits beliebt, und auch Frida fand, dass sie es gut mit ihm getroffen hatte. Er war der einzige Kollege, der sich gelegentliche Machosprüche bei ihr erlauben durfte. Und das hatte was zu heißen.

»Was gibt es?«

»Staatsanwalt Thies hat mich eben angerufen«, erwiderte Björnsen, dessen Mundwinkel sich verdächtig weit nach unten neigten und Frida das Schlimmste befürchten ließen. »Mordermittlungen in Dahme.«

»Und wieso dann so ein Gesicht?«

»Der Fall wird Sie nicht vom Hocker reißen«, entgegnete Björnsen zögerlich. »Sieht mehr nach Unfall aus.«

»Aber das ist nicht alles, oder?«, bohrte Frida nach. Der Vorteil eines glatt rasierten Gesichts war, dass man es gut lesen konnte. Und das zuckende Kinn ihres Vorgesetzten ließ sie misstrauisch werden.

Der Hauptkommissar seufzte. »Das Opfer ist ein Junge, der von seinem Boot zu Tode gedrückt wurde.«

Frida sah sich um. Sämtliche Kollegen waren ausgeflogen. Eine kopflose Leiche aus dem Kanal hielt derzeit große Teile der Mordkommission auf Trab. Blieben nur Deniz, der mit Lasse beim Italiener um die Ecke saß, und sie. Björnsen hatte eigentlich keine Wahl. »Und nun?«

»Das Kind soll wirklich entsetzlich aussehen«, erklärte ihr Vorgesetzter weiter.

»Verstehe«, antwortete Frida. Obwohl Björnsen es nicht ausgesprochen hatte, war ihr klar, dass er sie schonen wollte. In der Mordkommission wurde niemand gezwungen, einen Fall zu übernehmen. »Ich weiß es sehr zu schätzen, dass Sie so rücksichtsvoll sind, aber ich würde gern einfach meinen Job machen. Wie alt war der Junge denn?«

»Siebzehn.«

»Also eher ein junger Mann. Kommen Sie! Ich packe das. Erklären Sie mir lieber, warum es Mord sein soll. Ein schrecklicher Anblick allein macht ja noch kein Verbrechen.«

»Stimmt schon«, antwortete Björnsen nachdenklich. »Aber die Kollegen vor Ort sehen das etwas anders.«

Frida wurde erneut stutzig. »In Dahme, sagten Sie? Fällt also in die Zuständigkeit von Oldenburg. Und wenn die Verschwendung personeller Ressourcen nicht so traurig wäre, müsste ich jetzt lachen.«

Allein im letzten Monat hatte der Leiter der Außendienststelle Oldenburg in Holstein die Staatsanwaltschaft Lübeck zweimal dazu gebracht, Mordermittlungen einzuleiten. Im ersten Fall war eine Neunzigjährige in Neukirchen ohne äußere Einwirkung gestürzt und eine Woche darauf im Krankenhaus verstorben. Beim zweiten Fall war ein Fleischerlehrling mit zweieinhalb Promille vom Boot gefallen. Beide Male hatte die rechtsmedizinische Untersuchung die Ermittlungen abrupt beendet.

»Was wissen wir noch?«, erkundigte sich Frida.

»Der Staatsanwalt hat von einem manipulierten Bootslift gesprochen. Klang ziemlich technisch, wenn Sie mich fragen. Ich habe das LKA in Kenntnis gesetzt. Die schicken uns jemanden, der sich damit auskennt.«

»Bootslift?«, fragte Frida. »Wo gibt es denn in Dahme eine Marina?«

»Die Leiche wurde in einer Hobbywerkstatt in Dahmeshöved gefunden«, erklärte Björnsen. »Vater und Sohn sollen dort an der mörderischen Jacht gebastelt haben.«

»Vater und Sohn«, wiederholte Frida. »Hat der Herr Erzeuger da vielleicht ein paar Sicherheitsvorschriften verletzt? Könnte auch was für einen Versicherungsermittler sein, oder?«

»Gut möglich. Im Moment stützen wir uns jedoch auf die Einschätzung der Oldenburger Kollegen, die der Ansicht sind, dass jemand an der Anlage herumgeschraubt hat«, entgegnete Björnsen.

»Was ist mit Zeugen?«

»Sie lassen sich wirklich nicht abhalten, oder?«, erwiderte Björnsen, der langsam seine Meinung zu ändern schien.

»Sie kennen mich doch.«

Mit Mitte dreißig war Frida zwar eine der jüngsten Kommissarinnen hier, aber sie war dafür bekannt, ihre Fälle mit Scharfsinn und einem ausgesprochen harten Schädel zu lösen. Bei den Kollegen war sie mittlerweile respektiert, wenn nicht sogar gefürchtet. Das hatte vor einem Jahr, als sie bei der K1 angefangen hatte, noch ganz anders ausgesehen. Missgünstige Kollegen hatten behauptet, sie sei nur zur Mordkommission gegangen, um ihr persönliches Schicksal zu verarbeiten.

Entsprach das der Wahrheit? Frida hatte keine Ahnung. Sie wusste nur, dass sie ihre Entscheidung noch nicht einen Augenblick bereut hatte.

• • •

Eine knappe halbe Stunde später befanden sich Frida und Deniz auf der Bundesstraße Richtung Dahme. Während die triste Märzlandschaft an ihnen vorbeiflog, musste Frida an Elias denken. Er war gern Auto gefahren. Dabei hatte er stundenlang staunend aus dem Fenster sehen können. Die Welt da draußen war ein einziges großes Rätsel für ihn gewesen. Oft hatte er Dinge entdeckt, die Manuel und ihr verborgen geblieben waren. Wenn er jetzt bei ihr gewesen wäre, hätte er sie auf jeden Elefanten und jedes Krokodil aus Wolken aufmerksam gemacht. Jeden Vogel im Wind, jedes Schiff in der Ferne und jede Buhne in der Gischt hätte er sich ganz genau angesehen. Er hätte nach ihren Namen gefragt und sich gewundert, wo sie herkamen und wo sie hinwollten. Er war ein guter Beobachter gewesen. Frida dachte oft an seine Wortschöpfungen, seine Blicke, sein Lachen, wie er etwas in der Hand gehalten und wie er sie umarmt hatte. Sie hatte damit begonnen, ihre Erinnerungen in ein kleines Heft zu schreiben, auf dem »Elias« stand. Manchmal wünschte sie sich, sie wäre eine gute Zeichnerin. Dann hätte sie auch die Gedanken festhalten können, für die sie keine Worte mehr fand.

Bei einem Blick in den Rückspiegel begegneten ihr ihre eigenen rot geränderten grauen Augen, aschblondes Haar, das schlaff um blasse Wangen fiel, Furchen auf der Stirn. Elias hätte sie bestimmt gefragt, ob sie schlecht geschlafen hatte. Sie hätte ihm antworten können, dass die Polizeiarbeit nun mal keine Schönheitskur war. Bösewichte, Nachtschichten und ständige Bereitschaft hinterließen eben ihre Spuren. Was sie ihm nicht hätte sagen können, war, dass sie seinetwegen so abgeschlagen aussah, egal, wie ausgeruht sie war. Weil er nicht mehr da war.

Ein Telefon klingelte. Deniz schaltete die Freisprechanlage ein. Es war Björnsen.

»Wir haben noch ein paar Infos über das Opfer und seine Familie erhalten«, sagte ihr Vorgesetzter.

»Schießen Sie los!«, antwortete Deniz.

»Ich fange mit dem Vater des Toten an«, begann Björnsen seine Ausführungen zu erläutern. »Er heißt Knut Petersen, ist ein großer Investor in der Region, und je länger man sucht, desto mehr findet man über ihn.«

»In was investiert er denn?«, fragte Frida.

»Wohnkomplexe, Hotels, Restaurants und Privatkliniken. Vom Timmendorfer Strand bis Fehmarn«, antwortete Björnsen.

»Warum liegt diese Jacht eigentlich nicht in der Marina Grömitz?«, fragte Deniz dazwischen. »Sondern in einem Schuppen in Dahmeshöved?«

»Weil sie noch an dem Boot gebastelt haben«, entgegnete Björnsen.

»Ich kann mir nur schwer vorstellen, dass sich ein Unternehmer dieses Kalibers die Hände mit Antifouling beschmiert«, wandte Frida ein. »Muss wohl so ein Vater-Sohn-Ding sein.«

»Das ist es«, pflichtete Björnsen ihr bei, der selbst zwei Söhne hatte.

»Apropos Schmutz!«, sagte Frida. »Sind irgendwelche Konflikte mit der Obrigkeit bekannt? Ein bisschen Bilanzfälschung oder Steuerhinterziehung vielleicht?«

»Sie sind aber misstrauisch, Frau Beck«, meinte Björnsen. »Trotzdem eine gute Frage. Gegen Petersen wurde vor ein paar Jahren mal wegen Steuerhinterziehung ermittelt. Verfahren eingestellt. Seitdem gab es nur noch zivilrechtliche Streitigkeiten.«

»Ach ja?«, entgegnete Frida.

»So wie es aussieht, ging es um Grundstücksgrenzen in Dahme und Heiligenhafen. Mehr habe ich noch nicht herausbekommen.«

»Weitere Kinder?«, fragte sie, während sie mit quietschenden Reifen die Abzweigung nach Dahme-Süd nahm.

»Er hat noch einen Sohn. Hört auf den Namen Ansgar. Außerdem gibt es eine Ehefrau namens Lilo Petersen«, antwortete Björnsen.

Dann knackte es in der Leitung. Im Hintergrund war das Meeresrauschen des Polizeifunks zu hören. Jemand gab in stakkatoartigen Sätzen eine Lagebeschreibung durch. Frida nahm vorsichtshalber den Fuß vom Gas. Ein paar Radfahrer kamen zum Stehen und starrten ungläubig auf das lütte Blaulicht auf ihrem Dach.

»Hier kommt gerade ein Funkspruch vom Kollegen Kramer rein, Kripo Oldenburg«, rief Björnsen. »Es gibt einen Verdächtigen, der offenbar vom Tatort geflüchtet ist. Sind Sie schon in Dahme?«

»Jawohl. Wir biegen gerade in die Leuchtturmstraße ein«, erwiderte Frida.

»Stimmen Sie sich über Funk mit dem Kollegen ab«, wies Björnsen sie an.

Frida und Deniz warfen sich einen Blick zu. Man verstand sich. Die Sache war plötzlich in Bewegung geraten. Frida nahm das Funkgerät aus der Halterung.

»Hallo? Ronny Kramer hier!«, meldete sich der Kollege am anderen Ende der Leitung.

»Beck und Yilmaz, Mordkommission Lübeck. Wir hören Sie und fahren gerade in Richtung Leuchtturm.«

»Halten Sie an, sobald Sie linker Hand den Stellplatz für die Wohnmobile sehen«, kommandierte Kramer.

»Schon da!«, rief Frida und stoppte auf der Höhe eines Wohnwagens, vor dem eine Mutter ihre zwei irritiert dreinschauenden Kinder umklammerte.

»Rechts das Feld! Da müssten Sie ihn sehen. Er ist uns gerade über den Zaun entwischt«, ertönte die kratzige Stimme aus dem Gerät. »Ein großer Mann um die zwanzig mit dunkelblondem Haar und grüner Jacke. Wir vermuten, dass es Ansgar Petersen ist, der Bruder des Opfers.«

»Ist er bewaffnet?«, fragte Deniz.

»Nicht bekannt!«

»Da läuft er!«, rief Frida. In ungefähr dreißig Metern Entfernung sprang jemand ungelenk über das Brachfeld. Diese außer Kontrolle geratene Gliederpuppe sollten sie doch einholen können, schoss es ihr durch den Kopf. Dann sah sie den glänzenden Gegenstand in seiner Hand. Was war das?

»Haben jetzt wieder Sichtkontakt«, hörte sie die Stimme aus dem Funkgerät sagen. »Verdächtiger hat eine Stichwaffe.«

»Sieht eher wie eine Verpackung aus«, rief Frida und sprang aus dem Auto. Sie erkannte einen Mann in Zivil auf der anderen Seite des Feldes. Wahrscheinlich einer der Oldenburger Kollegen. Auch der Flüchtige hatte seinen Verfolger erblickt und kam jetzt geradewegs auf Deniz und Frida zugelaufen. Wahrscheinlich ahnte er nicht, dass sie vom gleichen Verein waren und in weniger als zwei Sekunden ihre entsicherten Dienstwaffen auf ihn gerichtet hätten.

»Was hat er vor?«, fragte sie ihren Partner.

»Er geht auf uns los!«, rief Deniz.

»Stehen bleiben! Polizei!«, schrie Frida dem Mann entgegen, doch der ignorierte sie und stürmte weiter.

Am rechten Rand des Feldes tauchte ein Rothaariger auf. Das musste der zweite Oldenburger sein.

»Polizei! Bleiben Sie stehen!«, rief der Rothaarige, während er sich bemühte, über einen Holzzaun zu bouldern. Es war offensichtlich, dass sein letzter Fitnesstest eine Weile her war.

»Jetzt ist er eingekesselt«, stellte Deniz fest.

»Das hat er auch gemerkt«, erwiderte Frida, als sie sah, dass der Fliehende plötzlich die Richtung wechselte. Er stürmte auf das Wäldchen zu, das am südlichen Ende des Feldes lag. Dabei kam der holprige Acker seiner scheinbar beeinträchtigten Grobmotorik nicht gerade entgegen. Der Verdächtige stolperte mehr, als dass er lief.

»So wie der rennt, muss man ja Angst haben, dass er sich selbst verletzt«, sagte Deniz. »Was immer er da bei sich trägt.«

Derweil kämpfte der rothaarige Kollege immer noch mit dem Zaun. Offenbar war er hängen geblieben und zappelte wie ein gigantischer Fuchs auf seiner Lebendfalle.

Was für ein Tollpatsch, dachte Frida. Plötzlich erinnerte sie sich! Diesen Trampel kannte sie doch. Das war Emil Röder aus Kiel! Was trieb der denn hier? Er war ein sehr guter Freund ihres Mannes gewesen. Sie hatten oft gemeinsame Familienausflüge unternommen. Der Kontakt war nach Manuels Tod irgendwann abgebrochen. »Das ist ja der Röder!«

»Ahh!« Die Antwort kam in Form eines verzweifelten Schreis. Frida sah, wie Röder mit weit aufgerissenem Mund eine Art Kopfsprung vom Zaun machte. Dann fiel der Schuss.

»Hilfe!«, brüllte der Verdächtige von der anderen Seite, schleuderte den glänzenden Gegenstand von sich und warf sich flach auf den Boden.

»Das war nur Aluminiumpapier«, sagte Deniz.

»Stimmt«, pflichtete Frida ihm bei und zeigte auf Röder, der reglos vom Zaun hing. »Aber ich befürchte, wir haben gerade ein ganz anderes Problem.«

3. Kapitel

Die ersten Einsatzwagen waren direkt vom Leichenfundort in Dahmeshöved über die Leuchtturmstraße zurückgekommen. Danach waren weitere Fahrzeuge aus Oldenburg, Neustadt und schließlich auch aus Lübeck eingetroffen. Uniformierte aller Couleur steckten ihre Köpfe in den steifen Wind, der von der nahegelegenen Küste herüberwehte. Schutzpolizei, Rettungssanitäter, Spurensicherung, Rechtsmedizin und eine Kompanie Silbermöwen, alle waren da. Die schmale Straße war komplett gesperrt worden. Und mit ihr gleich der Zugang zum Strand, der direkt neben dem kleinen Stellplatz für Wohnmobile lag.

Das Geräusch der Rotorblätter des Rettungshubschraubers mischte sich in das Rauschen der Ostsee. Die Möwen machten eifrig Platz, und Frida blickte dem dicken, weiß-roten Vogel besorgt hinterher. Bei der Zaunakrobatik Röders hatte sich eine Kugel aus seiner Dienstwaffe gelöst und ihn am Oberschenkel getroffen. Niemand hatte sagen können, ob er durchkommen würde. Einen noch schlechteren Start in die Mordermittlungen hätte es nicht geben können.

»Wissen wir schon, was genau dieser Ansgar Petersen bei sich hatte?«, erkundigte sich Deniz.

»So um die zwanzig Gramm Marihuana«, schätzte Frida, die das Päckchen bei der Verhaftung kurz in Augenschein genommen hatte.

»Und deswegen liegt jetzt ein Kollege auf der Intensivstation?« Deniz schüttelte ungläubig den Kopf.

»Die entscheidenden Drogen hat er wohl nicht in seinen Taschen gehabt, sondern in der Blutbahn«, sagte Frida. Die Jahre bei der Drogenfahndung in Kiel hatten ihren Blick für Intoxikationen aller Art geschärft. Und Petersen Junior hatte eindeutig härtere Sachen als ein bisschen Gras intus. »Den können wir erst mal vergessen.«

»Glaubst du, er hat etwas mit dem Tod scines Bruders zu tun?«, fragte Deniz und zeigte auf den Mannschaftswagen, in dem der gefesselte Ansgar saß.

»Du bist gut«, entgegnete Frida. »Wir sind ja noch nicht mal an unserem Tatort angelangt. Allerdings sehe ich eher einen unzurechnungsfähigen Jugendlichen als einen Mörder. Zumindest bis jetzt. Sobald die Kriminaltechnik mit ihm fertig ist, sollen sie ihn nach Lübeck bringen. Dort kann er dann ausnüchtern, bis wir ihm in ein paar Stunden noch mal die Ehre erweisen.«

»Apropos«, bemerkte Deniz und wies auf den Kollegen der Spurensicherung, der geschäftig auf sie zukam.

»Moin«, begrüßte sie der Kommissar. »Bevor Sie zum Leuchtturm aufbrechen, wollte ich Ihnen kurz mitteilen, was wir bei Ansgar Petersen gefunden haben.«

»Tun Sie sich keinen Zwang an«, sagte Frida. Sie hatte

gesehen, wie die Kollegen den Verdächtigen mit Luminol besprüht hatten, um unter Schwarzlicht feststellen zu können, ob es sich bei den Flecken auf seiner Kleidung um Blut handelte. Offenbar waren sie fündig geworden.

»Wir haben recht großflächige Blutspuren an Hose, Jacke und Händen festgestellt«, erklärte der Kriminaltechniker.

»Bis wann können Sie sagen, ob es das Blut seines Bruders ist?«, erkundigte sich Frida.

»Spätestens bis morgen früh«, erwiderte der Kollege. »Und jetzt wünsche ich Ihnen beiden starke Nerven. Der Tote vom Leuchtturm soll kein schöner Anblick sein.«

Kein schöner Anblick, wiederholte Frida in Gedanken. Der Mann konnte ja nicht wissen, dass sie die schrecklichsten Bilder ihres Lebens bereits hinter sich hatte. Das blutüberströmte Gesicht Manuels und den zerfetzten Schädel ihres zehnjährigen Jungen würde sie nie wieder aus dem Gedächtnis bekommen. Was sollte da schon noch kommen?

• • •

Links der Werkstatt führte ein Weg hinunter zur Küste, rechts davon lag ein Rasen, der erstaunlich gut durch den Winter gekommen war. Davor rankten sich einige Sanddornsträucher, an deren eingetrockneten Früchten sich ein paar Amseln gütlich taten. Der Wind pfiff durch das offene Werkstatttor und mischte dem Ölgeruch noch ein wenig Küstenaroma unter.

Die sieben Meter lange Segeljacht mit dem weinroten

Rumpf trug den Namen *Fernanda* und lag auf einem Haufen zerknickter Stahlstreben, die offensichtlich mal ein Gestell gebildet hatten. Der Mast des Bootes hatte ein Loch in die Gebäudewand geschlagen, und die Bootshebeanlage war auf einer Seite eingestürzt. Am Tor standen ein paar Feuerwehrleute und sahen den Kriminaltechnikern besorgt bei der Arbeit zu.

Langsam wanderte Fridas Blick durch die kleine Halle und stieß auf eine Blutlache, in der eindeutig jemand herumgetrampelt war. Ansgar Petersen? Am Rand des Flecks erblickte sie etwas, das entfernt an einen menschlichen Schädel erinnerte. Sie sah eine Gelfrisur, Gehirnmasse, Gesichtsknochen und Gebissteile. Frida musste an den Wandkalender von Francis Bacon denken, den ihr ihre Schwester Thea zum Geburtstag geschenkt und den sie gleich darauf in einer Schublade vergraben hatte. Die abgedruckten Gemälde hatten sie zu sehr an Tatorte wie diesen erinnert. Francis Bacon war definitiv kein Künstler für mental gesund gebliebene Kriminalbeamte. Und zu denen zählte Frida sich trotz allem immer noch.

Der Körper des jungen Mannes war vom Hals abwärts seltsam verdreht. Er lag mit den Beinen nach oben über einer Querstrebe des Stahlgerüsts. Die weiße Jogginghose, die der Jugendliche trug, war über und über mit Blut befleckt und wies gesäßseitig einen glatten Schnitt auf. Ein Hinweis darauf, dass die Forensikerin bereits eine Temperaturmessung im Rektum vorgenommen hatte, um den Todeszeitpunkt ermitteln zu können. Den höchsten Punkt bildete die

Hüfte, bei deren Betrachtung Frida etwas Merkwürdiges auffiel.

»Postmortale Erektion.« Eine weibliche Stimme drang zu ihr.

Frida drehte sich zu der Rechtsmedizinerin um, die auf einmal neben ihr auftauchte. »Guten Tag, Frau Doktor Andreani!«

»Das ist kein Anzeichen von verschwendeter Potenz, sondern schlicht der Position des Körpers geschuldet. Sobald die Leiche bewegt wird, verschwindet die Blutstauung und damit auch diese Beule«, erklärte Andreani. »Moin, Frau Beck.«

»Haben wir schon einen Todeszeitpunkt?« Frida sah der Forensikerin direkt in die dunklen Augen. Sie waren sich bereits einige Male begegnet und sie stellte immer wieder neu fest, dass sie diese Frau außerordentlich gut leiden konnte.

»Das verrate ich Ihnen in einer knappen halben Stunde«, versprach die Forensikerin.

Frida verstand sich durchaus darauf, wie man ein Leichenthermometer verwendete. Man führte zwei Messungen im Abstand von einer Stunde durch und las dann hoffentlich korrekt von der Tabelle ab. Kein Hexenwerk.

»Mord oder Unfall?«, ertönte eine tiefe Stimme im Rücken der beiden Frauen. Frida drehte sich um. Der Mann überragte sie um einen Kopf, trug einen Dreitagebart und dunkelblondes halblanges Haar. Es war Lasse Diekmann, der neue Kriminaltechniker und Busenfreund von Deniz.

»Kannst du mir erklären, wieso wir hier von einem Mord

ausgehen sollen?«, fragte Frida ihn und sah direkt in seine blauen Augen.

»Auf den ersten Blick wirkt es wie ein Unfall«, befand Lasse nachdenklich und zeigte nach oben. »Aber siehst du die Halterung dort an der Decke?«

»Ja, da muss ein Teil weggebrochen sein«, antwortete Frida.

»Wir sollten uns fragen, wieso das ausgerechnet in dem Moment passiert ist, in dem der Junge unter dem Boot stand«, erläuterte Lasse weiter. »Gleichzeitig ist das Metallgestell in die Knie gegangen und diese Holzböcke dort, die vermutlich der Sicherung dienten, standen auch nicht da, wo sie hätten stehen sollen.«

»Was ist mit dem verschmierten Blut?«, erkundigte sich Frida.

»Offensichtlich hat der Bruder nicht nur versucht, die Winsch zu bedienen, sondern er wollte wohl auch den Toten unter der Jacht hervorzerren. Ein völlig aussichtsloses Unterfangen, wie man sieht. Das Boot war aus dem Riemen gerutscht, der den Rumpf eigentlich halten sollte. Ein Glück, dass es sich mit dem Mast in der Wand verkeilt hatte. Sonst hätte hier einer mehr gelegen.«

Als Frida bemerkte, dass Deniz in den Schuppen gekommen war, drehte sie sich zu ihm um und sah, wie er mit seinem Notizbüchlein wedelte. »Wen hast du alles auf deiner Liste?«

»Also, da wäre Konrad Hansen, von dessen Telefon der Notruf eingegangen ist«, erwiderte Deniz. »Er war laut eigener Aussage ganz in der Nähe mit seinem Enkel spazieren und wurde von einem obdachlosen Mann alarmiert, den sie im Ort nur ›den Professor‹ nennen.«

»Kennen wir den Verbleib dieses Professors?«, hakte Frida nach.

»Der ist wie vom Erdboden verschluckt. Hansen zufolge hat er sich aus dem Staub gemacht, nachdem er ihn über den Toten in der Werkstatt informiert hatte. Seine Behausung auf der Baustelle habe er zurückgelassen«, entgegnete Deniz.

»Und dieser Hansen ist ein Nachbar?«, fragte Frida weiter.

»Zu Konrad Hansen kann ich vielleicht etwas beitragen.« Lasse mischte sich ein und erntete einen verwunderten Blick von Frida. »Er wohnt keine hundert Meter von hier und bietet von April bis Oktober Führungen durch den Leuchtturm an.«

»Wieso weißt du so etwas?« Frida zog die Augenbrauen hoch.

»Ich bin aufs Küstengymnasium Neustadt gegangen«, erklärte Lasse. »Die Besuche im ›Licht der Freiheit‹ waren Pflichtprogramm im Geschichtsunterricht. Konrad Hansen macht die Führungen schon ein paar Jährchen. Außerdem kennen er und mein Vater sich ganz gut. Da begegnet man sich manchmal.«

Während Frida ihren Kollegen nachdenklich musterte und sich fragte, wie viele Einwohner Ostholstein eigentlich hatte, tippte ihr eine uniformierte Kollegin von hinten auf die Schulter. »Frau Beck, ich sollte Ihnen doch Bescheid geben, wenn er da ist.«

4. Kapitel

Die Villa lag fünfzig Meter östlich vom Leuchtturm, nahezu in der Mitte der kleinen Landspitze, die zwischen der Mecklenburger und der Lübecker Bucht trotzig in die Ostsee hineinragte. Hier gab es Küstenwind von drei Seiten. Und das merkte man auch.

Frida richtete sich vergebens die Haare und füllte ihre Lungen noch einmal kräftig mit Seeluft, bevor sie auf den Mann zutrat. Er stand vor einem prächtigen Anwesen und blickte an ihr vorbei, als erwartete er irgendjemand anderen, nur nicht sie. Das musste Knut Petersen sein.

»Moin, Herr Petersen!«

»Wenn ich den Scheißkerl erwische.«

Knut Petersen war ein Mann um die fünfzig von auffallend gesunder Gesichtsfarbe, sportlicher Figur und einem angriffslustigen Blick, der nicht gerade nach zartfühlendem Altruisten aussah. Er hatte es geschafft. Ganz nach oben. Das strahlte jede Faser seines Körpers aus. Und seine Art zu grüßen.

»Kommissarin Beck, Mordkommission Lübeck. Es tut mir sehr leid für Sie«, erwiderte Frida, worauf Petersen ihr zunickte, als hätte sie ihm gerade die Uhrzeit mitgeteilt. »Welchen Scheißkerl meinen Sie?«

»Das fragen Sie noch?« Petersen schüttelte den Kopf und seine Mundwinkel sanken hinab. Offensichtlich war er kein großer Fan der Ermittlungsbehörden. Und dabei finanzierte er sie doch mit seinen Steuern. Hoffentlich. »Lächerlich.«

Da die Kommissarin das Gefühl nicht loswurde, dass dieser Mann irgendwie an ihr vorbeiredete, beschloss sie, ihre Strategie zu ändern. Petersen schrie ja förmlich nach einer Streicheleinheit. Wie alle Machos. Kreuzte eine Frau ihre Wege, verlangten sie nach Zärtlichkeit. Konnte er haben. »Ich verstehe Ihre Wut.«

»Allein das Stahlgerüst hätte ausreichen müssen, um das Boot zu stützen, aber es ist eingestürzt. Rein zufällig ist die Halterung der Hebeanlage aber auch weggebrochen. Nein, nein, da war jemand dran.« Es begann aus ihm herauszusprudeln.

»Ihr Sohn war wohl ein begabter Handwerker?« *Gib dem Affen Zucker*, dachte sie. Er würde sie noch früh genug richtig kennenlernen. Für den Moment genügte es, wenn er ihr verriet, was sein minderjähriger Sohn allein unter einem Sechs-Tonnen-Boot verloren gehabt hatte.

»Er wollte unbedingt eine eigene Segeljacht«, antwortete Petersen, dem Fridas anschmiegsame Art mehr und mehr die Zunge zu lösen schien. »Also hat er auch eine bekommen. Er musste sie sich nur selbst aufmöbeln. Die beste Art für einen Mann, sich mit der Seefahrt vertraut zu machen. Und Bjarne war ein ganzer Kerl, nicht wie sein Bruder Ansgar.«

»Zu Ansgar wollte ich zwar später erst kommen«, antwortete Frida, »aber dass er an ein paar Dingen zu knabbern hat, ist mir nicht entgangen.«

»Sehr gut erkannt«, entgegnete der aufgetaute Petersen. »Ansgar ist ein Waschlappen! Ein Schuss in den Ofen durch und durch. Allerdings hat das auch seine Ursachen. Die Jungs haben ihre Mutter vor elf Jahren bei einem Bootsunfall verloren. Bjarne hat die Zeit gut überstanden, aber Ansgar hat es aus der Bahn geworfen.« Dann war es so weit. Knut Petersens Lippen begannen zu beben, und sein linkes Auge wirkte feucht, sogar eine kleine Träne konnte Frida erkennen. Schnell wischte er sie weg und murmelte: »Scheiße!«

»Tut mir leid«, wiederholte Frida. Aber immerhin redeten heulende Männer offenherziger über ihre Sorgen. Mal hören, was dem Petersen auf der Seele brannte.

»Schon gut«, stieß Petersen hervor. »Es gibt viele Leute, die mir meinen Erfolg neiden. Wer auch immer hinter dem Anschlag steckt. Er wollte nicht meinen Sohn treffen, sondern mich.«

Damit hätte er ruhig eher herausrücken können. »Von welchen Leuten sprechen Sie?«

»Wenn Sie vermögend sind, gehen Ihnen die Feinde nie aus!«, rief Petersen aus, als würde er zu einer ganzen Fußballmannschaft sprechen. »Hören Sie sich mal in Heiligenhafen nach mir um. Da gibt es keinen, der Ihnen nicht irgendwas zu meiner Person erzählen kann. Was mich überrascht, ist, dass die ganzen Neidhammel mich schon bis nach Dahme verfolgen.«

Frida warf einen prüfenden Blick auf das Gesicht des

Mannes. Er sah nicht aus wie einer, der an Verfolgungswahn litt. Aber wer konnte das schon genau sagen? Vielleicht kam die Paranoia ja automatisch mit dem dicken Bankkonto. »Was sollten die Dahmer denn gegen Sie haben?«

»Das Investment in Dahmeshöved kommt nicht so gut an«, erwiderte der Unternehmer in seinem Unternehmerdeutsch und begann damit, nervös auf und ab zu gehen. »Die Dahmer behaupten, ich würde ihre Idylle zerstören. Was natürlich Unsinn ist! Wenn die wüssten, was ich für Auflagen befolgen muss. In Wirklichkeit kotzt es sie einfach nur an, dass ich hier ein Spa baue, das über ihrer Preisklasse liegt. Das wird ein ganz edles Ding, glauben Sie mir. Billig ist out. Zweitklassig Urlaub machen kann man hier in der Gegend schon genug.«

Da gefiel sich aber jemand sehr, dachte Frida. Was sollte man auch mit Reichtümern, wenn man nicht damit protzen konnte? Zweitklassig Urlaub machen, das war also nicht so sein Ding. »Haben Sie einen konkreten Verdacht?«

»Wohnt gleich hier um die Ecke«, erwiderte Petersen und streckte seinen Finger nach Südosten. Mit der anderen Hand fischte er sein Smartphone aus der Tasche. Die Uhr tickte offenbar. Dem Chef gefiel das Frage-Antwort-Spiel wohl nicht besonders. »Hansen heißt der Mann.«

»Ach ja? Hansen, der Leuchtturmführer?«, erkundigte sich Frida. Petersen ging also tatsächlich so weit, einen Nachbarn für den Tod seines Sohnes verantwortlich zu machen. Das war einigermaßen starker Tobak. »Gibt es irgendwelche Hinweise darauf, dass er in der Werkstatt war?«

»Das mit den Beweisen erledigen Sie mal schön selbst,

Frau Becks. Und ich meine auch nicht den Alten, sondern den Sohn, Leo Hansen. Ein frustrierter Ökofaschist, dem die Frau weggelaufen ist«, entgegnete Petersen.

Frida registrierte mit einem Schmunzeln, dass er sich an ihrem Namen versucht hatte. Wenn er bei seinen Investitionen auch so innovativ war wie bei seinen Namenswitzen, dann musste er viel überflüssiges Spielgeld herumliegen haben.

»Apropos Frau!«, erwiderte Frida. »Wo ist denn Ihre Frau eigentlich?«

»Wenn ich das wüsste.« Petersen stierte stirnrunzelnd auf sein Smartphone. »Vermutlich in unserer Strandvilla auf dem Graswarder.«

»Weiß sie denn gar nicht Bescheid?«

»Ich habe sie angerufen, aber die Dame geht mal wieder nicht ans Telefon.«

• • •

Vor Lilo Petersens Augen zeichnete sich unverkennbar der Akt eines liegenden Mannes ab. Zwei begraste Hügel stellten kräftige Schultern dar. Ein Sanddornstrauch diente als Achselbehaarung. Es fand sich sogar ein Findling als leicht verschobene Brustwarze. Und schließlich eine freigelegte Platanenwurzel als zentrales Prachtstück. Die Hütte, die in der Nähe von Eutin lag und einst ihrer Großtante gehört hatte, schmiegte sich eng an einen sanft abfallenden Hang. Nur wer sich auskannte, war imstande, über ein Gewirr an Feldwegen zu dem verlassenen Häuschen zu finden.

Lilo hatte lange damit gezögert, jemanden mit hierherzunehmen. Aber nachdem der benachbarte Bauer verstorben war, hatte sie auch die letzten Bedenken abgelegt und sich hier ein unscheinbares Liebesnest erschaffen. Es wäre im Sinne ihrer Großtante gewesen, die vor über fünfzig Jahren auch aus einer grausamen Ehe in dieses Idyll geflohen war. Damals war die Holsteinische Schweiz noch viel einsamer gewesen. Das war schlecht, wenn man an die falschen Menschen gekettet war, aber gut, wenn man sich verstecken wollte. Oder musste.

»Wunderschön«, schwärmte sie mit verträumter Stimme. »Ich schaue jetzt schon viele Jahre lang hier hinaus, aber erst vor Kurzem ist mir aufgefallen, dass Mutter Natur dort ein Kunstwerk in die Landschaft gelegt hat. Einfach so.«

»Hm«, machte der Mann.

Sie lächelte, als sie sein Spiegelbild im Fensterglas ausmachte. Er war ein gutes Stück älter als sie, aber trotzdem noch gut in Form. Brust- und Bauchmuskeln zeichneten deutliche Konturen unter der bereits erschlaffenden Haut. Die Haare klebten ihm wie Adern auf der schweißnassen Stirn. Seine grauen Augen wanderten hungrig von ihrem Nacken zu den Schenkeln und wieder zurück, ohne auch nur einen Zentimeter auszulassen.

Sie schloss die Augen. Es gefiel ihr, wie er sie so von hinten betrachtete.

Ein Telefon klingelte.

»Wie immer. Wenn es am schönsten ist, will jemand was.« Sie drehte sich um, gab dem Mann auf dem Bett einen

Kuss auf die Hüfte und griff nach dem Handy, das auf dem Nachttisch lag. Es war ihr Schwiegervater.

»Hallo?«, meldete sie sich, während sie dem liegenden Mann ein paar lautlose Küsse auf den Oberschenkel stempelte.

»Lilo? Ich bin es«, ertönte es aus dem Telefon. »Bin gerade angekommen.«

»Wir können uns in einer Stunde in Heiligenhafen treffen«, antwortete Lilo, die mit den stummen Küssen fortfuhr und langsam abwärtswanderte. »Bin noch mit einer Freundin unterwegs.«

»Du weißt noch nichts?«, fragte der Anrufer.

»Was soll ich wissen? Du klingst seltsam.«

»Lilo, es ist etwas Schreckliches passiert«, eröffnete er ihr.

5. Kapitel

Frida blickte durch die Gitterstäbe in den grauen Himmel, in dem gerade ein paar gigantische dunkelblaue Wolkenpilze wucherten. Gehässige Böen spuckten hin und wieder ein bisschen Regen gegen die Fensterscheibe, ein paar Krähen standen schlecht gelaunt im Wind, und irgendwo zeterte ein altes Möwenpaar. Verhörzimmer waren nicht die freundlichsten Orte, wenn das Wetter mies war.

Der neunzehnjährige Ansgar Petersen war fast einen Meter neunzig groß. Sein Kopf saß lose wie eine Boje auf einem dürren Hals, der in viel zu schmalen Schultern endete. Das lichte dunkelblonde Haar und die Ringe unter den hervortretenden Augen ließen ihn älter erscheinen, als er eigentlich war, und seine braunen Pupillen huschten rastlos wie kleine gehetzte Insekten von einem Punkt zum nächsten.

»Herr Petersen, ich ermittle zum Tod Ihres Bruders«, begann Frida zu erklären. »Das bisschen Gras interessiert mich nicht. Und die anderen Verfahren, die gegen Sie laufen, auch nicht.«

»Sehr gnädig«, stieß Ansgar hervor. Der verächtliche Ton in seiner Stimme ließ keinen Zweifel daran, dass er nicht viel von der Zusammenarbeit mit den Ermittlungsbehörden hielt. In dem Punkt ähnelte er seinem Erzeuger. Mal schauen, ob sie ihn auch weichgekocht bekam.

»Aber ich muss Ihnen leider auch mitteilen, dass Sie verdächtigt werden, den Tod Ihres Bruders verschuldet zu haben. Auf die eine oder andere Weise«, erläuterte Frida. »Der Untersuchungsrichter wird demnächst entscheiden, ob Sie in Untersuchungshaft müssen. Bis dahin bleiben Sie noch hier.«

»Lächerlich!« Ansgar schüttelte ungläubig den Kopf.

»Sie könnten mir dabei helfen, den Verdacht gegen Sie auszuräumen, indem Sie mir genau beschreiben, wie Sie die Leiche Ihres Bruders vorgefunden haben«, sagte Frida. »Was halten Sie davon?«

»Das habe ich doch schon alles erzählt.«

»Und wem?«

»Kommissar Kramer«, erwiderte Ansgar. »Dem Kumpel vom Alten.«

Man kannte sich in Ostholstein, dachte Frida heute schon zum zweiten Mal. Trotzdem war sie die erste Ermittlerin, die Ansgar Petersen hätte verhören sollen, nicht Kramer. Mordermittler hatten schließlich Vorrang. Warum hatte sich Kollege Kramer nicht an die Gepflogenheiten gehalten?

»Wäre es möglich, dass Sie mir noch einmal davon berichten?«, fragte Frida. Der Konjunktiv war absichtlich gewählt. Nach den abschätzigen Bemerkungen seines Vaters über ihn wusste sie, dass in dem Jungen ein geprügelter

Hund steckte. Letztendlich ein armer Kerl. Da half der Schongang manchmal.

»Wenn es sein muss«, sagte Ansgar knurrend und ließ ein genervtes Stöhnen vernehmen. »Ich habe den alten Hansen und seinen Enkel getroffen, dann bin ich in die Werkstatt gegangen, habe Bjarne unter der Jacht liegen sehen und versucht, ihn da herauszuziehen. Das ging aber nicht, weil er irgendwie eingeklemmt war. Dann bin ich in meine Wohnung zurück, um Ihre werten Kollegen anzurufen, kam aber zu spät, denn schon fuhr der erste Einsatzwagen an mir vorbei. Das war es.«

Frida wusste, dass ein paar Nachbarn den blutverschmierten Ansgar gesehen und den Notruf gewählt hatten. Kurz darauf hatten dem Jungen auch schon die Kollegen an den Fersen geklebt. »Das ist wirklich alles?«

»Was denn sonst?«, blaffte Ansgar sie an. »Hat Ihnen mein Alter was anderes erzählt, oder warum glauben Sie mir nicht?«

»Ich glaube Ihnen«, entgegnete Frida und ließ ihre Stimme nach Vertrauenslehrerin klingen. Aber der Alte war ein gutes Stichwort. »Sie haben es zu Hause nicht immer leicht, oder?«

»Kann sein.« Die Augen des jungen Mannes zogen sich zusammen. Er ging also erst einmal in die Defensive.

»Hat es mit der abgebrochenen Schule zu tun?«

»Ich fange im August eine Ausbildung an. Kein Problem.«

An Geld für Nachhilfe konnte es jedenfalls nicht gemangelt haben. Anderswo gab es Kinder, die nicht mal einen

Schreibtisch zu Hause hatten und trotzdem ein Einser-Abi schafften. »Stimmt es, dass Ihr Bruder in ein paar Monaten Abi gemacht hätte? Und nicht einmal das schlechteste, habe ich gehört.«

»Jeder muss seinen eigenen Weg gehen. Ich werde mein Geld schon verdienen. Keine Sorge«, verteidigte sich Ansgar. Glaubte er ernsthaft, die beruflichen Perspektiven eines Drogendealers wären so rosig?

»Bjarne war Teilnehmer bei den Kite Masters Heiligenhafen, baute sich eine Jacht aus, war gut in der Schule«, zählte Frida auf. »Waren Sie manchmal neidisch auf ihn?«

»Es war eher andersherum.«

»Weshalb?«

Womit hatte Ansgar geglänzt? Drogenbesitz und Schulabbruch? Sie nahm ein nervöses Zucken in seinem Gesicht wahr. Dann spreizten sich seine Lippen zu einem Lächeln, bei dem die kalten Augen unbeteiligt blieben. »Da gibt es schon etwas, aber das werde ich Ihnen nicht verraten.«

»Sie sollten sich gut überlegen, ob Ihnen solche Späßchen nützen«, erwiderte Frida. »Die Staatsanwaltschaft Lübeck könnte demnächst Mordermittlungen gegen Sie beantragen.«

»Ich wollte nur mein Gras in Sicherheit bringen«, sagte Ansgar trocken. »Mit Bjarnes Tod habe ich nichts zu tun.«

»Den Richter wird es aber ebenso interessieren, dass Sie sich am Tatort aufgehalten und überall Ihre Fingerabdrücke hinterlassen haben. Obendrein klebte auch noch Blut an Ihren Klamotten.«

»Ich habe versucht, ihn zu retten«, sagte Ansgar. »Haben

Sie mal einen Familienangehörigen verloren? Ich denke nicht. Denn dann wüssten Sie, dass man alles versucht, auch wenn es hoffnungslos ist.«

Frida musste schlucken bei diesen Worten. Manchmal traf es einen in den Momenten, in denen man es am wenigsten erwartete. »Kannten Sie sich denn überhaupt mit der Bootshebeanlage aus?«

»Nicht richtig. Die Jacht war eine Geschichte zwischen Bjarne und dem Alten«, entgegnete er leise und wandte das Gesicht ab.

Frida sah, dass seine Augen feucht geworden waren.

6. Kapitel

Der Abend war bereits weit fortgeschritten, als Frida ihren Wagen vor der Eltern-Kind-Klinik in Dahmeshöved parkte. Eine knappe Stunde hatte sie gebraucht, um von der JVA Lübeck an den Ort zurückzukehren, an dem heute Bjarne Petersens Leiche gefunden worden war. Sie stieg aus, pumpte sich die Lungen mit frischer Küstennachtluft voll und warf einen Blick auf das Flatterband am Ende des unbefestigten Weges. Leise raschelte es das Lied vom Tatort zu ihr herüber. Frida versicherte sich mit einem Rundumblick, dass sie allein war, und trat durch das Tor auf das Leuchtturmgrundstück.

Der rote Backsteinturm war nur über das gelb verklinkerte Wohn- und Maschinenhaus zu erreichen. Dort waren einst die Leuchtturmwärter und ihre Familien einquartiert gewesen. Sie nahm die kleine Treppe zur Tür mit einem Satz und griff nach der Türklinke. Doch das denkmalgeschützte Leuchtfeuer war sorgsam verschlossen. Sie hatte es nicht anders erwartet. Aber das würde sie nicht davon abhalten, es auch bei den anderen Gebäuden zu probieren. Als sie kehrtmachte, vernahm sie hinter sich plötzlich ein Geräusch an der nahen Hecke. Was war das gewesen? Ein Nachbar, eine tollpatschige Katze, Einbildung? Frida lauschte in die Nacht. Und fand sich allein mit ihrem Herzschlag wieder.

Langsam ging sie nach links am Wohnhaus vorbei. Aufmerksam suchte sie die Fenster ab. Doch das spärliche Mondlicht wollte ihr keine Lücke zeigen. Sie drückte die Klinke einer weiteren Tür. Auch hier war alles verriegelt. Deshalb ging sie weiter.

Gute zwanzig Meter entfernt stand der gedrungene Beobachtungsturm mit seinem Spitzdach, das aussah wie ein gigantischer Kegelhut. Von hier aus hatten die Leuchtturmwärter einmal die Sichtverhältnisse vor der Küste überwacht und bei Bedarf das Nebelhorn betätigt, um die Schiffe vor der Untiefe an der Dahmer Landspitze zu warnen. Auch den kleinen Nebenturm erreichte man über das angeschlossene Wärterhaus. Frida drückte die Klinke. Diesmal gab die Tür nach.

»Wow!« Sie konnte sich einen leisen Ausruf der Überraschung nicht verkneifen.

Soweit sie Björnsen verstanden hatte, war das Gebäude erst vor Kurzem in Petersens Besitz übergegangen. Womöglich fanden gerade Restaurierungsarbeiten dort drinnen statt, und ein paar nachlässige Bauarbeiter hatten vergessen, die Tür abzusperren. Frida sollte es recht sein.

Ein Schwall kalter Luft und der Geruch von abgeschlagenem Putz schlugen ihr entgegen. Sie zückte ihr Handy und leuchtete in den kleinen Raum, von dem mehrere Türen abgingen. Die rechte stand offen. Das war der Zugang zum Turm. Frida sah die Treppe, die hinaufführte. Überall standen Kisten und Eimer mit Unrat und Schutt herum. Alte Fliesen, Fensterrahmen mit zerborstenen Scheiben, Fetzen einer alten Auslegware, Staub.

»Dann wollen wir mal sehen!«

Während sie behutsam die hölzerne Treppe hinaufstieg, fragte sie sich, was Petersen wohl mit diesem Turm vorhatte. Warum ließ er ihn von Grund auf sanieren? Wollte er ihn privat nutzen? War das Türmchen nicht ein wenig zu eng für den großen Immobilienhändler?

Oben angelangt, stellte Frida fest, dass die Turmkammer nicht ganz so klein war, wie sie angenommen hatte. Auch hier schien es nichts zu geben, was für die Kommissarin von Interesse war. Das Zimmerchen war komplett leer geräumt, die Fenster blind vor Staub, Boden und Wände kahl.

Doch dann erblickte sie in einer Ecke eine kleine Kiste. Mithilfe der Leuchte ihres Handys erkannte sie eine Reihe von Buchrücken, darunter mehrere von Heinrich von Kleist. Ein schmaler giftgrüner Band stach ihr ins Auge. Er sah aus wie die Jahrbücher, die sie aus ihrer Schulzeit kannte. Selbst gebundene Bücher aus dem nächsten Copyshop. Sie zog es heraus. Der Einband wies keinerlei Aufdruck auf. Erst als Frida das Buch aufschlug, las sie den Titel: *Die Flucht*. Es gab weder einen Autorennamen noch sonstige Angaben. Vielleicht gehörte es dem Vorbesitzer des Turms. Die ersten Sätze machten sie neugierig.

Der Junge blickte aus dem Fenster. Kleine Dörfer mit reetgedeckten Häusern, Sträucher, die sich in der Meeresbrise bo-

gen. In der Ferne die weißen Schaumkronen der Ostsee. In seiner Brust zog sich etwas zusammen. Er wusste noch nicht, dass es der Abschied war, der sich so anfühlte.

Frida las weiter und wollte gerade eine Seite umblättern, als sie draußen ein Geräusch vernahm. Sie schnellte hoch und versuchte, etwas durch die dreckigen Fenster zu erkennen. Was konnte das gewesen sein? Sie spuckte gegen die Scheibe und rubbelte sich ein Guckloch frei. Löste sich dort nicht gerade eine große Gestalt aus der Hecke und kam auf den Turm zu? Plötzlich zerbarst die benachbarte Scheibe und ein faustgroßer Stein polterte laut über den Dielenboden der Turmkammer. Frida ging in Deckung, atmete zwei- oder dreimal tief ein und zog ihre Dienstwaffe.

»Stehen bleiben! Polizei!«, brüllte sie durch den Stern der kaputten Scheibe in die graue Nacht hinaus. Die schwarze Gestalt verharrte regungslos.

Sie musste da runter!

Mit gezogener Waffe stürmte sie die Treppen hinab und kam neben der Tür zum Stehen. Besser noch in Deckung bleiben! Behutsam schielte Frida um die Ecke in den dunklen Garten hinaus. Dort standen vier oder fünf Männer, die sich seicht im Wind bewegten. Frida erschrak. Dann ging ihr auf, dass es sich um mannshohe Buchsbäume handelte. Sie trat nach draußen. Der Steinewerfer war verschwunden.

»Hallo?«, drang eine Frauenstimme zu ihr. »Ist da wer?«

Die Stimme kam vom Nachbargrundstück. Die Frau musste irgendwo hinter der Hecke stehen. Sie musste den Lärm gehört haben. Sollte sie ihr antworten? Lieber nicht, dachte Frida. Womöglich würde das nur Probleme schaffen. Sie hatte keinen Durchsuchungsbeschluss.

Ohne einen Laut von sich zu geben, schlich sie sich von dem Grundstück. Erst als sie die Leuchtturmstraße hinauffuhr, fiel ihr auf, dass sie das Büchlein nicht mitgenommen hatte.

7. Kapitel

Es ging gegen zehn Uhr, als Frida zu Hause ankam. Sie hatte die kleine Zweizimmerwohnung in Lübeck-Moisling vor einem Jahr angemietet, als sie von Kiel in die Stadt der Sieben Türme gezogen war, um ihre Stelle bei der Polizeidirektion anzutreten. Ihre Nachbarschaft bestand, soweit sie bisher hatte feststellen können, aus Studenten und Facharbeitern, die sich jedoch allesamt nicht sonderlich um die neue Hausbewohnerin scherten. Frida kam die Anonymität entgegen. Denn sie entsprach ihrem Wunsch nach Unsichtbarkeit. Begegnungen im Treppenhaus hielt sie höflich und kurz. Ein Bedürfnis nach neuen Bekanntschaften hatte sie nicht. Zu oft kam ihr die Gesellschaft anderer Menschen immer noch als trauriger, falscher Ersatz für ihre Familie vor.

Vorsichtig zog sie die Wohnungstür hinter sich zu, tappte im Dunkeln zum Sofa und ließ sich fallen. Da war es wieder, dieses Gefühl der Fremdheit. Ihr war, als gehörte diese Wohnung gar nicht ihr. Als ob jeden Augenblick die echten Bewohner in der Tür stehen könnten.

Sie schloss die Augen, und die Ereignisschnipsel des Tages begannen, in ihrem Kopf wild durcheinanderzuwirbeln.

Ansgars Flucht über den Acker, Röders Schrei, der Leuchtturm, der Wind in den kahlen Baumwipfeln, Knut Petersens einsame Träne, Lasse Diekmanns Blicke, Francis Bacon und ein junger Mann ohne Gesicht. Sie war sich im Klaren darüber, dass diese Puzzleteile nur die Reflexe ihres Gehirns waren, das versuchte, Menschen und Geschehnisse in eine sinnvolle Ordnung zu bringen. Und sie wusste auch, dass sie gar nicht erst versuchen musste, die Bilder zu sortieren. Dazu war es noch viel zu früh.

Sie blickte zu der Flasche Aalborg Akvavit, die aus Gründen, an die sie sich nicht mehr erinnern wollte, auf ihrem Schreibtisch stand. Der Schnaps war verlockend, kam aber nicht infrage. Sie hatte schließlich noch etwas vor.

Ihr Handy klingelte. Es war Deniz.

»Hi!«

»Gut zu Hause angekommen?«, fragte der Kollege.

»Ja, ich habe gerade beschlossen, keinen mehr zu trinken«, erwiderte Frida. »Wie war es denn im Büro?«

»Der Chef war leicht angefressen.«

»Warum?«

»Weil dieser Kramer irgendeinen Unfug zu der Schussabgabe protokolliert hat«, sagte Deniz. »Aber Björnsen hat gemeint, er kümmert sich drum.«

»Der Trainer steht wie immer hinter seinen Spielern.« Frida wusste, dass Björnsen nichts auf seine Leute kommen lassen würde.

»Ich habe mich mal über diesen Kramer schlaugemacht«, fuhr Deniz fort.

»Du altes Klatschweib!«, schalt ihn Frida scherzhaft.

»Dem eilt nämlich ein gewisser Ruf voraus«, antwortete Deniz unbeirrt. »Er beschwert sich öfter mal über Kollegen und fehlt wohl zudem ganz gern krankheitsbedingt. Passt nicht so gut zusammen, oder?«

»Solange er sich nicht in meine Arbeit einmischt, ist es mir egal. Dagegen bin ich nämlich allergisch«, erwiderte Frida. »Heute hat er Ansgar Petersen entgegen unserer Abmachung noch vor mir verhört.«

»In deine Arbeit mischen sich übrigens auch andere ein«, erwiderte Deniz. »Hast du gesehen, was die Medien aus der Röder-Sache gemacht haben?«

»Ein Polizist mit Frau und Kindern liegt schwer verletzt im Krankenhaus. Was erwartest du?«, entgegnete Frida. »Aber einfacher wird unser Job dadurch nicht. Frage mich, wer solche Dinge an die Presse durchsticht.«

»Lasse und seine Kollegen von der Spurensicherung haben einen sogenannten Reporter am Tatort erwischt, wie er heimlich Fotos gemacht hat«, meinte Deniz. »Angeblich steckt die Zeitung mit den vier großen Buchstaben dahinter.«

»Hat Lasse noch lange geackert?«

»Er und sein Team sitzen noch an den Rechnern und geben die gesammelten Daten ein«, antwortete Deniz. »Lasse hat mir vor ein paar Minuten geschrieben. Mit Sicherheit dürfen wir auf die morgige Dienstbesprechung gespannt sein. Ich denke, sie haben etwas gefunden.«

»Ein richtiger Workaholic, dein Lasse«, sagte Frida. In ihrer Stimme klang mehr Anerkennung mit, als sie beabsichtigt hatte.

»Dann passt er ja zu dir!« Deniz lachte laut. »Übrigens hat er vorgeschlagen, dass er uns nach Heiligenhafen begleiten kann, falls wir morgen seinen Vater befragen wollen.«

»Wieso sollten wir das tun?«

»Weil er die Familie Hansen schon seit Jahren kennt. Er kann uns vielleicht was zu den Nachbarschaftsstreitigkeiten erzählen.«

»Klingt nicht verkehrt.«

»Lasses Vater betreibt übrigens den Imbisskutter im Hafen«, schob Deniz hinterher. »Lasse hat schon angekündigt, dass wir beide eingeladen sind.«

»Machen wir«, entgegnete Frida und hoffte, dass das kein Vorwand war, um sie und Lasse zu einem gemeinsamen Mittagessen zu lotsen. Sie traute Deniz alles zu.

»Du, Frida, meine Frau schaut mich schon wieder so böse an. Ich glaube, ich muss auflegen«, stammelte der Kollege plötzlich. Die Verlegenheit in seiner Stimme war nicht zu überhören. »Und du solltest jetzt auch langsam runterfahren. Morgen gibt es viel zu tun.«

»Erst, wenn ich mit Dr. Andreani telefoniert habe«, antwortete Frida. »Sie wollte sich melden, sobald sie mit der Obduktion durch ist.«

»Wie du magst. Ich muss ins Bett, sonst gibt es Ärger. Bis Morgen!«

»Gute Nacht, Deniz!«

Nachdem sie aufgelegt hatte, stand sie noch eine Weile in ihrem schummrigen Wohnzimmer und starrte gedankenverloren aus dem Fenster. Dabei ergriff sie wieder diese Schwere. Es fühlte sich so an, als packten zwei riesige unsichtbare Hände ihre Schultern und drückten sie mit aller Gewalt hinunter. Langsam sank sie aufs Sofa, ihre Augen begannen zu flimmern, ihr Kopf klappte nach vorn und schließlich rutschte ihr auch das Handy aus der Hand.

Der ablandige Wind nahm zu, und Frida sah, wie Elias den Spinnaker setzte. Sie stand achtern auf der Leeseite und rief ihn mehrmals, doch er reagierte nicht. Sie blickte in den blauen Himmel und konnte ihr Glück nicht fassen. Er war wieder da! Sie bestaunte seinen braun gebrannten Oberkörper, der für einen zehnjährigen Jungen so kräftig wirkte. Seine Arme waren durchgestreckt, und seine Hände umschlossen fest die Schot. An seinem rechten Handgelenk baumelte das lederne Armband, das er sich in einem Souvenirshop im Hafen ausgesucht hatte. Und als sie den Wuschelkopf sah, den er von seinem Vater geerbt hatte, wäre sie am liebsten zu ihm gelaufen und hätte ihre Finger in den weichen Locken vergraben.

»Elias!«, rief sie.

Sie wusste nicht, was sie ihm sagen sollte, sie wollte nur seinen Namen rufen. Immer und immer wieder. So sehr war sie vom Glück erfüllt, ihn wiederzuhaben. Sie wollte sein Lachen hören und ihm eine Kusshand zuwerfen. Das Strahlen seiner Augen und das Weiß seiner Zähne sehen.

»Elias!«

Endlich hatte er sie durch den Fahrtwind hindurch gehört. Langsam drehte er seinen Kopf zur Luvseite, sodass der Wind seine Locken in ganzer Länge durchfahren konnte. Seine Haare waren schnell lang geworden, dachte Frida. Sie liebte es so, und sie weigerte sich jedes Mal, wenn Elias sie bat, seine Mähne zu stutzen.

»Elias!«

Wieso schaute er nicht zu ihr? Frida begann, ihr eigenes Lachen in den Gesichtsmuskeln zu spüren. Es kam ihr künstlich vor. Wie festgefroren. Lachte sie in Wirklichkeit gar nicht, sondern tat vielleicht nur so? Tief sog sie die frische Meeresluft ein. Nein, sie war wirklich glücklich, und er war endlich wieder da.

»Elias!«, rief Frida noch einmal.

Dann drehte er sich jäh um und sah ihr geradewegs in die Augen. Irgendetwas an seinem Gesicht wirkte ungewohnt. Frida konnte nicht gleich erkennen, was es war. Sie nahm die Sonnenbrille ab, um ihn besser sehen zu können. Doch es änderte nichts. Das Gesicht blieb irgendwie fremd und verschwommen. Er lächelte auch gar nicht, wie sie es erwartet hatte. Was war geschehen? Er wirkte traurig. Weinte er?

Sie ließ ihre Sonnenbrille fallen und lief in seine Richtung. Doch schon nach wenigen Schritten erkannte sie, dass der Junge gar nicht das Gesicht ihres Sohnes trug.

Es war das zerquetschte Gesicht von Bjarne Petersen.

8. Kapitel

Frida verließ das Haus ohne Frühstück. Während der Fahrt auf dem Rennrad rekapitulierte sie den gestrigen Abend. Doktor Andreani hatte sie kurz vor Mitternacht aus ihrem Albtraum geklingelt und ihr die Obduktionsergebnisse mitgeteilt. Etwas später war dann noch eine Nachricht von Deniz gekommen. Offenbar hatte Fridas Bemerkung über den nicht getrunkenen Schnaps ihn ins Grübeln gestürzt. Er hatte sich erkundigt, ob es ihr gut gehe. Mit feuchten Augen hatte sie sich bei ihm bedankt und sich danach doch noch einen Kleinen eingegossen.

Ein Arbeitskollege als Fixpunkt ihres Lebens. Nach Manuels Tod hatte sie eigentlich keine sozialen Kontakte mehr aus dem Kollegenkreis gewollt. Es war ihr immer schon suspekt erschienen, wenn Polizisten zu sehr im eigenen Saft schmorten. Heute war sie trotzdem dankbar, dass Deniz da war. Er hatte die Leerstelle besetzt, die aufgeklafft war, als nach der Familie auch noch die Freunde aus ihrem Leben verschwunden waren.

Woran Frida allerdings nicht ganz unschuldig gewesen war. Schließlich hatte sie die Menschen gemieden. Weil sie deren heruntergespulte Anteilnahme nicht mehr ertragen hatte. Und auch nicht die zärtlichen Küsse, die sie ihren Kindern in ihrem Beisein gegeben hatten.

Irgendwann hatte Frida dann festgestellt, dass ihre Distanzierung nicht mehr so einfach rückgängig zu machen war. Sie selbst war verzichtbar geworden. Manchmal schien es ihr sogar, dass einige Leute eine Art Groll gegen sie hegten. Als wollten sie ihr sagen: *Nach dem Tod deiner Liebsten wolltest du unseren Beistand nicht, also kannst du jetzt auch ganz wegbleiben.*

»Hey, Alte! Am Rand fahren!«, rief ihr der Fahrer eines schwarzen BMW zu, als sie an der Ampel Ecke Ringreiterweg stand. Sie drehte sich zu ihm und blickte ihn stumm an. In Gedanken spielte sie die Eskalation durch. Vom Rad absteigen, sich als Polizistin zu erkennen geben, Streife rufen, Fahrzeugkontrolle durchführen lassen, Anzeige wegen Nötigung. Er wäre nicht der Erste gewesen. Aber sie würde zu spät in die Mordkommission kommen. Das war es nicht wert.

Dann hörte sie, wie der Typ den Motor aufheulen ließ, um so schnell wie möglich zur nächsten roten Ampel zu gelangen. Idiot!

Als sie im Büro ankam, hatte Deniz ihr wie erwartet Kaffee und Buttercroissant hingestellt. Der Duft des frischen Blätterteigs stieg ihr in die Nase. Gesunde Ernährung roch anders. Aber dafür lange nicht so gut. Und förderte es nicht auch die mentale Gesundheit, wenn man den Tag mit gedankenlosem Genuss begann?

Außer Deniz und Björnsen waren noch vier weitere

Kommissare anwesend, unter ihnen auch Lasse Diekmann von der Kriminaltechnik.

Mit den Worten »Guten Morgen!« eröffnete Björnsen die Dienstbesprechung. »Wir fangen mal mit Herrn Diekmann an. Er und seine Kollegen haben gestern bis spät in die Nacht gearbeitet. Und so viel kann ich schon mal verraten: Sie haben etwas gefunden.«

»Es war kein Unfall«, begann Lasse auszuführen. »Wir haben aufgedeckt, dass der Täter nicht nur das Trägergestell der Jacht angeflext, sondern auch einen Bolzen an der Hebeanlage gelöst hat. Außerdem gehen wir davon aus, dass er die Holzklötze, die als zusätzliche Sicherung unter dem Boot standen, verrückt oder umgestoßen hat. Als Bjarne Petersen das Boot mit dem Lift hochfuhr, um die Position auf dem Gestell zu verändern, riss die Halterung der Winsch und das Boot kippte auf die Seite, auf der er stand.«

»Eine Falle«, sagte Frida.

»Richtig«, meinte Lasse. »Und eine gigantische dazu. Der Täter hatte das Gestell so angesägt, dass das sechs Tonnen schwere Boot denjenigen töten würde, der es mit dem Bootslift bediente.«

»Wieso musste er das Boot denn bewegen?«, erkundigte sich Frida.

»Bjarne hatte ein paar Tage zuvor eine Schicht Antifouling aufgetragen und musste die Position der Jacht etwas verändern, um die Stellen nachzubessern, an die er wegen des Gestells nicht herangekommen war. Der Täter hatte für das Setting folglich mehrere Tage Zeit.«

»Hat er sonst irgendwelche Spuren hinterlassen?«, fragte Frida.

»Nichts. Nur ein paar Metallspäne von den angesägten Stahlstreben.«

»Was hat denn die Obduktion ergeben, Frau Beck?« Björnsen fuhr in der Tagesordnung fort.

»Laut Andreani hat Bjarne durch den Aufprall des Schiffsrumpfes auf den Kopf derart schwerwiegende Verletzungen erlitten, dass es fast augenblicklich zum Herzstillstand gekommen ist. Die Todesursache lautet Herzversagen und Verblutungsschock, verursacht durch eine multiple Schädelfraktur«, berichtete Frida von den Untersuchungsergebnissen. »Von den zweiundzwanzig Knochen, aus denen der menschliche Schädel besteht, soll nur eine Handvoll intakt geblieben sein. Bjarne Petersen war sofort tot.«

»Und nicht etwa vorher?«, fragte Deniz unvermittelt.

»Darauf deutet laut Rechtsmedizin nichts hin«, entgegnete Frida. »Obwohl ein umfassender toxikologischer Befund gestern Abend noch ausstand, hat Doktor Andreani einen Nachweis von Tetrahydrocannabinol mithilfe des Harnblaseninhalts erbringen können. Der Junge war bekifft, als er unter dem Boot stand. Aber er lebte.«

»War Ansgar dafür verantwortlich, dass sein Bruder gestern zugedröhnt in die Werkstatt ging?«, fragte Deniz. »Vielleicht sollte Bjarne ja nicht merken, dass an dem Boot etwas nicht stimmte.«

»Ansgar hätte vielleicht ein Motiv gehabt, aber die Beweislage bleibt trotzdem dünn«, gab Frida zu bedenken.

»Die Blutspuren an seiner Kleidung dürften jedenfalls nicht ausreichen.«

»Hast du nicht gesagt, dass du Ansgar zu der Spezies ›gekränkter junger Mann‹ zählen würdest?«, erkundigte sich Deniz. »Er verlor früh seine Mutter, scheiterte in der Schule, litt am Liebesentzug durch den Vater und wurde von seiner Umwelt als Versager abgestempelt. Haben wir nicht in letzter Zeit öfter mal narzisstische Jungspunde gesehen, die zu Mördern wurden? Entspricht er nicht genau dem Täterprofil eines Incel?«

»Involuntary celibates«, erklärte Frida. »Junge, männliche Außenseiter, die keine Partnerin haben und sich im Internet radikalisieren. Für Letzteres haben wir bislang allerdings keine Indizien. Ist also bis jetzt nur Theorie.«

»Das beste Täterprofil ist nutzlos, wenn die Beweise fehlen«, wandte Björnsen ein. »Oder eben entsprechende Zeugenaussagen.«

»Aus dem Grund geht es heute auch mit Befragungen weiter«, pflichtete Frida ihrem Chef bei. »Wir werden uns den Nachbarn Konrad Hansen und die Stiefmutter Lilo Petersen vorknöpfen. Außerdem gibt es einen Durchsuchungsbeschluss für Ansgars Wohnung in Dahme.«

»Bin mal gespannt, was diese Lilo Petersen für eine Frau ist. Hat sich gestern nicht an der Werkstatt sehen lassen«, bemerkte Deniz. »Ist das nicht komisch?«

»Was sollte sie auch da?«, warf Frida ein.

»Kommissar Yilmaz, seien Sie bitte nicht so stürmisch mit Ihren Verdächtigungen«, ermahnte ihn Björnsen mit einem Augenzwinkern. »Ich erinnere nur an Ihren vorletzten Fall.«

Frida konnte sich ein Schmunzeln nicht verkneifen. Vor einigen Wochen hatte sich Deniz schon einmal in einen Verdacht verrannt. Aufgrund von fragwürdigen Indizien hatte er einen Mann der Komplizenschaft an einem Mord verdächtigt, der sich später als ein Sonderermittler aus Hamburg herausgestellt hatte. Der Kollege aus dem Stadtstaat, der selbst mit dem Fall betraut gewesen war, hatte den Täter schließlich auch gefasst und Deniz sich blamiert.

»Entschuldigen Sie die Störung«, sagte ein Kommissaranwärter, der zu der Besprechung gestoßen war.

»Was haben Sie für uns?«, erwiderte Björnsen.

»Die Kollegen von der Küstenstreife haben uns gerade mitgeteilt, dass sie gestern Vormittag ein kleines Motorboot mit auffälliger hellblauer Schlupfkajüte vor Dahmeshöved gesichtet haben«, erklärte der Mann. »Ein Kollege der Wasserpolizei hat sich an das Boot erinnert und es heute seinem Vorgesetzten gemeldet.«

»Sehr gut, Herr Kollege«, entgegnete Björnsen. »Tun Sie uns den Gefallen und schreiben Sie es zur Fahndung aus. Auch wenn die bei einem hellblauen Boot nicht sehr Erfolg versprechend sein dürfte.«

»Rosarot wäre besser gewesen«, ergänzte Deniz und grinste.

»Vielleicht war es einfach nur einer der Brandungsangler vom Schwarzen Grund. Die Stelle ist sehr beliebt. Und die Saison geht so langsam los«, bemerkte Lasse Diekmann.

»An guten Tagen kann es zwischen Kellenhusen und Dahme Süd richtig voll werden.«

»Nur war gestern kein guter Tag. Da war kein einziger Angler vor Ort«, erwiderte Deniz. »Die Kollegen von der Schutzpolizei haben die komplette Landspitze abgesucht. Von einem Boot haben sie mir übrigens auch nichts berichtet.«

»Also, wenn es nur ein paar Stunden dort gelegen hat, sollten wir schon in Erfahrung bringen, wem es gehört und warum es der Besitzer dort festgemacht hatte«, befand Frida.

»Als ob wir nicht auch so schon reichlich zu tun hätten«, antwortete Björnsen und seufzte. »Aber nun machen Sie sich mal an die Arbeit. Frau Beck, ich müsste noch kurz mit Ihnen reden, bevor Sie ausfliegen.«

»Ja?« Frida nickte.

»Es geht um den gestrigen Einsatz in Dahme«, erläuterte Björnsen. »Kriminaloberrat Seiffert war heute Morgen bei mir.«

Seiffert war vorübergehend an die Spitze der Polizeidirektion Lübeck gerückt, weil Kriminaldirektorin Sarah Rositzky krankheitsbedingt für längere Zeit ausgefallen war. Während Frida sich Rositzkys Sympathie sicher sein konnte, hatte Seiffert ihr bereits mehrmals zu verstehen gegeben, dass er anders tickte. Da die Mordermittlerin jedoch im alltäglichen Geschäft kaum mit ihm zu tun hatte, scherte es sie ausgesprochen wenig, wem Seiffert seine Herzenswärme vorzuenthalten gedachte.

»Und?«, fragte Frida zurück und klang dabei trotziger als nötig.

»Kramer hat Seiffert gegenüber angegeben, Sie hätten sich bei dem Einsatz gestern nicht an die Absprachen gehalten, die Sie über Funk mit ihm getroffen hatten«, sagte Björnsen. »Darauf sei auch die versehentliche Schussabgabe zurückzuführen …«

»Wie bitte?«, unterbrach Frida ihren Vorgesetzten. »Das kann ja wohl nicht wahr sein! Der Röder ist mit gezogener Waffe vom Zaun gefallen. Was hat das mit der Kommunikation zwischen Kramer und mir zu tun?«

»Ich weiß, ich weiß«, beruhigte Björnsen sie. »Habe heute Morgen auch bereits mit Herrn Yilmaz gesprochen. Ich bin im Bilde.«

»Schön!«, entgegnete Frida schroff.

»Trotzdem liegt ein Polizist im Krankenhaus«, fuhr Björnsen fort. »Der Seiffert muss da jetzt gründlich sein, weil ihm viele Leute auf die Finger schauen. Das ist seine erste Bewährungsprobe als Interimsleitung der Polizeidirektion.«

»Das heißt?«

»Dass er Kramers Aussage nachgehen muss«, erwiderte Björnsen. »Aber machen Sie sich keine Sorgen. Ich stehe hinter Ihnen. Und Yilmaz sowieso. Um eine ausführliche schriftliche Stellungnahme werden Sie aber nicht herumkommen.«

»Was habe ich diesem Kramer denn getan? Ich verstehe nicht, wieso er mir die Schuld gibt«, murmelte Frida. »Ich bin dem Mann doch noch nie zuvor begegnet.«

»Hören Sie, Frau Beck«, sagte Björnsen. »Normalerweise spreche ich nicht über derartige Interna, aber für Sie mache ich hiermit mal eine Ausnahme. Sozusagen als Ausdruck meiner Wertschätzung Ihnen gegenüber. Kramers Name war mir vorher nämlich durchaus ein Begriff.«

»Ach so?« Frida überkam ein ungutes Gefühl, als sie das hörte.

»Er hat bereits mehrere Umsetzungsanträge gestellt und will scheinbar unbedingt zu uns«, sagte Björnsen. »Bis jetzt ohne Erfolg.«

Frida nickte stumm und wollte sich gerade von ihrem Chef verabschieden, als plötzlich der Kommissaranwärter vor ihnen stand und mit einem Zettel wedelte.

»Das Revier in Oldenburg hat soeben mitgeteilt, dass es ein Feuer gegeben hat«, sagte der junge Kollege und hielt kurz inne, um von seinem Spicker abzulesen. »In dem historischen Nebenturm von Dahmeshöved.«

9. Kapitel

Deniz ließ seinen Blick zum östlichen Ende der Nehrung schweifen, wo sich hinter den Strandvillen der hölzerne Beobachtungsturm erhob. Die bei den Touristen beliebte Vogelwarte sah so aus, als hätte eine auflandige Sturmböe ein Fischerhuus auf seine Hinterbeine gestellt wie ein Rodeopferd beim Bareback Riding. Rechts daneben kräuselte sich dunkelblaues Wasser zwischen den Salzwiesen, riesige, ovale Grasteppiche, die allein den Vögeln vorbehalten waren. Vereinzelt hatte man die Brutstätten eingezäunt, um Fuchs und Marderhund fernzuhalten. Der Kommissar fragte sich, ob die Einhegung ausreichte, um die Prädatoren auch dann abzuweisen, wenn sie einmal wirklich hungrig waren.

Nachdem Deniz an der Haustür geklingelt hatte, ging er langsam zu einem der Seitenfenster. Hatte sich hinter der Glasscheibe nicht gerade etwas bewegt? Rasch drückte er sich an die Hauswand und hielt nach einer Stelle Ausschau, von der er unbemerkt Einblick ins Haus erhalten konnte. Da es noch recht früh am Morgen war und sich zudem eine bedrohliche Wolkendecke über die gesamte Küste gelegt hatte, waren kaum Spaziergänger unterwegs. Das war auch besser so. Denn es musste schon ein merkwürdiges Bild abgeben, wie er hier in der Hecke stand und durchs Fenster spähte.

Die Einrichtung machte einen edlen Eindruck, wirkte aber zugleich sehr unpersönlich. Irgendetwas zwischen Filmset und neu eröffnetem Hafenrestaurant. Wuchtige Kommoden mit kunstvollen Intarsien standen wie zufällig neben antiken Seemannstruhen mit polierten Messingbeschlägen. Ein in Würde ergrautes Fischernetz hing sorgfältig drapiert an der babyblau eingefärbten Wand. Das Modell einer Viermastbark reihte sich zwischen Fischpräparaten und Petroleumlampen ein. Gegenüber dem Terrassenfenster stand ein Aquarium in Einkaufswagengröße, das mit seinem futuristisch-violetten Licht wie ein Fremdkörper zwischen dem ganzen alten Kram wirkte.

Plötzlich öffnete jemand ein Fenster, und die sonore Stimme eines Mannes drang nach draußen. Deniz versuchte, etwas zu verstehen, doch das Rauschen der See legte sich wie ein dickes Handtuch über das Gesprochene. Dann tauchten die blonden Locken einer Frau hinter dem Fensterglas auf. Ein voller Mund leuchtete im Rot eines dick aufgetragenen Lippenstiftes. Sie setzte sich auf ein dunkles Sofa und der Kommissar sah, dass sie nur mit Unterwäsche und Stöckelschuhen bekleidet war. Lasziv schlug sie die Beine übereinander.

Deniz ging allmählich auf, warum sie die Tür nicht geöffnet hatten. Er fragte sich, ob er es erneut an der Klingel versuchen sollte oder ob es ihn nicht weiterbringen könnte, wenn er noch ein paar Details von der Seitenlinie aus erhaschte. Gänzlich uninteressant war diese Perspektive jedenfalls nicht.

Die Entscheidung wurde Deniz abgenommen, als wie aus dem Nichts eine Schuhspitze am unteren Rand des Sofas auftauchte. Sie gehörte zu einem schweren schmutzigen Arbeitsschuh, der nicht so recht zu dem frisch gewachsten Parkett passen wollte. Und ehe Deniz dazu kam, sich dieses Schuhwerk an Knut Petersen vorzustellen, sah er, wie Lilo ihren spitzen Absatz auf den verdreckten Treter stellte und sich nach vorne beugte. Durch das Meeresrauschen hindurch vernahm Deniz ein kurzes, lustvolles Stöhnen, gefolgt von einem wehleidigen Seufzer und dem Knarren der Stimme des Mannes. Wer war dieser gestiefelte Kater? Wieso war Lilo gestern nicht sofort zur Werkstatt geeilt, wo ihr Stiefsohn tot aufgefunden worden war? Und wenn der gestrige Mordanschlag nicht Bjarne, sondern doch Knut Petersen gegolten hatte? Käme dem heimlichen Liebhaber dann nicht eine besondere Bedeutung zu?

Konzentriert spähte Deniz nach einer Stelle, die ihm einen besseren Blick auf den Schuhträger gestattete, als er plötzlich mehrere weibliche Stimmen in seinem Rücken vernahm. Erschrocken drehte er sich um und blickte durch einen löchrigen Hagebuttenstrauch in ein Paar großer grüner Augen.

• • •

Die Löscharbeiten waren beendet, als Frida in Dahmeshöved ankam. Die Männer der Freiwilligen Feuerwehr Dahme standen auf der schmalen Straße herum und warfen ihr neugierige Blicke zu, während sie aus ihrem Wagen stieg. Der Brandgeruch hing in der Luft, und am Himmel drehten ein paar neugierige Krähen ihre Runden. Sie grüßte mit einem Nicken und ging zu der kleinen Gruppe uniformierter Kollegen.

Frida musste unweigerlich an die Geschichte denken, die sie gestern gelesen hatte. Sie handelte von der Flucht eines kleinen Jungen über die Ostsee. Wie war noch mal sein Name gewesen? Hatte er die Fahrt überlebt? Hätte Frida geahnt, dass der Turm noch in derselben Nacht abbrennen würde, hätte sie das Büchlein am Abend herausgeholt.

»Moin, Frau Beck«, sagte eine junge Schutzpolizistin aus Oldenburg, an deren Namen sich Frida nicht erinnerte. Die Beamtin zeigte auf zwei Kollegen in Zivil, die mit gezückten Notizblöcken einer Frau gegenüberstanden. »Herr Kramer befragt gerade eine Nachbarin.«

»Vielen Dank«, rief Frida ihr zu.

Im selben Moment drehte sich Kramer um und sah Frida in die Augen. In seinem Blick lagen Feindseligkeit und Ratlosigkeit zugleich. Es hatte fast den Anschein, als hätte Fridas Stimme ihn aufgeschreckt. Hatte sie ihn etwa bei der Arbeit gestört?

»Sie, hier?«, fuhr er Frida auch gleich an.

»Hallo!«, antwortete sie lächelnd. »Ich war auf dem Weg zu Konrad Hansen, und da dachte ich …«

»Der wohnt da unten«, unterbrach Kramer sie und zeigte die Straße hinunter.

»Wir befragen gerade Frau Ahrens«, bemerkte Kramers

Begleiter, dem die abweisende Art seines Kollegen unangenehm zu sein schien. »Sie wohnt nebenan und hat mitbekommen, dass gestern Nacht jemand in dem kleinen Turm war.«

»Hallo!«, grüßte Frida freundlich.

»Da ist ein Fenster kaputtgegangen. Ich schätze mal, das waren die Jugendlichen aus Dahme«, sagte Frau Ahrens, hielt kurz inne und kratzte sich nachdenklich die roten Locken. »Glauben Sie eigentlich, der Brand hat etwas mit dem Tod des Jungen zu tun?«

»Wir ermitteln jedenfalls wegen Brandstiftung«, erklärte Kramer. »Mehr können wir nicht sagen.«

»Da hören Sie es«, entgegnete Frida der Nachbarin mit einem Lächeln. Dann wandte sie sich an die Kollegen. »Ist denn viel zerstört worden?«

»Das Innenleben des Turms ist dahin. Aber wenigstens hat die Bausubstanz keinen Schaden genommen. Deutsche Wertarbeit, Baujahr neununddreißig«, erwiderte Kramers Kollege und schnalzte anerkennend mit der Zunge. »Im angrenzenden Wärterhaus sieht es anders aus. Dort ist der Dachstuhl komplett abgebrannt.«

»Wir würden dann gern fortfahren, wenn es Ihnen nichts ausmacht, Frau Beck«, unterbrach Kramer seinen Kollegen schon wieder und wedelte mit seinem Notizbuch. »Konrad Hansen ist übrigens zu Hause. Den haben wir schon vorbeikommen sehen.«

Frida dachte über die Frage von Frau Ahrens nach. Hatte der Brand mit dem Mord an Bjarne Petersen zu tun? Wahrscheinlich nicht. Hatte er mit ihrem nächtlichen Besuch im Turm zu tun? Ziemlich sicher. Aber wer steckte dahinter?

Sie verabschiedete sich, stieg gedankenversunken in ihren Wagen und fuhr die Dahmeshöved-Straße hinunter bis zur Küste, wo sie an den Gedenkstein gelangte, der an die DDR-Flüchtlinge erinnerte, die bei der Flucht über die Ostsee ihr Leben verloren hatten. Hier, am äußersten Ende der Landspitze von Dahmeshöved, lag das Haus der Hansens.

Ein schöner Ort, dachte Frida sofort, als sie ausstieg und zum Wasser ging. Die Luft kam ihr mild vor, fast schon süßlich. Sie ließ den Blick über eine dunkelblaue, aber ruhige Ostsee schweifen, die unter einer grauen Wolkenlandschaft lag. Am Horizont entdeckte sie das winzige weiße Dreieck eines Seglers. Nicht das beste Wetter zum Segeln, dachte sie. Dann drang das Brummen einer männlichen Stimme an ihr Ohr. Sie drehte dem Ufer den Rücken zu und hielt Ausschau, sah aber niemanden.

»Lass das!«, sagte der Brummbär, der nicht weit entfernt sein konnte.

Frida blickte nach links auf die große Koppel, die von Trauerweiden eingerahmt war. Dann nach rechts, wo hinter Zaun und Hecke das Grundstück begann, das den Hansens gehörte. Sie ging ein paar Schritte rechts am Ufer entlang und entdeckte hinter einem großen Sanddornstrauch eine schmale Bank, auf der ein etwa achtzigjähriger Mann saß. Sein sonnengegerbtes Gesicht war von tiefen Furchen durchzogen und von einem weißen Seemannsbart eingerahmt. Er trug einen Elbsegler und zwischen seinen Zähnen steckte eine Pfeife. Vor seinen Füßen saß ein etwa zwölfjähriger Junge im spärlichen Gras. Das musste Hansen mit seinem Enkel sein.

»Du sollst dir die Grashalme nicht in den Mund stecken!«, schimpfte der Alte, doch das Kind reagierte nicht, sondern grinste die Besucherin mit grünen Zähnen an.

»Hallo! Ich habe Sie zuerst gar nicht gesehen«, sprach Frida ihn an.

»Moin!«, knurrte der Alte.

»Ich suche Konrad Hansen«, sagte Frida.

»Wozu?«, entgegnete der Mann, zog ein paarmal an seiner Pfeife und entließ eine blaue Rauchschwade in den Wind.

Als Frida den verbrannten Pfeifentabak roch, fühlte sie sich für einen winzigen Augenblick an einen jener längst verlorenen Nachmittage mit ihrem Vater zurückversetzt. Sein Gesicht tauchte vor ihrem inneren Auge auf. Kumpelhaft zwinkerte er ihr zu, als wollte er ihr Mut machen.

»Beck, Mordkommission Lübeck«, stellte sie sich vor. »Wenn Sie Herr Hansen sind, hätte ich einige Fragen an Sie. Es geht um den Todesfall, der sich gestern in der Nähe des Leuchtturms ereignet hat.«

»Tja«, entgegnete Hansen und tätschelte dem Jungen vor ihm den Kopf. »Ein Jammer, nicht wahr?«

»Ihr Enkel?«, fragte Frida und deutete mit dem Kinn auf das Kind.

»So sieht es zumindest aus«, antwortete Hansen und blickte an ihr vorbei aufs Meer.

»Wie alt ist er denn, wenn ich fragen darf?«

»Zehn. Ach nein, elf.«

»Sie kümmern sich um ihn?«, fragte Frida weiter.

»Geht so«, meinte Hansen und kniff die Augen zusammen. »Aber Sie sind sicher nicht nur zum Schnacken vorbeigekommen, oder?«

»Nein«, entgegnete die Ermittlerin. »Ich wollte mich erkundigen, ob Sie gestern irgendetwas Außergewöhnliches hier in der Gegend beobachtet haben.«

»Ja, das habe ich«, sagte Hansen bitterernst. »Jede Menge Uniformen.«

Frida ließ ihren Blick über die Ostsee schweifen. Ein seltsamer Kauz, dieser Hansen. Seinen ausweichenden Antworten zufolge konnte sie sich wohl geehrt fühlen, dass er überhaupt mit ihr sprach und sich nicht schon längst hinter die Felswand seines vertrockneten Gesichts zurückgezogen hatte.

»Sie sind gestern am Leuchtturm gesehen worden. Stimmt das?«, fragte Frida weiter. Daraufhin verschob sich etwas im Gesicht des Alten.

»Der Kleine hier war mit mir zusammen.« Hansen deutete mit seiner dicken Nase auf den Jungen, der immer noch am Boden saß und Grünzeug in Stücke riss. »Der Schlawiner ist mir kurz abgehauen. Musste ihn wieder einfangen.«

»Haben Sie gestern vor dem Eintreffen der Polizei außer Ansgar irgendjemanden in der Nähe des Leuchtturms beobachtet? Auf dem Grundstück der Petersens vielleicht?«

»Sie müssen mir schon sagen, welches von den vielen Sie meinen«, sagte er in scharfem Ton.

»Das, auf dem die Scheune mit der Jacht steht«, antwortete Frida und wies mit der Hand landeinwärts.

»Nicht drauf geachtet.«

Der Kerl erfordert Geduld, dachte Frida und drehte sich zum Meer, um nach dem einsamen Segler zu suchen. Für ein paar Augenblicke vernahm sie nur die schmatzenden Geräusche, die Hendrik von sich gab, und das immer gleiche Rollen der Wellen. Nicht eine Möwe wagte zu schreien. Als ein Regentropfen auf ihrer Nasenspitze landete, vergrub sie ihr Kinn im Kragen ihrer Jacke.

»Na du?« Frida richtete das Wort an den kleinen Hendrik. »Gehst du gern mit deinem Opa spazieren?«

Der Junge schenkte ihr ein scheues Lächeln. In seinen blauen Augen leuchtete eine unendliche Güte, und tief aus seiner Brust drang ein warmer Laut der Zustimmung. Frida konnte sich ein Lachen nicht verkneifen, als er ihr seine grüne Zunge herausstreckte. Aus den Augenwinkeln erhaschte sie einen Blick auf Hansens Gesicht. Seine feuchten Augen hatten sich an seinen Enkel geheftet.

»Das da«, rief der Alte plötzlich und deutete mit dem Daumen über seine Schulter. »Das ist das letzte Haus in Dahmeshöved, das nicht den Petersens gehört. Oder besser gesagt: der Familie Sobczak. Denn so heißt der Herr ja wohl. Seine Tarnung ist mittlerweile aufgeflogen. Wenn auch viel zu spät.«

»Wie meinen Sie das?«, fragte Frida nach.

»Den Petersen hat er sich nur zugelegt, um den Menschen von hier was vorzugaukeln. Er hat die Lilo geheiratet und ihren Namen angenommen, damit die Leute glauben, er wäre ein Einheimischer. Hier, wo jeder Dritte Petersen heißt. Bei einem Sobczak, den keiner kennt, hätten die

Leute wohl besser aufgepasst«, erklärte der Alte, den Blick weiter starr auf die dunkelblaue Ostsee gerichtet. »Lilo hat uns alle enttäuscht.«

»Lilo Petersen?«

»Sie war mal ein ganz bodenständiges Mädchen«, erzählte Hansen weiter. »Die Leute aus Dahme haben sie gemocht.«

»Und warum soll sie irgendwen getäuscht haben?«

»Sie ist mit einem Koffer voller Geld und einem Notar im Geleit zu den Hauseigentümern nach Hause gegangen und hat ihnen erzählt, sie hätte geerbt und wolle unbedingt dieses Haus oder jenes Grundstück für ihre kleinen Stiefsöhne erwerben. Etlichen Leuten ist sie mit einer Mitleidstour gekommen. Immer die gleiche Story von den Kindern, die ihre Mutter verloren hätten«, sagte Hansen voller Bitterkeit. »So hat sie unzählige Immobilien erworben. Bis irgendwann herauskam, dass die Familie ihres Mannes hinter den Ankäufen steckte. Viele hätten ihre Häuser gar nicht an diese Fremden verkauft.«

»Die *Sobczaks* stammen also nicht von hier?«, fragte Frida und warf einen Blick auf Hendrik, der unversehens aufgestanden war und gegen herumliegende Holzlatten zu treten begann. Das Gespräch schien ihm nicht zu behagen.

»Rostock oder so«, erwiderte Hansen. Dann drehte er sich ruckartig zu seinem Enkel. »Hör auf damit, Hendrik! Wer hat dir denn bloß diesen Unsinn gezeigt?«

»Wie ich gehört habe, machen Sie die Führungen im Leuchtturm«, meinte Frida und wechselte damit das Thema.

Der Alte warf ihr einen wütenden Blick zu. Sein Gesicht

begann plötzlich zu zucken, Falten und Furchen erwachten zum Leben, der Bart zitterte und die Augen glühten. Der Vulkan musste kurz vor der Entladung stehen.

»Das ist das Letzte, was uns noch geblieben ist!«, brach es aus ihm heraus. »Den Leuchtturm lassen wir uns nicht nehmen!«

»Verstehe.« Frida wich ein paar Zentimeter zurück.

»Das glaube ich kaum. Sie sind nicht von hier«, schimpfte Hansen weiter. »Aber eines kann ich Ihnen sagen: Jetzt hat es endlich mal den Richtigen getroffen! Ich wünsche ja niemandem den Tod, aber …«

In diesem Mann hatte sich ordentlich Wut angestaut, so viel stand fest. »Ähm, bitte, Herr Hansen, bleiben Sie ruhig.«

»Es hätte besser der Vater darunterstehen sollen«, beendete Hansen seinen Satz, paffte ein paar blaue Rauchfahnen in den Wind und erhob sich ächzend von seinem Bänkchen.

»Bevor Sie gehen«, sagte Frida, »muss ich Sie noch fragen, wo Sie sich gestern Vormittag aufgehalten haben, bevor Ihr Enkel weggelaufen ist.«

Jetzt blickte Hansen sie direkt an. Die Pfeife hatte er sich aus dem Gesicht genommen. Den Mund ließ er leicht geöffnet. »Meinen Sie ernsthaft, ich mache mir an dem die Finger schmutzig? Dieses Gesindel vergeht von allein. Man muss sich nur den ältesten Sohn angucken. Ein Dreckskerl vorm Herrn!«

»Wo waren Sie gestern Vormittag?«, wiederholte Frida.

»Ich war hier«, sagte Hansen. »Bei meiner Familie.«

»Dann können Sie mir sicher einen Zeugen dafür nennen«, forderte Frida ihn auf.

»Der Hendrik hier war mit mir zusammen«, entgegnete Hansen und grinste schelmisch wie ein kleiner Junge, der etwas ausgefressen hat. Ganz offensichtlich wollte er testen, wie weit er gehen konnte. »Und mein Sohn Leo.«

»Ist Ihr Sohn jetzt zu sprechen?«, fragte Frida und reckte ihren Hals. Hatte sich nicht jemand an der Hecke gezeigt?

»Nein, er ist nicht da«, meinte Hansen mürrisch. »Komm, Hendrik! Wir gehen.«

Behutsam zog er den Jungen vom Boden hoch und wandte sich seinem Haus zu.

»Wenn das so ist, werde ich noch einmal wiederkommen müssen«, sagte Frida drohend.

»Machen Sie das, Frau Kommissarin«, antwortete Hansen, ohne sich noch einmal zu ihr umzudrehen. »Das schaffen wir auch noch.«

Als Hansen mitsamt Enkel hinter der Hecke verschwunden war, holte Frida ihr Handy hervor, um Deniz anzurufen, und schlenderte langsam zurück zu ihrem Wagen. Sie bekam nicht mehr mit, wie der alte Hansen direkt hinter der Hecke von seinem Sohn Leo in Empfang genommen wurde. Ein Riese von Mann, der seinem Vater wie aus dem Gesicht geschnitten war. Mit einer Hand griff er nach seinem Sohn Hendrik und legte ihn sich über die Schultern wie einen Zentner Kartoffeln. »Warum redest du mit der?«

»Sie hat mich angesprochen.«

»Es passieren Dinge, für die wir besser dem lieben Gott danken sollten, statt mit der Polizei zu schnacken«, knurrte Leo Hansen.

10. Kapitel

War es wirklich schon so lange her? Frida ließ ihren Blick über den Kommunalhafen gleiten. Rechts von ihr lagen die kleinen Ausflugsdampfer, die einen für gutes Geld über den Fehmarnsund schipperten. Dahinter stand die Fischhalle, deren Fassade aussah wie die Flanke eines zu lütt geratenen Containerschiffs. Links lagen Fischkutter und Segelboote, unter denen sich auch der Imbisskutter befand, auf dem Lasses Vater angeblich Fischbrötchen und Flens verkaufte.

Frida musste an ihren eigenen Vater denken. Fünf Jahre war es her, dass Frida den schwer kranken Mann ins Auto geladen und einen spontanen Ausflug nach Heiligenhafen unternommen hatte. Es war das letzte Mal gewesen, dass sie ihn außerhalb eines Krankenhauses gesehen hatte. Sie erinnerte sich daran, wie er auf der Seebrücke zitternd in seinem Rollstuhl gesessen hatte. In der Hand ein Fischbrötchen, von dem er kaum mehr richtig hatte abbeißen können. So sehr hatte ihn der Krebs bereits geschwächt gehabt.

Mit geschlossenen Augen hatte ihr Vater sich nach ihrer Mutter erkundigt, als wüsste er nicht, dass seine Ex-Frau in Amerika war und sich einen Schiet für ihn interessierte.

Dummkopf, der er gewesen war, hatte er sie bis zu seinem Tod geliebt, Jahre, nachdem sie ihn für einen anderen Mann verlassen hatte.

Das war ihr letztes Mal in Heiligenhafen gewesen. Und freiwillig wäre sie nicht zurückgekehrt. Denn alle drei Männer, die sie damals begleitet hatten, waren nicht mehr. Zuerst war ihr Vater seinem Krebsleiden erlegen. Und keine drei Jahre später waren ihm Manuel und Elias gefolgt. Es hatte einen Mordanschlag auf ihren Mann gegeben, weil er als Polizist seinen Job offenbar zu gut gemacht hatte und weil der Staat nicht imstande gewesen war, ihn ausreichend zu schützen. Er hatte mit seiner Abteilung einen Drogenring ausgehoben und viele Leute für sehr lange Zeit hinter Gitter gebracht. Das Neun-Millimeter-Geschoss hatte zuerst Manuels Halsschlagader durchtrennt und danach das Gesicht ihres Kindes in Stücke gerissen. Es hatte nur wenige Sekunden gedauert, bis Elias verblutet war. Eine Kugel für zwei Menschen.

»Moin!« Eine bekannte Stimme riss sie plötzlich aus ihren Erinnerungen. Erschrocken drehte sie sich um. Hinter ihr versuchte Lasse Diekmann, seine blonden Haarsträhnen in den Griff zu bekommen. Er lächelte schüchtern.

Was für ein schlechtes Timing, dachte sie. Frida wünschte niemandem, jetzt in ihr Gesicht zu sehen. Wenn es auch nur einen Bruchteil des Schmerzes widerspiegelte, den sie gerade empfand, musste es Furcht einflößend anmuten.

»Hi!«, grüßte sie zurück und versuchte, einigermaßen unbeschwert zu wirken. »Wie läuft es?«

»Wir haben die komplette Werkstatt umgekrempelt«, antwortete er. »Alles, was wir gefunden haben, waren ein paar Spuren an den Holzböcken. Erdreste, deren Herkunft uns noch ein wenig schleierhaft ist.«

»Holzböcke?«, fragte Frida zerstreut. Sie war noch nicht ganz bei der Sache.

»Die dienten der Sicherung der Jacht. Der Täter hat sie vermutlich entfernt«, erwiderte er. »Hatte ich heute Morgen kurz erwähnt.«

»Ach so, klar, ich erinnere mich. Du hast gesagt, dass sie Bjarne das Leben hätten retten können«, stimmte Frida ihm zu.

»Definitiv«, meinte Lasse. »Die Kollegen sind gerade dabei festzustellen, ob die Erde an ihnen aus der unmittelbaren Umgebung stammt.«

»Sehr gut«, antwortete Frida ungewollt kühl und blickte an Lasse vorbei auf eine Gruppe von Ausflüglern, hinter der Deniz zum Vorschein kam. »Da kommt er ja.«

»Moin, die Kollegen! Ich sehe, man versteht sich prächtig«, sagte Deniz und setzte dabei ein vieldeutiges Lächeln auf, bei dem Frida ein leichtes Unbehagen beschlich. Er gab sich wirklich keine Mühe, seine Verkupplungsversuche zu verschleiern.

»Wir waren gerade dabei, unseren Vormittag auszuwerten«, sagte sie. »Und deinem Gesicht nach zu urteilen, hattest du den besten von allen.«

»Ich darf euch in aller Bescheidenheit etwas verkünden, dass ich etwas über Lilo Petersen herausgefunden habe«, begann Deniz geheimnisvoll zu berichten. »Allerdings ohne sie zu sprechen.«

»Und das bedeutet?«, entgegnete Frida irritiert. Es war nicht das erste Mal, dass Deniz eigene Ansätze entwickelte, anstatt die Aufträge abzuarbeiten, die man ihm zugeteilt hatte.

»Wir haben wahrscheinlich einen geheimen Liebhaber«, sagte Deniz strahlend.

»Und?«, fragte Frida.

»Nachdem Lilo Petersen mir nicht die Tür geöffnet hatte, habe ich sie und diesen Mann eine halbe Stunde lang durch ein Fenster beobachtet, wobei ich das Gesicht des Typen jedoch leider nicht erkannt habe«, entgegnete Deniz. »Nur Knut Petersen war es nicht. Das kann ich ziemlich sicher sagen.«

»Du machst nur Spaß, oder?«, fragte Frida.

»Ich wusste, dass dir das nicht zusagt. Aber als ich mich umentschieden hatte und gegen die Fensterscheibe klopfen wollte, kam mir dummerweise die Nachbarin dazwischen. Ich zeigte ihr meinen Dienstausweis, aber das machte die Sache nur noch schlimmer«, erklärte Deniz. »Die sah nur einen perversen Türken, der im Gebüsch stand und spannerte, und rief erst einmal die Kollegen vom Heiligenhafener Revier.«

»Was?« Lasse konnte sich ein Lachen nicht verkneifen.

»Ja. Und währenddessen müssen Petersen und ihr männlicher Besuch das Haus über die Strandseite verlassen haben«, erklärte Deniz.

»Sehe ich es richtig, dass Lilo Petersen sich also ihrer Vernehmung entzogen hat?«, fragte Frida.

»Nein, nein. Sie wusste ja nicht, wer geklingelt hatte«, erwiderte Deniz. »Und von dem Streifenwagen hat sie vermutlich gar nichts mehr mitbekommen.«

Frida schüttelte den Kopf. Sie war sprachlos. Aber so war er eben. Immer für eine Überraschung gut. Nur leider fehlte ihnen damit immer noch die Aussage der Stiefmutter des Opfers. Und das gute vierundzwanzig Stunden nach seinem Tod.

»Warum schaust du denn so angefressen?«, fragte Deniz sie. »Was wäre, wenn der Mörder in Wirklichkeit Knut Petersen töten wollte? Dann würde uns die Affäre seiner Ehefrau ja wohl interessieren.«

»Aber Knut Petersen lebt noch, und der Liebhaber seiner Frau bringt uns im Moment nicht weiter«, sagte Frida nachdenklich und sah zu Lasse. »Na ja, aber wir sind ja eigentlich aus einem anderen Grund hier.«

»Genau!«, pflichtete ihr Deniz bei. Man merkte ihm an, dass ihm der Themenwechsel zupasskam. »Nun stell uns doch mal deinen Vater vor, Lasse! Außerdem habe ich Hunger.«

Der Imbisskutter lag auf der Höhe des Seenotretterhauses. Das Deck war mit einem Tresen versehen, der sich fast über die ganze Länge des dekorierten Verkaufsschiffs erstreckte. Dort hingen ausgediente Netze, Fischpräparate und lange Preislisten. An Bord stand ein kräftiger Mann mit Wollmütze und in dickem Pulli, dessen Alter schwer zu schätzen war, aber um die sechzig liegen musste.

»Darf ich vorstellen?«, sagte der Kriminaltechniker. »Mein Vater, auch Kalle genannt.«

»Moin!«, grüßte Kalle und schaute vergnügt. Frida entging nicht, dass er die Hand seines Sohnes noch eine Weile festgehalten hatte. So viel Zärtlichkeit hätte sie zwischen den beiden nicht erwartet. Für einen Augenblick dachte sie an die Hände ihres Vaters, rau und fest wie altes Schiffstau.

»Das sind meine Kollegen«, erklärte Lasse. »Hatte dir ja erzählt, dass wir mal vorbeikommen.«

»Was darf es denn sein?«, fragte Kalle, nachdem Frida und Deniz ihn begrüßt hatten.

»Ich habe gehört, der Backfisch sei ein Gedicht«, antwortete Frida.

»Aber hallo!«, rief Kalle. »Dreimal?«

Die Ermittler nickten. Frida blickte in den grauen Himmel. Das unentschlossene Getröpfel schien allmählich zu einem handfesten Nieselregen anzuwachsen.

»Wir hätten ein paar Fragen zu den Hansens aus Dahmeshöved und dem neuen Eigentümer des Wärterhauses«, sagte Frida, bevor sie dem Backfischbrötchen in ihrer Hand den ersten Bissen verpasste. »Sie kennen sich gut aus da, oder?«

»Die Hansens und die Petersens«, antwortete Kalle. »Ich bin im Bilde. Ich vertrete Konrad Hansen manchmal bei den Leuchtturmführungen.«

»Hast du nicht auch mal erzählt, dass die sich dort draußen in Dahmeshöved regelrecht gegenseitig bekriegen?«, fragte Lasse seinen Vater.

»Ich versuche eigentlich, mich da herauszuhalten«, erklärte Kalle zurückhaltend.

»Hat der Konflikt etwas mit dem Hotelbau zu tun?«, fragte der Kriminaltechniker weiter nach.

»Nicht unbedingt«, erwiderte Kalle. »Also, Leo Hansen, der Sohn vom alten Konrad, ist schon ziemlich lange stinkig auf den Petersen und seine Söhne. Nicht erst, seitdem die Baustelle da ist. Aber das ist Politik. Davon verstehe ich wenig.«

»Ist dieser Leo Hansen Politiker?«, fragte Lasse seinen Vater.

»Nein, aber er leitet das NABU-Informationszentrum auf dem Graswarder«, erläuterte Kalle. »Und das befindet sich direkt gegenüber von einer der beiden Petersen-Villen. Hansen und Petersen sollen da schon mehrmals wegen des Küstenschutzes aneinandergeraten sein. Während Petersen sich für einen neuen Küstenschutz einsetzt, hat Hansen Angst, dass die Salzwiesen vertrocknen.«

»Vor der Landzunge stehen schon Buhnen?«, fragte Deniz.

»Die sind uralt und sollen jetzt erneuert werden«, antwortete Kalle. »Das haben die Stadträte von Heiligenhafen so abgesegnet. Sogar das Ministerium in Kiel hat zugestimmt.«

»Verstehe«, erwiderte Frida. »Aber Petersen hat doch den Buhnenbau nicht allein veranlasst, oder?«

»Unterschätzen Sie den nicht. Der hat überall Beziehungen«, meinte Kalle. »Das hört man zumindest so.«

»Da steht so ein kleiner Naturschützer natürlich auf verlorenem Posten«, sagte Deniz, biss in sein Fischbrötchen, dass die Remoulade nur so tropfte, und schaute gedankenverloren zu den Kollegen.

»Warum macht Konrad Hansen eigentlich die Führungen durch den Leuchtturm?«, fragte Frida.

»Die Gemeinde hat vor vielen Jahren jemanden gesucht, und er hat sich eben darauf beworben. Und da er selbst mal in dem Turm gearbeitet hat, haben sie sich für ihn entschieden. Seitdem macht er das.«

»Wann war er denn dort tätig?«, erkundigte sich Frida.

»Ende der Siebziger, als das Leuchtfeuer noch rot-weiß angepinselt war und per Hand bedient werden musste«, entgegnete Kalle. »Hansens Onkel war der letzte offizielle Leuchtturmwärter, bevor die Funksteuerung kam. Gegen Ende war er länger krank, also ist Konrad für ihn eingesprungen. Ein paarmal war ich sogar auch dabei. Längst vergangene Zeiten.«

»Das Leuchtturmwärterhaus hat danach wohl die Besitzer gewechselt, oder?«, fragte Deniz.

»Konrad Hansens Onkel verstarb, kurz nachdem seine Arbeit wegrationalisiert wurde. Danach haben die Kinder die Nebengebäude und den Beobachtungsturm an eine Familie aus dem Ort verkauft. Dreißig Jahre darauf kamen dann wieder neue Besitzer«, erklärte Kalle. »Die Petersens.«

»Allerdings sollen die ja ihre eigentlichen Absichten verschleiert haben, oder?«, erkundigte sich Frida. Stimmte es, was ihr Konrad Hansen erzählt hatte?

»Kann schon sein«, sagte Kalle.

»Wissen Sie etwas über die Umstände, unter denen die

Petersens an ihre Immobilien gekommen sind?«, fragte Frida weiter.

»Keine Ahnung. Aber ich habe einen Stammkunden, der ist Immobilienhändler«, erzählte Kalle. »Er kommt jeden Morgen, um sich sein Heringsbrötchen bei mir abzuholen. Und der sagt immer, dass es bei Immobiliengeschäften nur zu zwanzig Prozent auf die Finanzen ankommt. Der Rest sind gute Beziehungen.«

»Petersen war bestimmt nicht der Einzige, der sich das Vertrauen der Leute hier erschlichen hat«, mutmaßte Frida laut.

Ihr Telefon klingelte. Frida nahm ab. Es war Björnsen.

»Was gibt es, Herr Björnsen?«

»Schlechte Nachrichten«, erwiderte der Chef der Mordkommission. »Der Untersuchungsrichter hat Ansgar Petersen vor einer halben Stunde auf freien Fuß gesetzt.«

11. Kapitel

Wind rüttelte an den kahlen Baumkronen, und Regen peitschte über den Asphalt. Frida stand auf der verlängerten Leuchtturmstraße und blickte an der Werkstatt vorbei in Richtung Süden, wo in fünfzig Metern Entfernung ein paar Männer einen Pick-up entluden. Unter ihnen konnte sie auch Knut Petersen ausmachen. Mächtig aktiv für einen trauernden Vater, dachte Frida, zog den Reißverschluss ihrer Jacke zu, steckte die Hände in die Taschen und stiefelte los. Erst jetzt erkannte sie, dass die Männer dabei waren, auf dem Grundstück hinter der Villa einen Zaun zu errichten. Die ersten beiden Pfosten hatten sie bereits in den regenweichen Boden getrieben.

»Hallo!«

»Moin!«, rief Petersen, ohne sie anzusehen.

»Der Chef packt mit an?«, rief sie ihm durch den Regen zu.

»Na ja, das wäre zu viel gesagt, aber ich muss hier ein Auge drauf haben«, entgegnete Petersen. »Es geht um Grundstücksgrenzen. Delikate Angelegenheit. Sie verstehen schon.«

»Wem gehört denn die andere Seite?«, fragte Frida und deutete mit dem Kopf in Richtung Zaun.

»Niemandem«, sagte Petersen und grinste. »Auch wenn einige behaupten, sie gehöre ihnen. Ich kenne die Bücher.«

»Haben Sie sich deswegen die Verstärkung besorgt?«, fragte Frida und blickte in Richtung der Arbeiter, die ihr irgendwie eine Spur zu martialisch für gewöhnliche Gartenarbeiter vorkamen. Kurz geschorenes Haar, Tattoos, eisige Blicke.

»Das sind meine Handwerker«, antwortete Petersen und grinste. »Gut gebaute Männer, oder?«

Frida beobachtete, wie einer der Kerle mit wuchtigen Schlägen einen weiteren Pflock in die Erde schlug. Und ganz schnell waren auch zwei Querlatten vernagelt. Frida witterte, dass hier jemand Tatsachen schaffen wollte. Sorgenvoll sah sie nach Süden. Dort lag das Haus der Hansens. Wenn die mal nicht gleich erschienen. Aber da sie keine Ahnung hatte, was genau hier vorging, waren ihr die Hände gebunden. Außerdem war sie aus einem anderen Grund gekommen.

»Hätten Sie einen Moment Zeit? Ich möchte Ihnen ein paar Fragen stellen«, bat sie Petersen freundlich.

»Geht es auch in zehn Minuten?«, fragte Petersen. »Ich will den Jungs hier eben noch schnell klarmachen, was sie zu tun haben. Das soll nicht ewig dauern bei dem Schietwetter.«

»Kein Problem. Ich warte.« Sie drehte sich um die eigene Achse und machte ein paar Schritte.

Petersens Handy klingelte. »Hallo?«, rief Petersen so

laut, dass es unmöglich war, das kurze Gespräch nicht mitzuverfolgen. »Ich habe gerade keine Zeit ... Worum geht es? ... Ja, genau, auch was ohne Fisch ... Denkt daran, dass ich Allergiker bin ... Auch keine Meeresfrüchte ... Das Büfett soll morgen früh um elf Uhr stehen ... Korrekt ... Tschüss!«

Vermutlich ein Trauerempfang anlässlich Bjarnes Tod, dachte Frida, als sie aufgebrachte Stimmen vernahm, die aus der Ferne zu ihr herüberhallten. Auf der anderen Seite der Wiese waren zwei groß gewachsene Männer aufgetaucht. Schnell identifizierte sie einen der beiden Riesen als Konrad Hansen. Der andere musste sein Sohn Leo sein. Unter den Arbeitern machte sich Unruhe breit. Als Frida sah, dass die Hansens lange Stangen in den Händen hielten, tastete sie unwillkürlich nach ihrer Dienstwaffe. Sie begann, sich in Richtung Zaun zu bewegen.

»Bauen Sie diesen Zaun wieder ab!«, rief Hansens Sohn in Knut Petersens Richtung. Sein kantiges Gesicht glänzte wutrot im Regen. »Sie haben kein Recht dazu.«

»Das ist mein Eigentum, und ich werde es einzäunen lassen«, antwortete Petersen. Im Gegensatz zu den beiden Hansens blieb er erstaunlich ruhig. Er schien eine gewisse Übung in solcherart Streitigkeiten zu haben.

Unterdessen hatten sich die drei Arbeiter nebeneinander an dem frisch zusammengenagelten Zaun aufgereiht. Als Frida sie dort so stehen sah, wurde ihr endgültig klar, dass diese Typen nicht nur zum Zaunbauen hergekommen waren. Die würden die Latten notfalls auch zweckentfremden und woanders anbringen. Und sie hatten von Anfang an gewusst, dass es Streit geben würde.

»Ich lasse mir doch von einem Zugezogenen nicht befehlen, wohin ich zu gehen habe!«, schrie Konrad Hansen, der bereits völlig außer sich war. Sein weißer Bart bebte, und der Speichel spritzte ihm in langen Fäden auf den regennassen Kragen. Der alte Mann tat Frida leid in seiner Wut. Seinem Gesicht zufolge war er imstande, jeden Moment zuzuschlagen oder in Tränen auszubrechen. Oder aber beides zusammen. »Ich habe mein ganzes Leben lang hier gelebt!«

»Aber die Flurpläne scheinen Sie trotzdem nicht zu kennen«, entgegnete Petersen ruhig. »Dann wüssten Sie nämlich, dass alles bis zur Soodkoppel meins ist.«

»Bauen Sie den Zaun ab, oder wir tun es!«, rief Hansens Sohn. Erst jetzt sah Frida, dass es sich bei den Stangen um Brecheisen handelte. Wenn man es wohlwollend betrachtete, dann waren diese Männer nicht bewaffnet, sondern nur mit dem geeigneten Werkzeug ausgestattet, um den Rückbau des Zauns fachgerecht durchführen zu können. Das versprach Spannung, dachte Frida und machte zwei entschlossene Schritte nach vorn.

»Nun mal langsam!«, rief sie den Streithähnen zu.

»Frau Kommissarin, tun Sie was!«, erwiderte Petersen, woraufhin sich die Arbeiter zuerst erschrocken umdrehten, sich dann gegenseitig verwunderte Blicke zuwarfen und schließlich vorwurfsvoll zu ihrem Auftraggeber schauten. Es war wohl nicht die Rede von der Anwesenheit der Ordnungsmacht gewesen. Frida schloss aus der leichten Verwirrung der Handwerker mit besonderem Aufgabenprofil, dass die Polizei unter ihnen einen gewissen Ruf genoss, und wollte ihren Vorteil ausspielen, um ein beschwichtigendes Wort an die Anwesenden zu richten.

»Hören Sie ...«, begann sie einzuwenden, doch da waren die Hansens schon zur Tat geschritten. Geschickt hatten sie ihre Werkzeuge an dem frisch zusammengefügten Zaun angesetzt. Zwei kräftige Hebelbewegungen reichten aus, und die erste Latte plumpste symbolträchtig zu Boden. Frida hatte es nicht einmal geschafft, ihren Satz zu Ende zu bringen.

»Hey!«, schrie einer der Arbeiter und griff nach der Eisenstange des Alten.

»Leo!«, brüllte Konrad Hansen nur und verzog das Gesicht. Verzweifelt klammerte sich der Greis an sein Eisen.

»Lass meinen Vater los!«, erwiderte Leo Hansen, der bereits mit seinem Brecheisen nach dem Arbeiter ausholte.

»Stopp! Polizei! Sofort aufhören!«, schrie Frida dazwischen. Doch Leo Hansen kümmerte sich nicht um sie und ließ seine Stange auf die Schulter des Zaunbauers niederrauschen. Ein markerschütternder Schrei hallte über die Wiese. Dann folgten ein paar Nettigkeiten, die man wohl als Kampfgebrüll interpretieren konnte.

»Polizei!«, schrie Frida noch einmal und sprang vor den Angegriffenen, als einer der Bauleute mit der Faust zulangte und Leo Hansen mitten ins Gesicht traf. Wie zu erwarten gewesen war, zeigte sich der norddeutsche Riese davon herzlich unbeeindruckt und holte erneut mit seiner Stange aus. Der Arbeiter, auf den er es angelegt hatte, konnte im letzten Moment ausweichen. Andernfalls hätte er wohl mit gespaltenem Gesicht am Boden gelegen.

»Polizei! Aufhören! Zurück!«, rief Frida ein weiteres Mal. Sie stand jetzt zwischen Leo Hansen und zwei Arbeitern, die sich für ihren verletzten Kollegen revanchieren wollten. Der alte Hansen saß etwas abseits auf dem Rasen und hielt sich den Nacken. Offenbar hatte er sich etwas gezerrt. Petersen stand in gut zehn Metern Entfernung und nestelte an seinem Smartphone herum.

»Stopp!«, schrie Frida, die Dienstwaffe mittlerweile in der Hand, als einer der Arbeiter einen Satz machte und eine lange Gerade zielsicher auf Hansens Jochbein platzierte. Der daumennagellange Cut sorgte sogleich für eine angemessene Kriegsbemalung. Hansen wischte sich neugierig mit der Hand über das versehrte Gesicht und verteilte die Farbe gleichmäßig. Als er registrierte, dass ihm der scharlachrote Saft in einem fort auf die Jacke tropfte, kühlte er sich augenblicklich ab. Der Treffer schien ihm klargemacht zu haben, dass er doch nicht unverwundbar war. Frida hörte, wie die Kombattanten um sie herum gierig nach Luft rangen. Der Kampf schien vorüber zu sein.

»Jetzt beruhigen Sie sich alle«, forderte sie die Streithähne auf.

»Du Schwein!«, rief Leo plötzlich und stürzte sich auf den Kerl, der am Boden saß. Er hatte wohl gedacht, dass er gegen die Männer, die noch standen, nichts ausrichten könnte, gegen den Verletzten aber schon. Kurz darauf lag er auf ihm.

Damit hatte Frida nicht gerechnet. Es war an der Zeit für die Ultima Ratio. Sie streckte die Dienstwaffe in die Luft.

»Polizei! Sofort aufhören!«, schrie sie. »Oder ich muss von meiner Waffe Gebrauch machen.«

Sie sah, wie einer der beiden Arbeiter die zu Boden gefallene Eisenstange nahm und Leo Hansen damit einen Hieb gegen den Rücken versetzte. Doch das schien jenen nicht zu stören. Er hatte seine riesigen Hände bereits an der Gurgel des Mannes, der verletzt am Boden gesessen hatte. Dann ließ sie den ersten Schuss in den verregneten Himmel los. Der Knall sorgte dafür, dass die beiden Arbeiter zwei Schritte zurücktraten und auch Leo Hansen innehielt.

»Stopp! Kommen Sie da weg!«, schrie Frida und feuerte noch eine zweite Kugel ab, als kleines Ausrufezeichen.

Das wirkte endlich. Leo Hansen erhob sich von dem Kerl, der als Einziger ernsthafte Verletzungen erlitten zu haben schien. Betroffen blickte er zu Boden. Kam sicher nicht alle Tage vor, dass eine Kriminalkommissarin vor ihm stand und ein Geschoss nach dem anderen in die Luft ballerte.

»Auseinander! Gehen Sie alle jetzt zehn Schritte zurück! Mindestens!«, rief Frida und nahm ihre Waffe herunter, als hinter ihr plötzlich eine Stimme ertönte.

12. Kapitel

Jürgen Sobczak stand in der oberen Etage eines der neuen Reetdachhäuser auf dem Graswarder und blickte in Richtung Jachthafen. Die vielen Lichter der sanft schwankenden Masten verschwammen in seinen tränennassen Augen. Der Tod seines Enkels war ein ungeheurer Verlust.

»Es tut mir so leid«, sagte Lilo Petersen.

»Ich hatte noch viel vor mit ihm«, entgegnete Sobczak.

»Sie sagen, jemand habe unseren Bjarne umgebracht«, sagte Lilo. »Aber die Polizei kann sich ja auch mal irren.«

»Nein, nein, Lilo«, entgegnete Sobczak. »Da stimmt etwas nicht. Knut sagt es auch. Jemand war in der Werkstatt.«

»Wer sollte so etwas tun?«, fragte Lilo. »Warum?«

»Neid«, erwiderte Sobczak. Er nahm seine Brille ab und wischte sich mit dem Daumen eine Träne weg. Es sah so aus, als entfernte er eine Fliege aus seinem Auge. »Was ist mit Ansgar?«

»Nein, das ist unmöglich.« Lilo schüttelte energisch den Kopf.

»Ob er was damit zu tun hat oder nicht, so ganz richtig tickt Ansgar trotzdem nicht. Was habt ihr ihm nicht alles durchgehen lassen«, schimpfte Sobczak und musste an seine eigene Kindheit denken. An die Flucht aus Schlesien und den strengen Vater. Sobczak lief es kalt den Rücken hinunter. Die winterlichen Schulbesuche auf Socken, die Stockschläge und die vom vielen Ohrenlangziehen ständig entzündeten Ohrläppchen. Kein Spielen, keine Freunde, kein Wandern, kein Badesee. »Ich musste mir alles erarbeiten! Mir wurde nichts geschenkt!«

»Manches hätte man besser machen können«, gab Lilo zu und richtete sich das Haar. Sie und Knut hatten stets Milde mit Ansgar walten lassen.

»Ich habe Knut jedenfalls nie die Geldscheine unter die Nase gehalten, als er noch ein kleiner Junge war«, antwortete Sobczak. »Ich habe ihn vorm Geld verschont. Zu viel davon kann nämlich schnell einen hässlichen Abdruck auf der Seele eines Kindes hinterlassen.«

»Aber Ansgar kann es nicht gewesen sein«, entgegnete Lilo.

»Ab jetzt steht der Bengel unter meiner Beobachtung. Ihr beide seid hiermit von euren Aufgaben als Eltern entbunden«, meinte Sobczak, der daran gewöhnt war, Befehle zu erteilen. »Er soll sich bei mir melden, sobald er zurück in Dahme ist. Wie ich hörte, wird er heute entlassen.«

»Sie hätten ihn noch drinnen behalten sollen. Vielleicht hätte er dann mal eine Lektion gelernt«, erwiderte Lilo.

»Mit fast zwanzig Jahren ist die Erziehung abgeschlossen«, erklärte Sobczak mit einem müden Lächeln. »Der bessert sich nicht mehr. Der Knast beschleunigt nur seine Entwicklung zum Totalversager. Aber du hast recht, er ist dort drinnen wahrscheinlich trotzdem besser aufgehoben. Mal schauen, wie lange sein Freigang dauert.«

»Was wirst du unternehmen?«

»Falls es Mord war, dann finde ich den Mörder. Ich bin es nicht gewöhnt, dass man mir etwas wegnimmt.«

Und jetzt hatte ihm jemand den geliebten Enkel entrissen. Jürgen Sobczak spürte, wie die Rachsucht in ihm zu hämmern begann. Er kannte diese düstere rohe Energie ganz tief in sich drinnen. Sie machte ihn jugendlicher. Bilder tauchten in seinem Kopf auf. Damals, als er anfing, sich sein Geschäft aufzubauen, hatte er keine Skrupel gekannt. Er hatte alles verloren, und er wollte so schnell wie möglich alles wieder zurückgewinnen. Alles und noch mehr. Sein Herz schlug höher, wenn er an seine Partner aus den wilden Neunzigern zurückdachte. Da war zum Beispiel Igor, den er immer genau dreimal zu widerspenstigen Mietern geschickt hatte. Beim ersten Mal stellte sich Igor kurz vor, beim zweiten Mal nahm er dann schon die Wohnungstür mit, und beim dritten Mal kassierte er in der Regel nur noch ab. Diese Zeiten waren längst vorüber, aber die Erinnerungen daran beseelten ihn. Er würde den verdammten Mörder finden!

Sobczaks Handy klingelte. »Was gibt es, mein Sohn?«, rief Sobczak. »Was ist passiert? Wer hat dich angegriffen?«

• • •

Ein paar Mitarbeiter der Eltern-Kind-Klinik standen kopfschüttelnd hinter regennassen Fensterscheiben. Die Kollegen der Spurensicherung, die gekommen waren, um Fridas

Schussabgabe zu rekonstruieren, liefen mit gesenkten Köpfen über die Wiese am Ende der Straße. Die Rettungswagen waren leer wieder abgefahren. Alle Beteiligten hatten eine stationäre Behandlung abgelehnt. Frida hatte sich gerade von den Kollegen verabschiedet und wollte in ihren Dienstwagen steigen, als Ronny Kramer vorfuhr.

»Schönes Schlachtfeld haben Sie mir da hinterlassen, Frau Oberkommissarin«, spöttelte Kramer, der vor einer Stunde noch vor der Polizeistreife am Leuchtturm eingetroffen war. Offenbar hatte Petersen den Oldenburger Kripobeamten direkt alarmiert, anstatt den Notruf zu wählen.

»Muss los nach Lübeck.« Als Frida ihre Wagentür zuzog, sah sie, wie er seine Scheibe herunterließ und ihr ein Handzeichen gab. Was wollte er von ihr? Sie öffnete ihr Fenster einen winzigen Spalt. »Haben wir nicht schon alles besprochen?«

»Nach Befragung aller Beteiligten steht fest, dass Sie schon wieder einen Fehler gemacht haben. Das wollte ich noch loswerden.« Dazu schenkte er ihr ein Grinsen, so breit wie eine Atlantikauster.

In Frida stieg Übelkeit auf. »Ach, was Sie nicht sagen«, entgegnete sie. Wie das schon klang: *Sie haben einen Fehler gemacht*. Als ob Kramer nur darauf gewartet hätte. »Sonst noch was?«

»Die Hansens waren bewaffnet und haben das fremde Grundstück in der eindeutigen Absicht betreten, eine Straftat zu begehen«, fuhr Kramer fort.

»Hat Petersen Ihnen das verraten?«, erwiderte Frida

spöttisch. »Lassen Sie sich Ihre Einschätzungen schon lange von involvierten Zivilpersonen diktieren?«

»Hausfriedensbruch, schwere Körperverletzung, Nötigung, Widerstand gegen ...« Kramer begann seine Aufzählung, ohne auf ihren Einwurf einzugehen. »Sie hätten Hansen verhaften müssen.«

»Sparen Sie sich den Quatsch!«, fuhr Frida ihm über den Mund. »Es war eine Keilerei, bei der sich beide Seiten nichts geschenkt haben. Es bestand keine Fluchtgefahr, und der Streit war beendet. Der Untersuchungsrichter hat mir recht gegeben.«

»Mensch! Wir hätten Hansen für zwei ganze Tage wegsperren können, ohne dass überhaupt auch nur ein Richter etwas damit zu tun gehabt hätte. Das ist Recht und Gesetz!«, sagte Kramer. »Ihre Aufgabe als Polizeibeamtin ist es, auch mal ein Zeichen zu setzen. Das wäre eine gute Gelegenheit gewesen, Leo Hansen seine Grenzen aufzuzeigen ...«

»Ich bin aber nicht hier, um Zeichen zu setzen, sondern um einen Mord aufzuklären«, erklärte Frida und unterbrach ihn damit noch einmal. »Das können Sie Ihrem Kumpel Petersen auch sagen. Zeichen setzt in Schleswig-Holstein übrigens immer noch die Verkehrsaufsicht.«

»Sie werden schon noch sehen!«, drohte ihr Kramer und streckte seinen Zeigefinger durch das Autofenster. »Kriminaloberrat Seiffert weiß übrigens schon Bescheid.«

Frida fand, dass das ein guter Moment war, um den Wagen anzulassen und aufs Gas zu treten. Genau das tat sie auch. Im Rückspiegel sah sie, wie Kramer den Kopf aus dem

Fenster steckte und ihr demonstrativ hinterherblickte. Sollte wohl bedrohlich wirken.

Als sie auf der Höhe der Jugendherberge war, wählte sie Björnsens Nummer. »Moin!«

»Ich dachte schon, Sie würden nie anrufen«, meldete sich Björnsen.

»Die Spurensicherung konnte das zweite Projektil nicht finden«, antwortete Frida. »Ich habe noch beim Suchen geholfen. Sie wissen ja, wie es ist.«

»Haben Sie sich gut von dem Schreck erholt?«, fragte Björnsen. »Ich habe mir Sorgen gemacht.«

»Welchen Schreck meinen Sie? Und warum müssen Sie mir eigentlich immer solche Fragen stellen? Würden Sie das einen männlichen Kollegen auch fragen?«

»Hm ... vielleicht haben Sie recht«, sagte Björnsen verlegen. »Ich werde darüber nachdenken. Darf ich mit einem Lob weitermachen?«

»Schon besser«, sagte sie. »Immer her damit!«

»Gute Arbeit, Kollegin!«, meinte Björnsen und Frida argwöhnte sofort, dass da gleich noch mehr kommen würde. So plump lobte ihr Teamleiter normalerweise nicht. »Sie haben da wohl gerade noch eine Eskalation verhindert.«

»Ich finde auch, dass ich mich ganz gut geschlagen habe. Meine Schüsse kamen im richtigen Moment«, entgegnete Frida. »Und das verschüttete Testosteron kann man mir wohl kaum anlasten.«

»Warum haben Sie sich eigentlich so entschieden gegen die Festnahme der Hansens ausgesprochen und sogar einen Richter eingeschaltet?«, fragte Björnsen.

»Weil es keinen Grund gab, jemanden zu verhaften. Ganz einfach«, entgegnete Frida.

»Es ist nicht gerade üblich, in einem Konflikt mit Kollegen die Justiz einzuschalten«, erwiderte Björnsen.

»Was sollte ich tun? Kramer wollte ihn verhaften, ich war dagegen. Nachgeben kam für mich einfach nicht infrage«, erklärte Frida.

»Ich habe eben mit Kriminaloberrat Seiffert telefoniert. Er hat gesagt, dass er Sie von dem Fall abzieht, wenn es noch einmal zu Kompetenzrangeleien mit Kramer kommt. Und den Richter da mit hineinzuziehen, ginge gar nicht.«

»Wie bitte?«, rief Frida.

»Kramer zufolge hätten Sie viel früher eingreifen müssen, um Petersens Eigentum zu schützen. Das denkt jetzt leider auch Seiffert«, sagte Björnsen.

»Dazu muss ich wohl nichts sagen«, erwiderte Frida aufgebracht. »Sie können sich ja aussuchen, auf wen Sie lieber hören wollen. Wenn leitende Kriminalbeamte jetzt schon Anweisungen von Investoren entgegennehmen, dann weiß ich auch nicht weiter.«

»Langsam, langsam!«, versuchte Björnsen sie zu beruhigen. »Aber Sie wissen, dass ...«

»Entschuldigen Sie, aber jetzt muss ich Sie noch einmal unterbrechen«, erwiderte Frida. »Petersen ist mit drei Schlägern angerückt. Er wusste genau, was passieren würde, wenn er den Zaun da hinstellt. Glauben Sie wirklich diesem Kramer, der nicht einmal dabei war?«

»Reden Sie nicht so einen Unsinn!«, erwiderte Björnsen barsch. »Sie wissen genau, auf wessen Seite ich stehe.«

...

Als Ansgar in Neustadt auf den Bahnsteig trat, erkannte er den grauen Opel sofort. Und den Typen hinterm Steuer auch. Langes Haar, ein winziger Zickenbart und ein verpennter Hundeblick. Ole sah harmloser aus, als er eigentlich war. Und er kam an alles heran, was das Herz begehrte.

»Hey, Ansgar!«, rief Ole ihm durch das offene Fenster zu. »Los! Einsteigen!«

»Moin, Alter! Alles klar?«, fragte Ansgar zurück, riss die Beifahrertür auf und schmiss sich auf den verdreckten Autositz. Handschuhfach und Mittelkonsole waren ein einziger übervoller Aschenbecher. Im Fußraum lagen die gesammelten Werke mehrerer Jahre. Leere Kaffeebecher, Pizzakartons, Coladosen und eine völlig eingetrocknete Banane.

»Hast du die immer noch?«, erkundigte sich Ansgar und nahm das verschrumpelte schwarze Obst in die Hand.

»Seit 2017«, erwiderte Ole stolz. »Leg die gleich mal wieder dahin, wo du sie herhast.«

»Wann entsorgst du das Teil denn mal?«

»Nicht anfassen, habe ich gesagt!«, protestierte Ole. »Das ist ein Erinnerungsstück!«

»Ist ja gut«, sagte Ansgar und warf die vertrocknete Banane auf die Pizzakartons zwischen seinen Füßen.

»Fällt das nicht auf, wenn dein Auto so gammelig aussieht?«

»Ich brauche das, um mich wohlzufühlen. Und von drinnen ist es schietegal«, antwortete Ole. »Nur von außen muss es astrein sein. Immer geputzt, Licht in Ordnung und so.

Wenn du an den Bullen vorbeifährst, müssen die denken, das sei ein Familienauto. Apropos! Mein herzliches Beileid wegen Bjarne. Echt scheiße, Mann!«

»Du weißt ja, was dagegen hilft.« Ansgar rieb die Handflächen nervös auf seinen Knien.

»Jetzt warte doch ab!«, sagte Ole lachend. Dunkle Zähne kamen zum Vorschein. »Erzähle erst mal ein bisschen. Wie war es im Knast? Musstest du Seife aufheben?«

»Sehr witzig!«

»Ach, dafür musst du dich nicht schämen. Ist doch normal. Man gewöhnt sich an alles.«

»Hör auf mit der Scheiße! Ich bin nicht schwul.«

»Weswegen warst du eigentlich drinnen?«, erkundigte sich Ole. »Kannst du mir das wenigstens verraten?«

»Weil ich vor den Bullen weggerannt bin«, antwortete Ansgar mit stockender Stimme.

»Widerstand gegen Vollstreckungsbeamte. Kenne ich«, entgegnete Ole. »Und das Gras?«

»Ähm ... das haben sie leider auch gefunden.«

»Alter!«, fluchte Ole. »Da vertraut man dir mal ein bisschen was an, und dann machst du so was. Ich hoffe, du hast nicht verraten, wo du das Zeug herhast.«

»Spinnst du? Ich singe doch nicht«, beteuerte Ansgar.

»Und unsere beiden Verstecke in Dahme kennen sie auch nicht?«, bohrte der Langhaarige weiter.

»Nein, Mann!«, antwortete Ansgar.

»Was hat dein Anwalt zu dir gesagt?«

»Eigentlich nicht viel. Aber die ermitteln auch wegen Bjarne gegen mich.«

»Was? Im Ernst?«, rief Ole. »Die glauben, dass du deinen kleinen Bruder auf dem Gewissen hast? Das kann nicht dein Ernst sein!«

»Die spinnen. Ich weiß.«

»Und? Hast du was damit zu tun?«, fragte Ole.

»Alter, bist du noch ganz dicht?«, protestierte Ansgar. »Ich tue doch meinem eigenen Bruder nichts.«

»Das weiß man ja nie bei so einer Koksnase wie dir«, spottete Ole und lachte laut.

»Sehr witzig«, entgegnete Ansgar. »Was ist nun? Hast du was?«

»Hey! Hat der gute Ole irgendwann mal nichts für dich gehabt?«, rief er. »Kommst du heute noch an Kohle? Weißt ja, dass nichts auf dieser Welt umsonst ist. Und denk bitte auch an unsere Schulden.«

»Lass das mal meine Sorge sein«, antwortete Ansgar. »Du weißt doch, dass ich meine Quellen habe.«

»Auch jetzt, wo dein Bruder nicht mehr ist?«

»Klar«, sagte Ansgar mit finsterem Blick. Er wusste genau, bei wem er jederzeit an Geld kam.

13. Kapitel

Lilo Petersen stand in ihrem Haus auf dem Graswarder, den Blick auf die See gerichtet. Eine silbrige Gischt umspülte die Buhnen, die wie die gigantischen Finger einer mumifizierten Leiche aus dem Wasser ragten. Irgendwann würde das Meer sie in sich auflösen, so wie es alles Leben in sich aufnahm.

»Ich muss dich unbedingt sehen«, sagte Lilo.

»Ich halte es auch kaum noch aus, mein Liebes«, antwortete seine männliche Stimme. »Was gibt es? Du klingst komisch.«

»Ansgar war gerade hier.«

»Haben sie ihn etwa schon wieder rausgelassen?«, fragte der Mann am anderen Ende der Leitung. »Was wollte er? Geld? Hast du ihm etwas gegeben?«

»Musste ich ja«, sagte sie. »Er hat damit gedroht, die Bilder öffentlich zu machen.«

»Wie viel?«

»Tausend Euro«, meinte Lilo. »Das war alles, was ich auf die Schnelle an Bargeld beschaffen konnte. Er hat gesagt, dass er später mehr will. Ich muss gleich noch mal zur Bank.«

»Das darf nicht wahr sein!«, fluchte der Mann. »Davon leben andere Menschen zwei Monate. Was will der denn mit dem ganzen Geld?«

»Er spielt«, antwortete Lilo. »Aber manchmal glaube ich auch, dass es Ansgar nicht so sehr um das Geld an sich geht, sondern um die Aufmerksamkeit.«

»Lilo, das redest du dir doch bloß ein. Er erpresst dich. Das ist kein Spaß mehr. Du solltest ihn anzeigen. Wie lange soll denn das noch gehen?«

»Dann würde er die Aufnahmen weiterleiten«, erwiderte sie.

»Na und? Willst du Knut nicht sowieso verlassen?«, fragte er. »Du liebst ihn nicht mehr. Was soll das ganze Theater also? Du lässt dich scheiden und ziehst zu mir. Dann können wir endlich wieder zusammen sein.«

»Ach, ich habe dir doch schon erklärt, warum das nicht so einfach ist«, sagte Lilo mit sorgenvoller Stimme und legte die Hand an ihre Wange. »Es ist nicht nur wegen Knut, sondern auch wegen Jürgen.«

»Was sollte das den Alten schon kümmern? Denkst du nicht, dass er andere Sorgen hat?«, wandte der Mann ein.

»Er liebt mich zwar wie seine eigene Tochter«, erklärte Lilo. »Aber das mit uns beiden würde er mir niemals verzeihen. Schon gar nicht, wenn er die Bilder sieht. Das würde ihn zu sehr kränken.«

»Und wie lange soll das noch so weitergehen? Wir wissen

ja nicht einmal, ob es diese ominösen Bilder tatsächlich gibt.«

»Vertraust du mir etwa nicht?«, erwiderte Lilo. »Ansgar hat sie mir auf seinem Handy gezeigt. Das weißt du doch.«

»Ja, ja, ich weiß«, sagte die Stimme am Telefon gedankenversunken. »Man müsste diesem Kerl mal einen ordentlichen Schreck einjagen.«

»Lass das besser«, sagte Lilo. »Es ist nicht der beste Zeitpunkt. Wir müssen abwarten, bis sich alle beruhigt haben. Dann kannst du zu Ansgar gehen und mit ihm reden.«

»Reden, reden«, schimpfte er. »Einen ordentlichen Satz hinter die Ohren würde ich ihm mit auf den Weg geben.«

»Sprich du nicht auch noch so! Davon habe ich schon genug um mich herum«, bat Lilo den Mann. »Sag mir lieber, wann wir uns sehen können.«

»Wie wäre es mit heute Nacht? Wo steckt Knut eigentlich? Ist er gar nicht auf dem Graswarder?«

»Nein, er ist in Dahmeshöved. Er wollte nach dem ganzen Durcheinander von heute Mittag noch mal aufs Wasser. Du weißt ja, dass er fast täglich seine Runde auf dem Board dreht.«

»Klar weiß ich das. Ich sehe ihn ja regelmäßig dabei.«

14. Kapitel

Der Regen hatte aufgehört, und die Wolken gaben einen schmalen Streifen Himmel frei. Ächzend krabbelte der Professor aus seinem Versteck, einer abgestorbenen Eiche, die vor Jahren von der Steilküste auf den Strand gestürzt war. Momentan noch ein guter Unterschlupf. Im Sommer würden spielende Kinder ihm allerdings wohl den Platz streitig machen. Er knurrte bei dem Gedanken an den überlaufenen Strand.

Langsam stiefelte er los. Ein seichter ablandiger Wind streichelte ihm den Bart. Vor ihm lag der Schwarze Grund. Die Stelle war bei Anglern besonders beliebt, weil ihnen die Kreuzströmung von Lübecker und Mecklenburger Bucht hier die dicksten Dorsche vor die Haken trieb. Obwohl der Professor niemals selbst eine Angel in die Hand nehmen würde, bereitete ihm das Zusehen Freude.

Kaum war er ein paar Meter gelaufen, erblickte er einen Kerl im Neoprenanzug. Erst auf den zweiten Blick erkannte er Knut Petersen. Mit steifen Beinen kam der Unternehmer den Strand herab, ein buntes Stand-up-Board unter den

Arm geklemmt und ein langes Plastikpaddel in der Hand. Freundlich nickte er dem Professor zu.

»Ist es nicht zu kalt dafür?«, fragte der Obdachlose.

»Für März finde ich es warm«, meinte Petersen und streckte das Kinn stolz in den Wind. »Brauche einfach etwas Ablenkung.«

»Aber doch nicht so!«, meckerte der Alte. »Im Stehen paddeln! Was soll denn das?«

»Ach, Herr Professor, wenn Sie wüssten, wie gut mir das gerade tut!«, rief Petersen aus. »Sie sollten es auch mal versuchen. Es entspannt.«

»Verarschen kann ich mich allein!«, rief der Professor mit gespielter Grimmigkeit. »Was soll an der Nautik eines Schiffbrüchigen entspannend sein? Das hat doch mit Seefahrt nichts mehr zu tun!«

»Soll es ja auch nicht«, erwiderte Petersen. »Es ist einfach ein tolles Gefühl, wenn man so auf der Wasseroberfläche steht. Und außerdem hält es mich fit.«

»Mit mir nicht! Gehen Sie mal schön Jesus spielen, Herr Direktor«, entgegnete der Professor. »Von wegen übers Wasser gehen!«

»Wie Sie meinen.« Petersen rang sich ein müdes Lächeln ab.

»Was war denn heute los?«, fragte der Alte unvermittelt. Aus der Ferne hatte er mitverfolgt, was sich am Nachmittag in Dahmeshöved abgespielt hatte. Petersens Rolle dabei hatte ihm nicht gefallen. Aber solange er ihn auf seiner Baustelle duldete, verkniff er sich Beschwerden besser.

»Gestern Nacht haben sie versucht, den Beobachtungsturm abzufackeln, und heute wollten sie mich daran hindern, meinen Grund und Boden einzuzäunen«, antwortete Petersen.

»Die Hansens haben das Feuer gelegt?«, fragte der Professor ungläubig.

»Wer denn sonst? Das sind ganz skrupellose Typen, die vor nichts Respekt haben«, entgegnete Petersen. »Als ob es nicht schon genug wäre, was mit meinem Jungen passiert ist.«

»Mein Beileid wegen Bjarne«, sagte der Professor plötzlich. Er spürte, wie Petersens Blick seinen verfilzten Bart und seine speckigen Kleider taxierte. Ja, so sehen Leute aus, die kein Zuhause haben, sagte sich der Professor in Gedanken. Petersens Nasenflügeln bebten, und er trat einen Schritt zurück. Der Professor war sich im Klaren darüber, dass die Menschen seinen Gestank unausstehlich fanden. Aber sollte er sich deswegen etwa schämen? Er selbst roch jedenfalls nichts.

»Mein Junge«, stammelte Petersen leise und wischte sich eine Träne von der Wange. Aber vielleicht war es auch etwas anderes. Ein Sandkorn oder einfach nur die Scham.

»Heulen Sie ruhig, Herr Direktor«, sagte der Professor. »Vor einem alten dreckigen Mann müssen Sie sich nicht genieren.«

»Danke.«

»Nicht für das Beileid eines Penners.« In den Augen des Professors zeigte sich ein schwaches Leuchten. »Was ist nun mit dem Zaun?«

»Den werden wir erst mal nicht da hochziehen«, meinte

Petersen. »Aber das kleine Stück, das wir heute da hingepflanzt haben, bleibt stehen. Morgen kommen da Kameras hin. War sowieso lange überfällig.«

»Was?«, rief der Professor erschrocken.

»Keine Angst«, sagte der Unternehmer. »Sie dürfen bleiben, Herr Professor.«

»Jetzt tun Sie mal nicht so generös«, brummte der Alte mit ironischem Unterton.

»Es geht natürlich nicht um Sie, sondern um die Hansens«, erklärte Petersen. »Die sollen sich nicht noch einmal meinem Eigentum nähern. Denen ist es zuzutrauen, dass sie den Zaun doch noch niederreißen.«

Der Professor blickte an Knut Petersen hinunter und knurrte etwas in seinen Bart, das er nicht einmal selbst verstand. Dann drehte er Petersen ruckartig den Rücken zu. »Ich muss los!«, rief er und humpelte langsam in Richtung Kellenhusen davon. »Wird ja gleich dunkel.«

»Alles klar, Herr Professor. Man sieht sich«, erwiderte Petersen und ging mit festen Schritten zum Wasser hinab, ohne einen weiteren Blick auf den alten Mann zu verschwenden.

Ihnen beiden war die Gestalt verborgen geblieben, die nur wenige Meter entfernt hinter einem Sanddornstrauch kauerte und sie beobachtete. Als Petersen auf dem Wasser war, trat sie hervor.

15. Kapitel

Frida war direkt ins Büro nach Lübeck gefahren, um den Bericht für Seiffert zu schreiben. Eine Stunde und anderthalb Seiten später hatte sie entnervt den Rechner heruntergefahren und sich von einem vereinsamten Kollegen verabschiedet, den jemand an seinem Schreibtisch vergessen haben musste. Gedankenverloren war sie zum Fahrstuhl geschlurft, als Lasse Diekmann unversehens vor ihr stand. Er hatte eine Akte unterm Arm und lächelte.

»Moin!«

»Auch noch hier?«, fragte sie ihn.

»Ich musste noch einen Bericht nachreichen für die skelettierten Leichenreste, die wir letzte Woche am Timmendorfer Strand gesichert haben. Der Fall geht an die Cold Case Unit nach Kiel«, entgegnete er. »Bin froh, dass ich mit dem Schreibkram fertig bin.«

»Kenne ich«, meinte Frida und drückte den Fahrstuhlknopf.

»Ich habe mitbekommen, was da heute in Dahmeshöved passiert ist«, bemerkte Lasse und sah sie fragend an. »Soll ja noch mal glimpflich ausgegangen sein.«

»Angeblich ging es um ungeklärte Grundstücksgrenzen«, erwiderte Frida. »Ich schätze mal, dass das schon seit Jahren ein Streitthema ist.«

»Und die Schussabgabe?«

»Wenn ich an die Folgen für mich denke, dann hätte ich besser darauf verzichtet«, entgegnete Frida ernst und stellte ihren Fuß in die Fahrstuhltür. Sie verspürte den Impuls, einfach in den Fahrstuhl zu steigen. War Lasse wirklich einer jener Kollegen, die nach Feierabend noch im Büro herumschlichen und für einen kleinen Schnack nach ihresgleichen suchten, weil es sie davor graute, in ihr Privatleben zurückzukehren? Zählte Frida selbst etwa auch zu dieser Sorte? »Die hätten sich meinetwegen ruhig die Köpfe einhauen können. Das hätte mir jede Menge Sorgen erspart. Berichte, unerquickliche Gespräche mit Björnsen, Zoff mit den Kollegen vor Ort.«

»Meinst du diesen Kramer?«, fragte Lasse plötzlich. Frida wurde misstrauisch. Woher wusste er davon?

»Ist nicht so wichtig«, entgegnete Frida etwas unwirsch. Sie wollte nicht mehr über Kramer sprechen müssen. Er hatte schon genug Aufmerksamkeit bekommen.

»Bist du denn sonst weitergekommen?«

Lasse schien gar keine Ruhe mehr geben zu wollen. Frida hingegen war so fertig, dass sie ihm am liebsten gesagt hätte, er solle sich seine Fragen doch für die morgige Dienstbesprechung aufsparen. Und jedem anderen Kollegen hätte sie das auch empfohlen. Aber irgendetwas hielt sie davon ab. »Für mich ist Ansgar immer noch der wichtigste Verdächtige. Gerade nach dem heutigen Vorfall. Die Hansens würden niemals so einen Wind machen, wenn sie etwas mit Bjarnes Tod zu tun hätten. So dumm können sie doch nicht sein.«

»Und Rivalitäten zwischen Brüdern können heikel sein«, pflichtete ihr der Kriminaltechniker bei.

»Allerdings«, erwiderte Frida, die an ihre Schwester Thea dachte, sich aber davor hütete, ein neues Thema aufzumachen. Ihr ging es nur noch darum, einen Absprung zu finden. Sie war zu erschöpft. »Na dann, Lasse.«

»Du, Frida, musst du jetzt direkt los? Wenn nicht, würde ich diese Akte schnell noch wegräumen, und wir könnten vielleicht was essen gehen.«

• • •

Als Lilo die Tür öffnete und dieses Furcht einflößende Glänzen in seinen Augen erblickte, gefror ihr das Herz zu Eis. Der Wind fuhr in sein dünnes Haar und stellte es auf wie ein Geweih. Oder schlimmer noch, schoss es Lilo durch den Kopf, wie Teufelshörner.

»Moin, Mama!«, rief er. »Da bin ich wieder.«

»Wer ist das da?«, entgegnete sie und zeigte auf den grauen Wagen, der vor dem Haus stand.

»Nicht vom Thema ablenken, Mutti«, erwiderte Ansgar. »Versprochen ist versprochen.«

»Was willst du mit dem ganzen Geld?«, fragte Lilo und setzte ein besorgtes Gesicht auf.

»Ich habe eben meine Ausgaben.« Ansgar stieß ein

schmieriges Lachen hervor. »Viele teure Hobbys, von denen du nichts wissen willst.«

»Du bekommst es ja, aber sag mir jetzt, wer dieser Mann ist«, insistierte Lilo und deutete auf den Kerl, der aus dem Auto heraus neugierig zu ihr hinüberschaute.

»Ein Freund«, antwortete Ansgar. »Wieso fragst du? Willst du ihn kennenlernen? Kein Problem! Ich kann ihn holen gehen.«

»Rede nicht so mit mir, Ansgar!«, rief Lilo verzweifelt.

»Rück die Kohle raus, dann lasse ich dich auch für eine Weile in Ruhe«, erwiderte Ansgar. »Willst du mich nicht reinlassen? Ich fände es besser, wenn wir das im Haus klären könnten.«

»Du solltest das Spielen sein lassen.« Lilo trat in den Korridor.

»Ach ja, das auch«, antwortete Ansgar und folgte ihr mit einem schiefen Grinsen im Gesicht.

Lilo griff stumm in ihre Handtasche, den Kopf voller Fragen. Was war bloß in ihn gefahren? Wieso behandelte er sie so? Während sich in den letzten Jahren alle von ihm abgewendet hatten, sein Vater, sein Bruder und sogar sein Großvater, hatte Lilo zu ihm gehalten. Sie wusste, was Ansgar durchgemacht hatte. Sie hatte sich doch immer gut mit ihm verstanden.

»Hier.« Lilo streckte ihm ein Bündel Geldscheine entgegen.

»Warum so eilig?«, fragte Ansgar, ohne auf das Geld zu achten, und schob sich an ihr vorbei ins Wohnzimmer. »Willst du mir gar nichts anbieten?«

»Bitte nimm das Geld, und geh.«

»Ich will aber gerne noch ein bisschen bei meiner Stiefmutter verweilen«, sagte Ansgar. »Und Durst habe ich auch. Du hast doch bestimmt einen Aperol Spritz für mich parat.«

»Nein«, sagte Lilo und sah Ansgar kurz in die kleinen dunklen Augen, aus denen das Böse zu sprechen schien. Ein Schauer lief ihr über den Rücken.

»Wir können auch was bestellen, Mami«, fuhr Ansgar fort. »Pizza oder so. Dann machen wir es uns richtig gemütlich. Du hast doch etwas Zeit für deinen Sohn, oder? Mein Kumpel kommt bestimmt auch gern dazu.«

»Geh bitte, Ansgar. Hier hast du das Geld. Es sind noch einmal tausend Euro.« Sie gab sich Mühe, das leichte Zittern in ihrer Stimme zu unterdrücken.

»Ach, komm schon! Für Bjarne hattest du doch auch Zeit«, entgegnete Ansgar. »Warum denn nicht für mich?«

»Du solltest dich mal sehen!«, rief sie plötzlich. »Was ist bloß aus dir geworden?«

»Ich stelle dir eine ganz einfache Frage. Warum Bjarne, warum nicht ich?«

»Ich weiß nicht genau, was du meinst. Aber Bjarne war eben anders als du«, erwiderte sie und bereute es sogleich.

»Du meinst, dass er sein Abi machte?«, fragte Ansgar. »Das bringt ihm jetzt auch nichts mehr. Habe gehört, dass man keinen Schulabschluss braucht, dort, wo er jetzt ist.«

»Ansgar, hör bitte auf!«

»Oder meinst du, dass er letztes Jahr an den Kite Masters Heiligenhafen teilgenommen hat und ich nicht mal richtig schwimmen kann?«, rief Ansgar und stieß ein boshaftes Lachen hervor.

»Darum geht es nicht.« Sie versuchte, ihn mit ihren Worten zu beruhigen, und machte einen Schritt in Richtung Tür. »Was hast du genommen, Ansgar?«

»Weißt du eigentlich, dass ich dich hasse, Mama?«, fragte Ansgar. »Komischerweise noch viel mehr als Papa. Er ist zwar ein Arschloch, aber er war zumindest immer ehrlich. Du allerdings hast uns alle von vorne bis hinten belogen.«

»Ansgar!« In ihren Augen standen die Tränen. »Was ist nur los mit dir?«

»Du hast Papa nur wegen der Kohle geheiratet, und jetzt lässt du dich von diesem Kerl bumsen. Da lobe ich mir doch die Zeiten, in denen du und Papa hier im Wohnzimmer gevögelt habt. Bjarne und ich sind hinten durchs Fenster auf die Terrasse und haben euch zugesehen. Du hättest mal Bjarnes Gesicht sehen müssen.«

»Hör bitte auf!«, flehte Lilo ihn an. »Nimm das Geld, und geh!«

»Wie Papa dich von hinten genommen hat! Das war göttlich! Die Bilder vergesse ich nicht«, rief Ansgar und tippte sich an den Kopf. »Für immer auf der Festplatte. Hier oben drinnen!«

Doch Lilo hatte die letzten Worte schon nicht mehr verstanden. Sie hatte Ansgar das Geld vor die Füße geworfen und war aus dem Haus gerannt.

»Glaub ja nicht, dass du mir davonkommst!«, schrie Ansgar ihr hinterher, während er die Scheine aufklaubte.

Ohne auf den Typen in dem grauen Auto zu achten, sprang Lilo in ihren Cayenne und verschwand in Richtung Hafen.

• • •

Mit Einbruch der Nacht hatte der Wind zugenommen. Streitlustig zerrten die Böen an den Sträuchern. Das Dünengras legte und stellte sich auf wie das borstige Fell eines großen Tieres. Der Sand peitschte in feinen Schleiern über den Mann hinweg, fuhr in seine Haare und setzte sich auf der Kopfhaut fest. Er prasselte über das violette angeschwollene Gesicht, drang durch den offenen Mund in die Kehle ein und legte sich über die Netzhaut der aufgerissenen stumpfen Augen, in denen das Licht des Mondes sich nicht mehr spiegelte.

Ein kleines weißes Etui lag aufgeklappt neben der Leiche. Hin und wieder wurde es von einem Luftwirbel angehoben und herumgeschleudert wie eine sterbende Zwergmöwe. Ein verzweifelter Flügelschlag, und das kleine Ding machte den nächsten Satz. Ein paar Meter weiter trieb der Wind einen roten Stofffetzen vor sich her. Das bunte Board lag hingegen regungslos am Boden. Das Plastikpaddel steckte im Sand. Es wirkte wie eine Markierung. Aber für wen?

Plötzlich entdeckte die Brise ein neues Spielzeug. Sie fuhr in die langen braunen Haare der Frau, die herbeigeeilt kam und erregt ein paar Worte hervorstieß. Ihre Lippen formten mehrmals die gleichen Laute, die das Meeresrauschen jedoch sogleich aus der Luft wusch. Sie ließ sich auf die Knie fallen, griff nach dem Etui, drehte und wendete es. Und schleuderte es schließlich von sich. Dann schrie sie von Neuem. »Hilfe! Hilfe!«

Weitere Gestalten kamen aus der Nacht herbei und riefen durcheinander. Die Frau mit den langen Haaren beugte sich über den regungslosen Mann, legte ihren Kopf auf seine Brust und überprüfte seinen Atem, so wie man es in einem Erste-Hilfe-Kurs lernte. Anschließend stemmte sie die Hände auf seine Brust, drückte die Arme durch und begann mit der Reanimierung. Kaum hörbar zählte sie den Rhythmus der Herzdruckmassage ab, den Blick starr auf das aufgedunsene Gesicht gerichtet.

»Ich löse Sie ab!«, rief eine der beiden Frauen, die ihr gegenüberstanden.

»Haben Sie einen Arzt gerufen?«, fragte eine andere.

Die zweite Helferin ließ sich auf ihre Knie fallen. Sie starrte auf das Gesicht der Frau mit den braunen Haaren, die im Wind flatterten.

»Jetzt!«

Das war das Signal. Sie übernahm. Sie fühlte das feste Fleisch des fremden Mannes unter ihren Händen.

»Du musst fester drücken!«, forderte sie eine Stimme auf.

»Man rutscht ab auf diesem Anzug«, antwortete sie und versuchte sich zu konzentrieren.

Hinter ihr hatten sich weitere Menschen versammelt. Sie blickten auf den erstarrten Körper hinab und murmelten in den Wind. Vielleicht ahnten sie, dass er schon nicht mehr unter ihnen weilte. Vielleicht wurden ihre Stimmen deshalb allmählich lauter. Sie erkundigten sich, stellten Vermutungen an, gaben leere Antworten. Zuerst einer nach dem anderen, dann alle zugleich, als fürchteten sie alle das eiskalte Schweigen des Todes, der hier wohl gerade sein letztes Wort gesprochen hatte.

»Wie lange braucht der Arzt, bis er hier ist?«

»Kennen Sie den Mann?«

»Ich bin nicht von hier.«

»Was hat er?«

»Er ist ein Stand-up-Paddler.«

»Ich glaube, dass ich ihn kenne. Sein Name ist Petersen.«

Die Ersthelfer lösten sich noch einige Male ab, dann ertönte das Martinshorn des ersten Rettungswagens.

16. Kapitel

Während der Fahrtwind Frida ins Gesicht blies, rief sie sich noch einmal die Begegnung mit Lasse in Erinnerung. War sie vielleicht zu ablehnend gewesen? Sie hatte ihn einfach am Fahrstuhl stehen lassen wie einen lästigen Haustürvertreter. Sie beruhigte sich mit dem Gedanken, dass Lasse nun immerhin klar geworden sein dürfte, dass sie nicht an Dates mit Kollegen interessiert war. Sie hoffte, er würde sie nicht noch einmal fragen.

Endlich in der Wohnung angekommen, warf sie den Schlüsselbund auf die kleine Anrichte neben der Wohnungstür, hängte das Rad an seinen Platz im Flur, zog das Smartphone aus der Innentasche ihrer Jacke und sah sie. Die Nachricht.

»Scheiße!«

Sie balancierte ein paar Sekunden auf der Schwelle zum Wohnzimmer und trat dann bedächtig ein, das Gesicht vom weißen Licht des Handys angestrahlt. Im Zeitlupentempo arbeitete sie sich bis zum Sofa vor, ohne den Blick von ihrem Telefon abzuwenden. Mit einem lauten Seufzer ließ sie sich in die Polster fallen.

»Nicht jetzt! Nicht heute!«

Sie seufzte laut, schmiss das Handy neben sich aufs Sofa und sprang auf wie von einem Petermännchen gestochen. Ihre großen Schritte wummerten zweimal vom Wohnzimmer in den Korridor und wieder zurück. Ihr Blick irrte ziellos umher. Sie riss die Flasche Aquavit aus dem Regal und goss ein wenig davon in eine benutzte Kaffeetasse.

»Lieber doch nicht!« Der Schnaps landete kurz darauf im Spülbecken, und Frida stampfte zurück zu ihrem Telefon. Sie starrte es mindestens eine weitere Minute an, ohne es zu berühren. Es gab nur eine Person, die Frida dermaßen durcheinanderbringen konnte. Weil jede ihrer Wesensäußerungen toxisch auf sie wirkte. Eine einzige Nachricht hatte genügt, um ihr den wohlverdienten Feierabend zu ruinieren. Und ziemlich sicher die nächsten Tage auch. Über ein Jahr hatte Frida nichts von ihr gehört gehabt. Und dann stand sie quasi vor ihrer Haustür. Unangemeldet. Genauso unversehens, wie sie vor unzähligen Jahren aus ihrem Leben verschwunden war.

»Jetzt komm erst einmal runter!«, sagte Frida zu sich selbst. »Und setz dich hin.«

Sie knipste das Licht an und blickte irritiert auf ihren riesigen Schatten an der Wand. Ihre Finger ertasteten das Handy. Es war immer noch ganz kalt von der Fahrt. Sie fixierte den Bildschirm und las die Nachricht ein weiteres Mal. Es stimmte also. Sie hatte sich nicht geirrt. Es war kein Traum. Keine Halluzination. Frida hatte weder eine schwere Grippe noch sonst irgendwelche krankheitsbedingte Beeinträchtigungen ihrer Sinne erlitten. Sie war da.

Ihre Mutter war in Hamburg.

Wahrscheinlich saß sie bei ihrer Schwester Thea auf dem Sofa und feierte ihre Heimkehr mit einem Aperol Spritz. *Auf einen schönen Aufenthalt!* Und dann musste den beiden die glorreiche Idee gekommen sein, doch mal der Frida Bescheid zu geben. Die fehlte schließlich noch für das perfekte Familientreffen. Dann waren alle Überlebenden der Familie Beck beisammen. Ihre Mutter Nora, ihre Schwester Thea und Frida. Ganz so, als sei immer alles in Ordnung gewesen. Als hätte es keine unbeantworteten Nachrichten, keine gesprengten Familien-Chatgruppen und kein jahrelanges Ghosting gegeben.

»Jetzt komm runter!«

Das war das Mantra einer Frida Beck, die sich über Jahre hinweg die Wut auf ihre Mutter abtrainiert hatte. Mit Meditation, Sport, Alkohol und zuletzt in einer Psychotherapie. Weil ihre Mutter sie mit ihrem krebskranken Vater allein zurückgelassen hatte, als sie gerade zwanzig gewesen war. Während ihre Schwester als Backpackerin durch Australien getingelt war, hatte sich ihre Mutter in einen Unidozenten aus New York verknallt und war Hals über Kopf in die USA ausgewandert. Zurückgeblieben war Frida mit ihrem Vater, der gerade die erste Chemo durchgemacht und voraussichtlich nur noch ein paar Monate zu leben hatte. Die Tatsache, dass er dann noch mehrere Jahre durchhielt, führte ihre Mutter heute noch als Entschuldigung ins Feld. *Er hat mich ja nicht gebraucht.*

»Doch, das hat er«, sagte Frida leise.

Sie dachte an ihre Schwester, die sich damals keinen

Deut besser verhalten hatte. Ihren Australientrip hatte sie in eine halbe Weltreise ausgedehnt, als sie erfahren hatte, dass ihr Vater Krebs hatte. Warum? Während sich ihre Mutter immer wieder damit herausgeredet hatte, sie sei nicht für *diesen Mann* zuständig, da ihre Beziehung ja bereits vor der Krebserkrankung in die Brüche gegangen war, hatte ihre Schwester sich immerhin ganz förmlich für Fridas Einsatz bedankt, als sie wieder zurück war. Als er dann ein paar Jahre später starb, langsam und mit Ansage, über mehrere Wochen hinweg, blieb Thea trotzdem weg. Obwohl sie nur eine Autostunde entfernt war. *Danke, dass du für Papa da bist, aber ich kann das leider nicht. Also, rein emotional, wenn du mich verstehst.*

»Papa hätte dich gern noch mal gesehen«, sagte Frida ihrer imaginären Schwester ins Gesicht.

Als Frida dann vor zwei Jahren Manuel und Elias verloren hatte, war Thea wieder nicht für sie da gewesen. Ihre neuesten Tinder-Aventüren schienen ihr wichtiger gewesen zu sein. Wie eine Aussätzige hatte Thea sie gemieden. Wahrscheinlich hatte sie Fridas Trauer vor lauter Dating-Fieber mit einer hoch ansteckenden Geschlechtskrankheit verwechselt und wollte einfach kein Risiko eingehen. Auch wieder verständlich, dachte Frida mit einem bitteren Lächeln auf den Lippen.

Dann erschien das Profilbild ihrer Mutter auf ihrem Display.

»Mist!« Frida zögerte. Musste es denn immer gleich ein Videoanruf sein? So besitzergreifend und invasiv. Man hatte keine Möglichkeit, sich zu verstecken. Aber was tat sie nicht alles für die liebe Familie. Und fürs Karma. Frida nahm den Anruf entgegen.

»Hi my dear!«, rief ihre Mutter und winkte in die Kamera. Sie trug rosafarbenen Lippenstift und violetten Lidschatten. Ihre blondierten Haare hatte sie mit einer giftgrünen Haarspange nach oben gesteckt. Riesige goldene Ohrringe baumelten nervös gegen ihren Hals, während sie sprach.

»Hallo, Schätzchen! Wie geht es dir?«, rief Thea und steckte ihren Kopf in die Kamera. Sie hatte sich genauso herausgeputzt. Als hätten die beiden heute noch Großes vor, dachte Frida. Glücklicherweise waren sie in Hamburg, und für einen Spontanbesuch war es definitiv zu spät. Das hätte ihr noch gefehlt.

»Hallo«, grüßte Frida zurück. »Schön, dass ihr euch mal meldet.«

»Ich bin gestern Nacht aus den States angekommen. Bin noch ganz durch den Wind«, plapperte ihre Mutter los. »Richard wollte mich ja schon wieder nicht begleiten, also kann ich completely für euch beide da sein. I am so excited, dass ich hier bin. Wann sehen wir uns denn alle mal?«

»Weiß nicht«, murmelte Frida. »Was sagst du denn, Thea?«

»Also, ich habe gerade nichts zu tun. Alles hängt von dir ab, Süße«, antwortete Thea. Ihre Schwester arbeitete den Sommer über als selbstständige Maskenbildnerin bei deutschen Film- und Fernsehproduktionen. Den Winter verbrachte sie regelmäßig in Thailand oder auf Bali. Es war eigentlich unüblich, sie im März schon in Deutschland anzutreffen.

»Wusstest du denn, dass Mama kommt?«, fragte Frida sie.

»Ich habe es genau drei Tage vor dir erfahren«, antwortete Thea entschuldigend.

»Ihr hättet es mir sagen sollen. Wenn Mama schon nicht imstande war, hättest du mir ja einen Tipp geben können. Eine einfache Nachricht hätte gereicht«, erwiderte Frida. Das Gespräch war kaum richtig losgegangen, und schon nahm sie wieder ihre Lieblingsrolle ein. Sie war die mit den Vorhaltungen. Na toll!

»Nun sei nicht so!«, unterbrach sie ihre Mutter. »War einfach eine spontane Idee.«

»Echt mal! Freu dich doch, dass Mama hier ist«, sekundierte Thea. »Du wirkst echt verbittert, Frida.«

»Danke für deinen Hinweis«, antwortete Frida trocken. Prinzipiell hatte sie ja nichts dagegen, dass man ihr zurückmeldete, wie es um ihre Außenwirkung stand. Nur sollten die Tippgeber einigermaßen mit ihr vertraut sein. Und sich im Idealfall nicht auf die negativen Punkte beschränken. Allerdings tat ihre Schwester immer genau das, wenn sie alle sechs Monate mal miteinander sprachen.

»Ich stecke gerade in einem komplizierten Fall«, entgegnete Frida und war zufrieden mit ihrer Antwort. Weil sie nach Verantwortung klang. Und ein klein wenig distanziert. »Muss jederzeit erreichbar sein und sollte Lübeck eigentlich nicht verlassen.«

»Ach, erzähl uns doch nichts!«, protestierte Thea. »Du

hast doch auch Kollegen, die mal übernehmen können, wenn deine Mutter aus Amerika zu Besuch ist.«

»Morgen?«, fragte Nora weiter.

»Das kann ich echt noch nicht sagen. Vielleicht …«, antwortete Frida.

»Wenn du nicht kannst«, fiel ihr ihre Schwester ins Wort, »dann machen Mama und ich eben allein was Schönes.«

»Genau!«, sagte ihre Mutter und kicherte wie eine Dreizehnjährige.

Frida sah auf die Uhr. Schon nach zehn. Wäre nicht schlecht, auch mal vor Mitternacht im Bett zu sein. Und nach diesem Gespräch würde sie bestimmt eine Weile brauchen, um wieder runterzukommen.

»Dann gehen wir eben ohne dich auf die Piste«, sagte ihre Schwester und zog die Augenbrauen hoch. »Auf Männerjagd!«

»Und ich gehe mit!«, pflichtete ihr ihre Mutter bei.

»Okay«, entgegnete Frida trocken, doch in Wirklichkeit hätte sie am liebsten »Oh Gott!« gerufen. Musste sie sich allen Ernstes diesen Unsinn anhören? Was sie jetzt am wenigsten interessierte, waren die Urlaubsflirts ihrer Mutter.

»Für Richard ist es in Ordnung«, murmelte Thea geheimnisvoll und verdrehte die Augen, um danach in lautes Kreischen zu verfallen.

»Wir könnten natürlich auch zu dritt gehen, Frida. Du bist herzlich eingeladen«, schlug ihre Mutter ihr jetzt tatsächlich vor. »Aber ich glaube, das wäre nichts für dich.«

»Nicht wirklich«, stimmte Frida ihr zu.

»Dabei wäre es vielleicht gar nicht schlecht«, sagte Thea.

»Würde bestimmt lustig werden. Wie lange ist es denn bei dir schon her, dass du einen Kerl hattest, Frida?«

»Und was hast du schon alles intus, Thea?«, fragte Frida nur zurück.

Dabei war die Frage gar nicht mal unberechtigt. Aber sie war eben noch nicht so weit! Die Erinnerungen an Manuel waren noch zu frisch. Es verging kein Tag, an dem sie nicht an ihn dachte. Die wenigen Typen, mit denen sie sich flüchtig eingelassen hatte, waren Frida wie schlechte Kopien von ihm vorgekommen und hatten sie die Leere nur noch stärker spüren lassen. Aber das brauchte sie Thea jetzt nicht zu erklären.

»Ist vielleicht nicht das passende Thema«, meinte ihre Mutter versöhnlich. »Wenn sie nicht will, dann will sie nicht. Hauptsache, wir drei kommen in den nächsten Tagen zusammen. Ich bin nämlich schnell wieder weg. Und wer weiß, wann ich es das nächste Mal schaffe. Denn von euch beiden kann ich wohl keinen Besuch erwarten, oder?«

Bevor Frida antworten konnte, bekam sie einen weiteren Anruf auf ihr Telefon. Es war die Zentrale in Lübeck. Wenn sie um diese Zeit versuchten sie zu erreichen, musste es wichtig sein. Eine neue Spur? Ein dringender Verdacht? Eine neue Leiche? Absurderweise ging Frida sogar der Name Kramer durch den Kopf. So weit hatte es dieser Kerl schon gebracht. Was auch immer er für ein Spiel spielte, mittlerweile saß er irgendwo in ihren Gehirnwindungen und lauerte auf seinen kleinen Auftritt.

»Ich bekomme gerade einen Anruf, den ich unbedingt annehmen muss«, sagte Frida.

»Yes, my dear!«, hörte sie ihre Mutter noch sagen, bevor sie auflegte. Dann ertönte schon die Stimme des Kollegen in der Leitstelle.

»Wir haben eine Leiche.«

17. Kapitel

Das Blaulicht der Einsatzwagen schwappte zerstückelt auf den Wellen. Riesige Schatten von durcheinanderlaufenden Menschen tauchten im Licht der Scheinwerfer auf, um im nächsten Moment wieder zu verschwinden. Polizisten murmelten, und Funkgeräte kratzten. Der Wind winselte leise in den Baumkronen, und über allem lag der feuchte Atem der See.

Für die Handvoll Nachbarn, die in sicherer Entfernung standen und gafften, war es ein sorgfältig inszeniertes Theaterspiel. Sie hatten Logenplätze, und bislang hatte ihnen noch niemand einen Platzverweis erteilt.

Den beiden Hansens würde die Polizei keinen geben können, denn sie befanden sich auf ihrem eigenen Grund. Aus nicht einmal fünfzig Metern Entfernung besahen sie sich das Geschehen an dem steinigen Strand von Dahmeshöved. Wie zwei übrig gebliebene Eckpfeiler eines eingestürzten Hauses verharrten sie regungslos in der Finsternis. Irgendwo über ihnen griff der Leuchtturm mit einem langen Arm aus Licht in die beginnende Nacht hinein.

»Dann wollen wir mal schauen«, sagte Doktor Andreani und hob die weiße Plane an.

»Uff!«, kam es von Deniz, der hinter ihr stand.

Das Gesicht der Leiche war blau angelaufen und so sehr angeschwollen, dass die Augen nur noch als schmale Schlitze zu erkennen waren. Die violetten Lippen waren unnatürlich dick und erinnerten lediglich entfernt an einen Mund. Die Nase war zwischen den aufgedunsenen Wangen eingeklemmt. Sogar die Ohren waren zu unförmigen Fleischknoten angeschwollen.

»Lasse hat ein Notfallset für Allergiker gefunden, bei dem das wichtigste Utensil fehlt«, sagte Deniz.

»Der Adrenalin-Pen«, berichtete Andreani.

»Der Mann war Allergiker«, bemerkte Kramer, der gerade zu ihnen getreten war. Ein ganz Schlauer, dachte Frida.

»Wissen Sie auch, worauf er allergisch war?«, fragte Andreani in die Runde.

»Vielleicht war es ja eine Qualle«, meinte Deniz.

»Für die Spurensicherung ist wohl nicht mehr viel übrig geblieben, was?«, erkundigte sich Kramer in herablassendem Tonfall. »Nachdem die ganzen Ersthelfer hier umhergetigert sind.«

»Wer hat denn den Mann gefunden?«, fragte Deniz einen der herumstehenden Schutzpolizisten.

»Drei Spaziergängerinnen«, antwortete der Uniformierte. »Wir haben die Personalien bereits aufgenommen.«

»Haben diese Frauen ihn vielleicht dabei beobachtet, wie er aus dem Wasser kam?«, fragte Frida.

»Nein, sie haben ihn erst entdeckt, als er schon hier lag.

Außerdem haben sie versichert, dass sich außer ihnen niemand weiter am Strand befand«, erklärte der Beamte und zeigte landeinwärts. »Übrigens stehen da die Angehörigen. Frau Petersen und ihr Schwiegervater.«

In einiger Entfernung leuchteten die blondierten Haare einer hochgewachsenen Frau. Der Mann neben ihr schaute mit gebieterischem Blick in ihre Richtung. Als sei er es gewohnt, dass die Menschen zu ihm kamen und nicht umgekehrt.

»Vielleicht sprechen Sie mal mit denen«, schlug Kramer vor. »Sie sind schließlich hier die Verantwortliche.«

Sie ignorierte den Oldenburger Kollegen und drehte sich zu Lasse, der in einigen Metern Entfernung auf dem Boden kniete. »Was war denn in Petersens Notfalletui enthalten?«

»Das Antihistaminikum in Tablettenform steckte unberührt in der Tasche. Ein Kortisonfläschchen lag geöffnet neben dem Toten. Offensichtlich hat er noch versucht, das Medikament einzunehmen«, entgegnete der Kriminaltechniker.

»Er hätte die Adrenalin-Injektion gebraucht«, sagte Andreani dazwischen. »Außer Gesicht und Halspartie sind nämlich auch der gesamte Atem- und Schlucktrakt extrem angeschwollen. Das Letzte, was dieser Mann zu sich nehmen wollte oder konnte, war eine Tablette. Selbst die Kortisontropfen waren aussichtslos, wenn man das Ausmaß der Schwellungen in Betracht zieht. Knut Petersen hatte nach dem Kontakt mit dem Allergen nur noch wenige Sekunden Zeit.«

»Bleiben trotzdem ein paar Fragen offen«, murmelte

Frida. »Wie ist Petersen in Kontakt mit der Substanz geraten? Im Wasser? Wenn er danach nur wenige Sekunden Zeit gehabt hat, dann müssen wir uns wohl auch fragen, wieso er noch bis hierher gekommen ist. Hätte er nicht schon im Wasser kollabieren müssen?«

»Es wäre natürlich möglich, dass er im flachen Wasser die Qualle ins Gesicht bekommen hat und dann noch schnell hergelaufen ist«, sagte Andreani.

»Und hier erwartete er, seinen Adrenalin-Pen vorzufinden«, fuhr Frida fort. »Doch der war verschwunden.«

»Was wäre, wenn jemand in böser Absicht den Adrenalinstift aus dem Etui entfernt hätte?«, fragte Deniz. »Und dann für den Kontakt mit dem entsprechenden Allergen gesorgt hat?«

»Klingt einleuchtend«, sagte Andreani. »Leider kennen wir den allergenen Stoff noch nicht.«

»Und was ist mit dem Petermännchen?«, fragte der Schutzpolizist, der immer noch bei der Gruppe stand. »Ich will ja nichts sagen, aber wenn man ein großes Exemplar erwischt, kann das schon übel ausgehen. Und wenn der Mann Allergiker war ...«

»Gut möglich«, erwiderte die Rechtsmedizinerin. »Aber dann müsste es doch einzelne Einstiche geben. Doch dieses Gesicht ist komplett angeschwollen.«

»Und wie soll ihn der Fisch ins Gesicht gestochen haben?«, fragte Frida.

»Na, in die Füße konnte ihn das Ding ja nicht stechen«, erklärte Kramer wieder ungefragt das Offensichtliche. Frida und Andreani warfen sich ein verschwörerisches Lächeln zu.

Sie beide waren sehr gut vertraut mit dieser Art von Kollegen und ihren breitbeinigen Erläuterungen. »Er hatte ja seine Wasserschuhe an.«

»Gibt es das Petermännchen zu dieser Jahreszeit überhaupt schon?«, fragte Lasse.

»Hauptzeit ist eigentlich im Sommer, aber man findet auch jetzt schon einzelne Exemplare«, entgegnete der Schutzpolizist.

»Die Staatsanwaltschaft hat mich wissen lassen, dass die Obduktion zeitnah erfolgen soll«, sagte Andreani. »Ich lasse den Leichnam noch heute Nacht in die Rechtsmedizin Lübeck bringen.«

»Ich würde Sie gerne begleiten, Frau Andreani«, sagte Frida. »Allerdings möchte ich vorher noch ein paar Gespräche führen.«

»Kein Problem. Ich bin hier sowieso noch nicht ganz durch«, entgegnete die Medizinerin und wandte sich wieder der Leiche zu.

Frida ging unterdessen zu der kleinen Gruppe von Personen, die sich um Deniz versammelt hatte.

»Guten Abend!«, grüßte Frida. »Ich bin Oberkommissarin Beck. Mein herzliches Beileid, Frau Petersen.«

»Danke.« Lilo Petersen fuhr sich mit einem Taschentuch unter dem Auge entlang.

»Ich bin der Vater von Knut Petersen«, stellte sich der Mann vor, der auffällig eng zusammenstehende Augen hatte. Eine tiefe Längsfalte auf seiner Stirn lag da wie der Andreasgraben, während eine winzige Kinnbeule unablässig zwischen Kopf und Hals hin- und herwanderte. Der zusammengepresste Mund bestand aus einer einzigen bläulichen Linie, und die spitze Nase schien von einem chronischen Zittern befallen zu sein. Als Ganzes machte das Gesicht auf Frida den Eindruck einer geballten Faust. »Jürgen Sobczak.«

»Mein herzliches Beileid«, erwiderte Frida.

»Werden Sie in diesem Fall ermitteln?«, fragte Sobczak forsch.

»So wie es aussieht, ja«, erwiderte Frida.

»Sie können auf meine volle Unterstützung zählen«, antwortete er, und Frida fragte sich, aus welchem Grund das von Bedeutung für sie sein sollte.

»Mein Schwiegervater ist erst gestern angereist«, erklärte Lilo Petersen.

»Ich bin gekommen, um meinen geliebten Enkel zu beerdigen«, sagte Sobczak und sah sie vorwurfsvoll an. »Und nun kommt mein einziger Sohn hinzu.«

»Wir werden unser Bestes tun. Das verspreche ich Ihnen«, entgegnete Frida.

»Das will ich hoffen«, knurrte der Mann mit dem eigenartigen Aussehen, und Frida kam nicht umhin, Deniz einen kurzen verschlüsselten Blick zuzuwerfen. An den Augen ihres Kollegen konnte Frida ablesen, dass er die Botschaft empfangen und dechiffriert hatte. Und ihre Ansicht teilte.

Dieser Sobczak hatte etwas Unheimliches.

• • •

Eine heftige Böe blies ein paar Spatzen über den Strand. Erschrocken hielt Ansgar inne und wartete, bis sie sich in Sicherheit gebracht hatten. Dann ließ er seinen Blick aufmerksam schweifen, über die graue Ostsee mit ihren weißen Arabesken aus Gischt, die schwach beleuchtete Promenade und den menschenleeren Strand. Niemand in Sicht. Er umrundete zwei Strandkörbe. Kurz tauchte die Erinnerung an ein Mädchen in seinem Kopf auf. Sie war die Freundin seines Bruders gewesen, und genau hier hatte er ihr mal einen Kuss gegeben. Er verharrte und blickte zum Hundestrand. Auch dort schien die Luft rein zu sein. Dann stolperte er noch ein paar Schritte über den weichen Grund, stoppte vor dem DLRG-Türmchen und sank auf die Knie.

»Wo bist du?«, flüsterte er in den Wind und schob seine beiden Hände in den kalten Sand.

Nach kurzem Wühlen stießen seine Finger auf das Blech einer Keksdose. Er sah sich noch einmal um und zog sie hervor. Es kostete ihn einige Mühe, sie zu öffnen. Doch schließlich gelang es ihm, und er gelangte an ihren Inhalt. Eine fingernagelgroße Kugel, die in Aluminiumpapier eingewickelt war. Ansgar legte sie sich auf die Handfläche und begutachtete sie, als hätte er sein Leben lang nichts anderes getan. Größe und Gewicht waren in Ordnung, befand er in Gedanken. Öffnen würde er sie natürlich erst zu Hause. Er stopfte die Murmel in die Hosentasche und verbuddelte die Keksdose an ihrem Platz. Als er aufstand, erstarrte sein Körper für einen Moment. Sein Blick war an den blauen Lichtern hängen geblieben, die in der Ferne glitzerten wie die Ohrringe eines Mädchens, das er mal gekannt hatte.

»Schon wieder?«, murmelte er und vergrub die Hände in

den Hosentaschen. Dort fanden seine Finger die kleine Kugel und begannen, mit ihr zu spielen. In Gedanken versunken, trat er den Heimweg an. Er lief die Strandpromenade ein kleines Stück Richtung Süden und bog am Stellplatz für die Wohnmobile in den Kampland ein. Er wurde immer schneller, je näher er seiner Wohnung kam. Die letzten Meter bewältigte er im Laufschritt. Die Ohrringe aus Blaulichtern hatte er längst vergessen. Seine Gedanken kreisten allein um den Inhalt der kleinen Kugel in seiner Tasche, die sich mit jedem Schritt größer anfühlte.

In seiner fiebrigen Erregung hatte Ansgar nicht mitbekommen, dass ihm vom Strand ein dunkler Schatten bis vor die Haustür gefolgt war.

• • •

Im Obduktionsraum der Rechtsmedizin Lübeck befanden sich ein Rollwagen mit dem Obduktionswerkzeug, der große Obduktionstisch mit Abfluss sowie zwei kleinere Tische, die als Ablage dienten. Auf dem einen standen mehrere Plastikgestelle mit Reagenzgläsern und Plastikbechern, die Doktor Andreani später mit Blutplasma, Urin und Magen- sowie Darminhalt befüllen würde.

Es ging gegen ein Uhr, und die beiden Frauen beugten sich über das Gesicht des Toten.

»Alles voll damit«, sagte Andreani und zog mit einer Pinzette einen winzigen Metallsplitter aus der Wange. Sie legte ihn in eine Schale, in der bereits einige solcher Exemplare lagen. »Ich bin keine Expertin für Gifttiere, aber über Stacheln aus Metall verfügt wohl keines.«

»Was hat das zu bedeuten?«, erkundigte sich Frida.

»Ich habe bereits eine Vermutung, aber zunächst würde ich mir gern ein paar Organe ansehen wollen.«

Anschließend öffnete die Medizinerin den Torso mit einem Y-Schnitt vom Schlüsselbein bis zum Bauchnabel, zersägte Rippenbögen sowie Brustbein und gelangte schließlich an die Organe der oberen Bauchhöhle. Frida schaute geduldig zu.

»Hier werden wir sicher die Bestätigung für unsere Hypothese finden«, murmelte Andreani, während sie die Bronchien aufschnitt. Mit ihrem Zeigefinger tippte sie auf das rosafarbene Organ. »Sehen Sie dieses durchsichtige Sekret dort? Die übermäßige Schleimproduktion und die stark geröteten Schleimhäute sind eine typische Folge des anaphylaktischen Schocks.«

»Und die Lungenflügel? Sehen irgendwie auch angeschwollen aus«, bemerkte Frida, wobei ihr ein lautes Gähnen entfuhr. »Entschuldigen Sie. War ein langer Tag.«

»Eine aufgeblähte Lunge. Ist typisch«, erwiderte Andreani schmunzelnd. »Keine Sorge, wir sind gleich fertig, Frau Beck.«

»Andere Todesursachen sind also ausgeschlossen?«, fragte Frida weiter.

»Das sind sie natürlich nie so ganz. Ich werde auch kein endgültiges Urteil abgeben, bevor ich nicht den Laborbefund kenne und das Schädelinnere gesehen habe. Aber allein das, was Sie hier sehen, ist bereits mehr als tödlich. Der

Atemtrakt war stark angeschwollen und hat einfach keine Luft mehr durchgelassen«, erläuterte Andreani. »Petersen ist mit ziemlicher Sicherheit erstickt.«

»Und was haben die Metallsplitter nun damit zu tun?«, fragte Frida ungeduldig nach.

»Dazu komme ich jetzt«, erklärte die Rechtsmedizinerin und lächelte. »Meiner Ansicht nach haben sie der Haut winzige Risse zugefügt, durch die das Gift in den Körper gelangt ist. Ich hatte vor Jahren mal einen Fall, bei dem der Täter Gift in die Schuhe seines Opfers träufelte und anschließend winzige Glassplitter hineinlegte. Der Mann zog sich die Schuhe an, ging ein paar Schritte, und das war es dann.«

»Aber wie sind die Metallsplitter in Petersens Gesicht gelangt?«, fragte Frida. Ihre Stimme klang müde. »Es gibt doch keine Kampfspuren, oder?«

»Das ist in der Tat sehr merkwürdig«, antwortete die Forensikerin. »Ich sehe keine Hautreste unter den Fingernägeln, keine Hämatome, nichts.«

18. Kapitel

Frida sah sofort, dass irgendetwas nicht stimmte, als sie am nächsten Morgen in die Polizeidirektion kam. Warum fand die morgendliche Lagebesprechung im großen Konferenzraum statt? Das konnte eigentlich nur bedeuten, dass die Direktion eine BAO eingerichtet hatte, eine Besondere Aufbauorganisation, die direkt der Leitung der Polizeidirektion unterstand und verschiedene Einsatzabschnitte koordinierte. Aber wieso hatte Björnsen sie nicht darüber in Kenntnis gesetzt?

»Liebe Kollegen«, sagte Björnsen an die Runde gewandt. »Auf Anweisung des Kriminaloberrats Seiffert finden wir uns heute in dieser Runde zusammen.«

»Wenn ich den Namen schon höre«, flüsterte Deniz ihr ins Ohr.

»Was will der denn hier?«, entgegnete Frida leise, als sie registrierte, dass nicht nur Seiffert, sondern auch Kramer zur Tür hereinkamen. Der Kriminaloberrat warf ihr einen eisigen Blick zu.

»Guten Morgen!« Seiffert richtete das Wort an die Anwesenden. »Bevor Sie mit der aktuellen Besprechung zum

Fall Petersen in Dahme beginnen, möchte ich noch ein paar Dinge loswerden.« Seiffert blickte daraufhin erst zu Björnsen, dann zu Kramer und schließlich wieder zu Frida, die ihren Herzschlag im Hals zu spüren begann. Was ging hier vor sich? »Gestern ist es in Dahme zu einer kleinen Meinungsverschiedenheit zwischen der dortigen Kripo und einer unserer Kolleginnen gekommen. Namen nenne ich nicht«, sagte Seiffert. Sofort richteten sich vier bis fünf Augenpaare auf Frida. Die Kollegen wussten natürlich trotzdem, wer gemeint war.

Danke, Herr Kriminaloberrat, sagte sich Frida in Gedanken.

»An sich ist das kein Problem. Kommt in den besten Familien vor. Nur leider hat die besagte Kollegin mit ihrem Verhalten ihren eigenen Mordermittlungen einen Bärendienst erwiesen.« Ein Raunen ging durch den Raum. Der Kriminaloberrat machte eine Pause und sah zum wiederholten Mal direkt zu ihr herüber, sodass auch die letzte Trantüte im Raum kapiert hatte, dass Frida Beck gemeint war. »Sie hat sich der Empfehlung eines Kollegen entgegengestellt, der aufs Beste mit den örtlichen Begebenheiten vertraut ist.«

Seiffert drehte sich zu Kramer, der stumm nickte und es nicht versäumte, Frida einen hämischen Blick zuzuwerfen. Allerdings fasste sie auch Björnsens Gesicht ins Auge, dem deutlich anzusehen war, dass er kurz davorstand, zu explodieren und mindestens zwei Kollegen aus seiner unmittelbaren Umgebung mit in den Tod zu reißen. Sein kahl geschorener Kopf leuchtete glutrot, und seine Halsschlagader war dick wie eine Ringelnatter. Das war Björnsens Beschützerinstinkt. Frida konnte beruhigt sein.

»Es hat mehrere Angriffe auf einen nicht unbedeutenden Arbeitgeber der Region gegeben, von denen einer erfolgreich war. Ein ermordeter Sohn, ein Brandanschlag und eine Prügelattacke. Und nun ist Knut Petersen selbst auch tot. Eine unserer Kolleginnen war frühzeitig vor Ort, und es hätte in ihrer Hand gelegen, das zu verhindern. Leider stand sie sich selbst im Weg, und ich sehe mich nunmehr genötigt, den vermeintlichen Doppelmord an Bjarne und Knut Petersen der BAO zu übertragen. Die personellen Konsequenzen für die Ermittlungen wird Ihnen der Kollege Björnsen gleich auseinandersetzen. Sie werden aber auf jeden Fall Unterstützung bekommen. Ich bin vorerst fertig und will Sie nicht weiter von der Arbeit abhalten. Frohes Schaffen noch!«

Im Anschluss richtete Seiffert einige Worte an Björnsen und verschwand. Oberkommissar Kramer blieb.

»Was hatte das denn zu bedeuten?«, fragte Deniz.

»Der kürzeste Schauprozess der Geschichte«, entgegnete Frida und lächelte kühl. Sie hatte keine Angst, denn sie wusste, dass die Leiterin der Polizeidirektion binnen zweier Wochen genesen und wieder zurück im Dienst sein würde. Seiffert dürfte dann wieder zurück auf seinen angestammten Stellvertreterposten.

»Zunächst möchte ich loswerden, dass die Bewertung der gestrigen Ereignisse noch aussteht«, erläuterte Björnsen. »Nach dem neuesten Stand der Ermittlungen müssen wir von zwei Mordfällen ausgehen. Bevor ich zu den personellen Veränderungen komme, gebe ich das Wort an unsere

Ermittlerin Frau Beck. Sie kann etwas zu den aktuellen Ergebnissen der rechtsmedizinischen Untersuchung sagen.«

Eine verhaltene Verteidigung, dachte Frida. Aber immerhin. Sie bedankte sich mit einem kameradschaftlichen Zwinkern in Richtung Björnsen und ergriff das Wort. »Bei so viel Schande ist es ja ein Wunder, dass ich meinen Dienstausweis nicht abgeben musste. Aber zum Glück leistet die Rechtsmedizin ja noch gute Arbeit. Frau Doktor Andreani hat gestern feinste Metallsplitter aus dem Gesicht des Opfers entfernt. Heute Morgen kam dann die Analyse des Labors herein. Petersen wurde vergiftet. Es handelt sich um das Gift des Kleinen Petermännchens, gegen das er allergisch war.«

»Eine Frage«, unterbrach Kramer sie.

»Ist die Kripo Oldenburg jetzt auch offiziell in die Ermittlungen eingebunden?«, erwiderte Frida in scharfem Ton. Ein paar Kollegen schauten betreten. Offen ausgetragene Konflikte waren während der Dienstbesprechungen nicht gern gesehen.

»Herr Kramer ist ab heute vorübergehend mit im Team. Er unterstützt uns in Ostholstein«, erklärte Björnsen und warf Frida einen entschuldigenden Blick zu. »Anweisung von Herrn Seiffert.«

»Na, dann stellen Sie mal Ihre Frage!«, forderte Frida Kramer auf.

»Wie sollen die Splitter in Petersens Gesicht gelangt sein?«, fragte Kramer und kratzte sich nachdenklich an der Schläfe.

»Am besten fragen Sie das den Täter«, erwiderte Frida. Deniz konnte sich ein Grinsen nicht verkneifen.

»Sehr witzig«, sagte Kramer.

»Wir wissen es nicht«, fuhr Frida fort. »Frau Andreani schätzt, dass der Mörder ein Gemisch aus Gift und Metallspänen angefertigt und es dem Opfer ins Gesicht gespritzt hat. Als Petersen es abwischen wollte, hat er sich dadurch winzige Wunden zugefügt, durch die das Toxin in die Blutbahn gelangt ist.«

Zustimmendes Gemurmel ertönte. Björnsen ergriff wieder das Wort. »Mit dieser Hypothese arbeiten wir erst einmal weiter. Die Rechtsmedizin wird uns auf dem neuesten Stand halten.«

»Wir können uns also um Spuren und Verdächtige kümmern«, sagte Frida. »Machen wir es kurz: Kollege Diekmann und sein Team haben nichts gefunden, außer einem unvollständigen Notfallset für Allergiker, das Petersen immer bei sich trug. Aus dem Set hatte irgendjemand den Adrenalin-Pen entfernt, der Petersen das Leben gerettet hätte. Wir gehen davon aus, dass es der Mörder war.«

»Was die Verdächtigen angeht«, führte Björnsen weiter aus, »hat es uns der Untersuchungsrichter nicht leichter gemacht. Er hat nämlich Ansgar Petersen gestern Morgen entlassen. Damit kommt der älteste Sohn rein theoretisch also auch für diese Tat in Betracht. Außer ihm haben wir den Nachbarn Leo Hansen im Auge. Das ist der Mann, der gestern Nachmittag mit Knut Petersen in einen gewaltsamen Streit verwickelt war und möglicherweise etwas mit dem Brand in Dahmeshöved zu tun hat. In unserem System taucht er zudem als Inhaber einer Waffenbesitzkarte auf. Er ist seit vielen Jahren Mitglied im Kreisschützenverband Ostholstein. Das sollten wir im Hinterkopf haben.«

»Tja«, sagte Kramer mit Genugtuung, doch er erntete nur ein paar gleichgültige Blicke. Die Loyalitäten waren zugunsten Fridas verteilt. Zumindest noch.

»Ansgar Petersen wird ab heute beschattet. Er hat mit dem zu erwartenden Erbe ein gewichtiges Motiv, und er könnte es zudem auf seine Stiefmutter Lilo Petersen abgesehen haben, um seinen Anteil noch zu vergrößern. Möglicherweise hat er Gehilfen«, erklärte Björnsen. »Die entsprechende Unterstützung vom LKA befindet sich bereits hier im Raum. Da es sich um professionelle Observationskräfte handelt, werden Sie sie noch nicht bemerkt haben.«

Ein kurzes Lachen kam auf. Der kleine Scherz war ein Zeichen dafür, dass Björnsen sich wieder gefangen hatte.

»Ich werde heute endlich Lilo Petersen vernehmen«, erklärte Frida. »Über die wissen wir immer noch zu wenig.«

»Was steht noch an?«, erkundigte sich Deniz und sah auf die Uhr.

»Einer von uns sollte Petersens Vater heute vernehmen«, entgegnete Frida. »Der Mann heißt Jürgen Sobczak …«

»… und hat überraschenderweise bereits ein paar Einträge in unserem System«, beendete Björnsen den Satz.

»Wieso sollte Sobczak für die Ermittlungen von Bedeutung sein?«, fragte Kramer dazwischen.

»Im Jahr 1998 wurde er wegen Steuerhinterziehung verurteilt. Fünf Jahre später ermittelte die Staatsanwaltschaft

Hamburg wegen Geldwäsche gegen ihn, erhob allerdings nie Anklage«, sagte Björnsen.

»Aus welcher Branche stammt er?«, fragte Deniz.

»Wie auch sein Sohn hat der Mann sein Geld mit Immobilien gemacht. Und so, wie es aussieht, spielt er noch eine Liga über Knut Petersen. Sobczak besitzt mehrere Immobiliengesellschaften in ganz Deutschland«, antwortete Frida. »Wir gehen davon aus, dass der Sohn sein Startkapital als Investor vom Papa erhalten hat.«

»Aber bevor wir uns in Details zu diesem Herrn verlieren, fahren wir mal mit den harten Fakten fort. Herr Yilmaz, haben Sie noch etwas für uns?« Björnsen wies auf Deniz.

»Nicht viel«, meinte der. »Angeblich soll ja in den letzten Tagen mehrfach ein kleines Motorboot mit einer auffällig hellblauen Schlupfkajüte vor Dahmeshöved gesichtet worden sein. Allerdings hat es sich etwas schwierig gestaltet, das Boot ausfindig zu machen. Es scheint nämlich von Heiligenhafen bis Kellenhusen kein Boot zu geben, das auf diese Beschreibung passt. Weder in den Marinas noch bei den Kollegen der Wasserschutzpolizei konnte man mir weiterhelfen. Was bei Hunderten von Booten in der ganzen Küstenregion kein Wunder ist.«

»Wir suchen auf jeden Fall weiter danach. Jetzt machen Sie sich erst mal an die Arbeit. Und denken Sie daran: Dort draußen läuft ein zweifacher Mörder herum, und wir müssen davon ausgehen, dass er ein weiteres Mal zuschlägt.« Björnsen beendete die Dienstbesprechung. »Die einzelnen Teams planen ihre Einsätze und haben dann hoffentlich einen erfolgreichen und sicheren Arbeitstag. Frau Beck bleibt bitte noch bei mir.«

Zügig zerstreuten sich die Mitglieder der Mordkommission und die Kieler Kollegen in alle Windrichtungen. Unter ihnen auch Kramer, der es nicht unterlassen konnte, Frida einen weiteren schadenfrohen Blick zuzuwerfen. Offenbar glaubte er, ihr drohe ein kräftiger Anschiss ihres Vorgesetzten.

Als Björnsen und Frida allein waren, begann der Teamleiter zu sprechen: »Seiffert ist erst zwei Minuten vor der Teambesprechung zu mir gekommen. Andernfalls hätte ich Sie vorgewarnt.«

»Das weiß ich zu schätzen«, erwiderte Frida.

»Sie sollten trotzdem wissen, dass er Sie aus den Ermittlungen abziehen wollte.«

»Wie bitte?«

»Sie haben richtig gehört. Er hatte sogar die Absicht, Sie in den Zwangsurlaub zu schicken. Ich musste meine ganze Überredungskunst einsetzen, um das zu verhindern«, entgegnete Björnsen. »Fest steht, dass Seiffert große Stücke auf Kramer hält. Beide sind der Ansicht, dass es ein Riesenfehler von Ihnen war, sich gegen die Verhaftung Leo Hansens zu stellen.«

»Hätte ich gewusst, dass ich mir damit den Kramer ins Team hole, hätte ich es anders gemacht«, erwiderte Frida resigniert.

»Ich kann mir vorstellen, wie Sie sich fühlen. Aber Sie wissen, dass Sie auf mich zählen können. Ich stehe hinter Ihnen. Ganz egal, was Seiffert denkt.«

»Danke.«

»Außerdem wissen Sie ja, dass Kriminaldirektorin Rositzky Sie gut leiden kann«, sagte Björnsen. »Sobald sie wieder im Dienst ist, hat der Spuk mit Seiffert ein Ende.«

»Schlimm genug, dass wir bei unserer Arbeit auf Sympathien angewiesen sind«, sagte Frida.

»Passen Sie trotzdem auf, Frau Beck!«, bat sie Björnsen. »Seiffert wird Sie ab jetzt nicht mehr aus den Augen lassen.«

19. Kapitel

Jürgen Sobczak nippte an einer Espressotasse und zog die Augenbrauen hoch. »Wie war der Knast, min Jung?«

»Nicht so toll, Opa«, antwortete Ansgar und blickte verstört um sich. Sie saßen im »Holyharbour« in Heiligenhafen. Am Nachbartisch saßen zwei Männer im Anzug, die ihn mit ernstem Gesicht musterten. Ansgar war sich sicher, dass er sie schon einmal mit seinem Großvater zusammen gesehen hatte. »Das ist ja wohl klar.«

»Ach, sag das nicht«, wandte Sobczak schmunzelnd ein. »Manche mögen es dort. Die wollen immer wieder zurück.«

»Ich nicht. Das steht fest.« Ansgar wusste nicht so recht, was der Alte von ihm wollte. Er vermutete, dass es um irgendeine Überschreibung gehen würde. Vielleicht dürfte er ja bald in das zweite Haus auf dem Graswarder einziehen. Er konnte es kaum erwarten, sein Erbe anzutreten.

»Hast du vorher schon mal vor Gericht gestanden?«, fragte Sobczak, obwohl er es eigentlich besser wissen musste.

»Kleinigkeiten«, antwortete Ansgar.

»Weswegen?«

»Drogenbesitz, Fahren ohne Führerschein, Androhung einer Straftat und versuchte Körperverletzung.« Warum war das jetzt wichtig? War er nicht hier, um endlich die finanziellen Angelegenheiten zu klären?

»Du machst dich langsam«, sagte Sobczak mit ironischem Unterton. »Körperverletzung, Drogenbesitz. Was kommt als Nächstes? Drogenhandel, Raub?«

»Nein, nein, da kommt nichts mehr, Opa«, meinte Ansgar und lachte verkrampft. »Zwei Tage JVA haben mir gereicht.«

»Weißt du, warum ich mit dir sprechen wollte?«, fragte sein Opa ihn.

»Du hast einen Job für mich?«, fragte Ansgar lustlos zurück. Das Letzte, woran er jetzt dachte, war Arbeit. Wozu auch? Er würde in den nächsten Tagen ohnehin Zugriff auf sein Erbe erhalten. Manchmal konnten diese alten Männer wirklich lächerlich sein.

»So etwas in der Art«, sagte Sobczak. »Es sorgt ja jetzt niemand mehr für dich. Und da wollte ich mich ein wenig um dich kümmern. Allerdings kommt damit auch ein Ortswechsel auf dich zu. Du wirst die Wohnung in Dahme räumen müssen.«

»Echt?«, rief Ansgar. Wollte Opa Jürgen ihn auf den Arm nehmen? »Aber Papa hat immer gesagt, dass ich da bleiben kann.«

»Dein Vater ist ja jetzt nicht mehr«, sagte Sobczak. »Damit ändern sich auch einige Dinge für dich.«

»Verstehe«, sagte Ansgar, aber in Wirklichkeit verstand

er gar nichts. Konnte sein Opa ihm die Bude in Dahme denn einfach so wegnehmen?

»Hat dein Vater jemals mit dir über deine leibliche Mutter gesprochen?«, fragte der Großvater.

»Ja. Ein paarmal. Über den Unfall, den sie damals hatte.« Ansgar erinnerte sich kaum an diese Gespräche. Er wusste nur, dass sie sehr schmerzhaft gewesen waren. »Wie alles abgelaufen ist und so. Ist aber echt schon lange her.«

»Hat er mal erwähnt, dass deine verstorbene Mutter vor deiner Geburt mit einem anderen Mann zusammen war?«, fragte Sobczak und sah verstohlen zu den Männern im Anzug am Nachbartisch.

Ansgar schüttelte stumm den Kopf.

•••

Ein leichter Nieselregen hing in grauen Schleiern über der Nehrung, als Frida an der NABU-Station ankam. Das Blockhaus befand sich auf der rechten Straßenseite, gegenüber den Strandvillen, die Frida allesamt verlassen vorkamen. Lediglich vor der Wotan-Villa hatte sie ein parkendes Auto ausgemacht. Sie griff nach Handy und Dienstwaffe und stieg aus. Zügig suchte sie Schutz unter dem Vordach des Holzbaus und klopfte an die Tür. Es dauerte eine Weile, bis sich Leo Hansens lädiertes Gesicht an der Hausecke zeigte.

»Moin!«

»Hätten Sie einen Moment?«, fragte die Ermittlerin. In Hansens Augen konnte sie ablesen, dass das kein leichtes

Gespräch werden würde. »Sie erinnern sich doch an mich, oder?«

»Hier lang«, knurrte Leo Hansen nur zurück und drehte sich gleich wieder um. Frida folgte ihm zur Rückseite des Hauses. Dort befand sich eine kleine, windschiefe Tür, der ein neuer Anstrich ganz gut gestanden hätte.

»Herein!«

Frida kam in einen schmucklosen Raum, dem ein abgewetzter Tisch und ein paar durchgesessene Stühle das Aussehen eines in die Jahre gekommenen Verhörzimmers verliehen. Durch ein winziges Fenster drang etwas graues Licht herein. Die Küchenzeile bestand aus einer kleinen Spüle und einer Kaffeemaschine.

Leo Hansen nahm mit dem Rücken zur Tür Platz und wies wortlos auf die gegenüberliegende Seite des Tischs. Seine riesige Pranke umschloss die Thermoskanne, die wie eine futuristische Waffe wirkte. Nachdem Frida sich an dem Tisch vorbeigezwängt und sich hingesetzt hatte, beschlich sie ein Gefühl der Beklemmung.

»Ja, ich erinnere mich«, sagte Leo Hansen und verzog das Gesicht. Seine Nase war angeschwollen und hatte einen Gelbstich, unter einem Auge lag ein schwarzer Ring, und die Platzwunde auf dem Jochbein war mit weißen Streifen geklammert.

»Das ist schön«, antwortete Frida. »Wie geht es Ihnen?«

»Geht so«, brummte Hansen. Er war deutlich erkennbar nicht in der Stimmung für einen Schnack.

»Ich bin wegen Knut Petersen hier«, fuhr Frida fort und sah sich in dem Raum um, der ihr erstaunlich kühl vorkam.

Dabei fiel ihr auf, dass das Fenster keinen Griff hatte. Kein besonders gemütlicher Ort. Umweltschutz schien ein hartes Brot zu sein.

»Habe ich mir gedacht.«

»Sie haben sich gegenseitig wegen Körperverletzung angezeigt«, bemerkte Frida.

»Das hat sich ja nun erübrigt.« Hansen fixierte sie mit kalten Augen.

»Wie haben Sie von Knut Petersens Tod erfahren?«

»War ja nicht zu übersehen«, meinte Hansen. »Das Theater, das Sie da gestern veranstaltet haben.«

»Wo haben Sie sich gestern Nachmittag aufgehalten, so zwischen sechzehn und achtzehn Uhr?«, fragte Frida weiter.

»In meinem Haus.« Hansens Antwort schien aus einem geschlossenen Mund gekommen zu sein. Es fühlte sich so an, als perforiere sein eisiger Blick ihr das Gesicht.

»Wer lebt dort mit Ihnen und könnte das dementsprechend bezeugen?« Es kam selten vor, dass sie sich bei einem Verhör unwohl fühlte, dachte Frida. Aber jetzt war es der Fall. Irgendetwas an diesem Hansen beunruhigte sie.

»Mein Vater und mein Sohn.«

»Keine Frau?«

»Hat es nicht mehr ausgehalten mit uns«, antwortete Hansen und verzog den Mund zu einer Grimasse, die in einer anderen Welt vielleicht ein Lächeln geworden wäre. »Ist abgehauen.«

Diese Aussage rundete das Bild, das Frida sich bislang von ihm gemacht hatte, auf eine beängstigende Weise ab. Hansen war der Prototyp des alternden Kauzes, der mit sich und der Welt abgeschlossen hatte. Aber war er auch gefährlich? Ein leichtes Frösteln lief ihr den Rücken hinunter.

»Waren Sie gestern am Strand von Dahmeshöved?«, fragte Frida.

»Warum fragen Sie?«

Frida tastete unauffällig nach ihrer Waffe. Die harten Konturen unter ihrer Jacke verschafften ihr Beruhigung.

»Weil Sie als Bürger dieses Landes dazu verpflichtet sind, bei der Aufklärung von Verbrechen mitzuhelfen«, erwiderte Frida. »Wir gehen übrigens davon aus, dass Knut Petersen ermordet wurde.«

»Und Sie verdächtigen mich?«, fragte Hansen und zeigte mit einem Kaffeelöffel auf sie.

»Noch nicht.« Frida fragte sich, wie schnell sie an diesem Koloss vorbei wäre, wenn es darauf ankäme. Da war sie wieder, die alte Berufskrankheit aller Polizisten, die lange genug dabei waren. Die Paranoia. Als sie vor einem Jahr in der Mordkommission angefangen hatte, hatte Björnsen sie gewarnt. Wenn man es den ganzen Tag lang mit Psychopathen zu tun hatte, konnte es passieren, dass man irgendwann in jedem Menschen einen sah. War Hansen wirklich gefährlich, oder bildete sie es sich nur ein? »Aber wenn Sie sich nicht kooperativ zeigen, muss ich davon ausgehen, dass Sie etwas zu verbergen haben. Ich denke, das verstehen Sie, Herr Hansen.«

»Ich war gestern nicht am Strand«, erwiderte Hansen. Der Rest seiner Antwort bestand aus Starren. Regungslos und ohne jeden Ausdruck. Er verriet durch nichts, was gerade in ihm vorging. Dann kam Frida ein Gedanke.

»Ich war früher mal bei der Greenpeace-Jugend«, log sie. »Wir haben uns gegen die Gülleabfälle aus der Landwirtschaft eingesetzt, die in der Ostsee landen. Sie haben sicher schon von den toten Zonen auf dem Ostseegrund gehört, oder?«

Hansen schaute eine Sekunde lang misstrauisch, doch dann ließ sein Gesicht erkennen, dass ihre Strategie Erfolg hatte, und er machte sich über sein Leib-und-Magen-Thema her. »Dort leben nur noch anaerobe Bakterien, sonst nichts, keine Fische, keine Pflanzen. Die Zonen liegen gar nicht weit von hier, in der Kieler Förde und der Eckernförder Bucht. Aber das ist ja nicht das einzige Problem, das die Ostsee hat.«

»Durch die Binnenlage ist sie besonders anfällig für alle möglichen Toxine«, entgegnete Frida. »Mit dem Mikroplastik will ich gar nicht erst anfangen.«

»Die Giftstoffe aus den ganzen Anrainerstaaten fließen rein, aber nicht mehr raus. So reichert sich der ganze Dreck immer mehr an.«

»Und deswegen ist ja auch der Küstenschutz so wichtig«, sagte Frida. Obwohl sie Hansens Meinung im Grunde teilte, kam sie sich trotzdem wie eine Heuchlerin vor. »Ähm, ich meine das Ökosystem Küste.«

»Die Nehrungen sind erst durch das stete Vor und Zurück der See entstanden. Man kann sie nicht einfach in Zement gießen und dann auch noch denken, dass sie dadurch schick besenrein konserviert werden«, erklärte Hansen.

»Glauben Sie, dass sich durch Petersens Tod etwas ändert?«, fragte Frida.

»Nicht, solange sich nicht auch die Politik ändert«, erwiderte Hansen, den die Frage nicht weiter zu verwundern schien. »Erst letzten Monat hat der Bauamtsleiter von Heiligenhafen den Bau neuer Buhnen auf dem Graswarder bewilligt. Finanziert vom Land Schleswig-Holstein! Wir Steuerzahler müssen dafür blechen, dass ein kleiner Haufen Villenbesitzer weiterhin direkt am Wasser wohnen darf. Und obendrein konterkarieren die noch meine Arbeit. Die Buhnen kosten nicht nur Steuergeld, sondern sie verhindern auch, dass die Salzwiesen auf dem Graswarder ausreichend geflutet werden. Damit greift die Politik zerstörerisch in die Lebensräume von unzähligen Arten ein. Nur um ein paar Villen vor dem Absaufen zu schützen.«

»Und Petersen hatte damit etwas zu tun, denken Sie?«

»Der hatte überall seine Finger mit im Spiel«, antwortete Hansen. »Der hat Leute gekauft, wo er es nur konnte. Bauamtsleiter, Stadtverordnete, Ministerialbeamte, Staatssekretäre und sogar Landesminister.«

»Haben Sie Beweise dafür? Ich hoffe, Sie wissen, dass das ernste Anschuldigen sind.«

»Ich bin von hier und weiß, wie die Dinge laufen«, meinte Hansen. »Auch wenn ich dämlich aussehe, kann ich noch eins und eins zusammenzählen.«

Seine zornige Rechthaberei hatte Hansen menschlicher werden lassen, geerdeter und weniger bedrohlich. Er war durchschaubar geworden, wenn auch nicht gerade sympathischer. Man konnte ihn vielleicht als selbstgerechten Öko bezeichnen, aber ein Mörder war er wohl kaum.

Dann spürte Frida den Vibrationsalarm ihres Telefons in der Tasche. Das musste Deniz sein.

• • •

Frida saß auf dem Fahrersitz ihres Wagens, beobachtete zwei Regentropfen auf der Windschutzscheibe und fragte sich, welcher wohl das Rennen auf dem Weg nach unten machen würde. Es kam ihr fast so vor, als würde Elias mit im Auto sitzen. Er hatte den Tropfen stundenlang zusehen können. Für ihn hatte es in dieser Welt keine unwichtigen Dinge gegeben. Alles hatte seine Neugier geweckt, und aus jeder noch so kleinen Beobachtung hatte er ein Spiel gemacht. Und wenn es ein Wettrennen der Regentropfen war.

Deniz' Stimme kam aus dem Telefon. »Also, kaum war die Dienstbesprechung heute Morgen vorbei, kam Lasse zu mir und hat mir gesagt, dass sein Alter mal ein hellblaues Boot besessen hätte.«

»Was?«, rief Frida.

»Ja. Er erinnerte sich sogar noch daran, wie er und sein Vater vor zwei Jahren gemeinsam damit ausgefahren sind«, erklärte Deniz. »Ich habe ihm vorgeschlagen, dass wir uns zum Mittagsimbiss am Hafen treffen, um Herrn Diekmann senior zu interviewen. Was hältst du davon?«

Warum musste es immer gleich ein romantisches Fischbrötchenessen sein? Konnte einer von ihnen nicht einfach nach Heiligenhafen fahren, um den alten Diekmann zu befragen? War das ein neuer Versuch, Frida und Lasse zu verbandeln? Oder bildete sie sich das bloß ein?

»Ist Lasse etwa heute auch in Ostholstein unterwegs?«, fragte Frida und versuchte erst gar nicht, ihr Misstrauen zu verstecken.

»Er sichert Spuren in Dahme.«

»Und dann will er für ein Fischbrötchen extra nach Heiligenhafen kommen?«

»Er meinte, es sei besser, wenn er dabei ist«, erwiderte Deniz.

»Ganz bestimmt«, sagte Frida mit einem deutlich hörbaren Schmunzeln. »Und bis wie viel Uhr musst du Ansgar überwachen?«

»Der Kollege vom LKA sollte mich gegen Mittag ablösen«, antwortete Deniz.

»Bei mir steht noch Lilo Petersen auf der Agenda«, sagte Frida. »Passt dir halb zwei?«

»Alles klar. Ich gebe Lasse Bescheid. Falls mir was dazwischenkommt, melde ich mich.«

»Stimmt alles bei dir?« Frida war der merkwürdige Klang in Deniz' Stimme nicht entgangen. Sie ahnte auch, woran das lag. »Du klingst so bedrückt.«

»Ach, Nele hat mich gerade angerufen«, antwortete Deniz. »Es hat wohl wieder nicht geklappt.«

»Das tut mir leid«, sagte Frida, die von der künstlichen Befruchtung seiner Frau wusste. Mittlerweile musste es der dritte Versuch gewesen sein.

»Ach, du weißt ja, wie ich dazu stehe«, erwiderte der Kollege. »Wenn meine Familie mir nicht so auf den Zeiger gehen würde, wäre es nur halb so schlimm.«

»Druck ist da sicher nicht hilfreich«, sagte Frida.

»Mein Vater hat neulich wieder einen seiner Sprüche zum Besten gegeben«, antwortete Deniz. »Er meinte, dass ein kinderloser Mann kein vollwertiges Mitglied der Gemeinschaft sei.«

»So ein Quatsch!«, protestierte Frida. Sie kannte die verschrobenen Ansichten seines Vaters bereits. An Deniz' Stelle hätte sie dem Alten längst die Meinung gesagt, aber ihr Kollege besaß eben die Schwäche, es allen recht machen zu wollen. Vor allem seiner Familie.

»Der Kollege Jahn vom LKA steht vor mir und will mir schon wieder ein Ohr abkauen«, bemerkte Deniz. »Muss auflegen.«

»Na dann. Wir sehen uns nachher im Hafen!«, verabschiedete sich Frida. »Und wehe, du lässt mich mit Lasse allein!«

»Keine Angst!« Deniz lachte kurz und legte auf.

20. Kapitel

Als Frida sich im Schritttempo dem Haus der Petersens näherte, sah sie, wie ein dunkelblauer Golf sich rückwärts auf den Graswarderweg schob. Den Wagen kannte sie doch! Sie hielt dicht hinter einem Transporter, der zufällig am Straßenrand stand, und drückte sich tief in den Sitz. Kurz darauf fuhr der Golf an ihr vorüber, und am Steuer saß wie erwartet Ronny Kramer. Frida beobachtete im Rückspiegel, wie er sich in Richtung Hafen entfernte. Was hatte der Kollege bei Lilo Petersen verloren?

Anschließend steuerte Frida ihren Wagen bis vor Petersens Strandvilla. Einen Zaun gab es hier wie auch bei den meisten anderen Villen nicht. Nachdem sie die Klingel gedrückt hatte, dauerte es eine Weile, bis Lilo Petersens Gesicht in der Tür erschien.

»Hallo«, begrüßte die Frau sie mit brüchiger Stimme, müdem Blick und einem auffällig schön geschnittenen Gesicht. Es schien fast so, als würden die roten Augenränder, die aufgequollenen Tränensäcke und das ungewaschene Haar ihre Attraktivität noch unterstreichen. Nicht einmal der graue Jogginganzug, in den sie sich zurückgezogen hatte, konnte ihr etwas anhaben. Um diese Frau stritten sich also die Männer, ging es Frida durch den Kopf.

»Guten Tag, Frau Petersen«, erwiderte Frida. »Ich würde Ihnen gern ein paar Fragen stellen.«

»Kommen Sie.« Lilo Petersen ging voran ins Wohnzimmer, setzte sich in einen Ledersessel und bot ihr mit einer fahrigen Handbewegung das Sofa an. Sie erkannte das Haus wieder, das Deniz ihr vor ein paar Tagen detailliert beschrieben hatte.

»Wissen Sie schon, wie er genau gestorben ist?«, erkundigte sich Lilo.

»Es war ein anaphylaktischer Schock, wie wir ja schon vermutet haben. Das hat die rechtsmedizinische Untersuchung ergeben. Obwohl wir derzeit keinerlei Anhaltspunkte dafür haben, wie sich die Tat genau abgespielt haben könnte, gehen wir von einem Tötungsdelikt aus.«

»Wirklich gar nichts?«, fragte die Witwe.

»Vielleicht können Sie mir ja helfen«, erwiderte Frida. »Deswegen bin ich hier. Was wissen Sie denn beispielsweise über die Handelsaktivitäten, in die Ihr Mann verwickelt war?«

Lilo Petersen senkte den Blick und schüttelte leicht den Kopf. Ihre blonden Haarsträhnen fielen ihr ins Gesicht. Sie begann, sich mit beiden Händen die Stirn zu massieren. »Er hat sich mit vielen Menschen angelegt. Aber er hatte auch nicht wenige Freunde.«

»Haben Sie eine Vermutung, wer ihm das angetan haben könnte? Hat er mal einen Namen fallen lassen?«

»Nein. Über Streitigkeiten hat er nicht gesprochen«, erwiderte Frau Petersen. »Er war ein positiver Mensch, der sich nicht lange mit solchen Leuten beschäftigen wollte.«

»Solche Leute?«

»Na ja, mit seinen Feinden, wie Sie sie genannt haben«, erklärte sie.

»Was ist mit den Hansens?«, fragte Frida weiter.

»Die hat er eigentlich nie erwähnt«, antwortete Petersen. »Für Knut waren das ein paar weltfremde Spinner. Sie waren ihm egal.«

»Vielleicht war das ja das Problem«, entgegnete Frida. »Denn die Hansens haben den Konflikt mit Ihrem Mann schon sehr ernst genommen. Außerdem ist es vor zwei Tagen zu einer Auseinandersetzung in Dahmeshöved gekommen, auf die Ihr Mann sich offenbar vorbereitet hatte. Ich selbst war anwesend und habe gesehen, wie ein paar von Ihrem Mann bezahlte Männer auf Leo Hansen losgegangen sind.«

»Ich würde sagen, die Hansens haben den Streit begonnen«, widersprach Lilo Petersen. »Sie sind ja zuerst auf unser Grundstück gekommen.«

»Trotzdem wüsste ich gern, wieso Ihr Mann dort mit seinen drei Gorillas angerückt ist. Er musste ja mit dem Streit gerechnet haben.«

»Das waren keine Gorillas, Frau Beck, sondern ganz normale Angestellte. Sie arbeiten in der Hausverwaltung meines Mannes. Das waren seine Mädchen für alles. Hausmeister, Klempner, Elektriker, harmlose Familienväter«, beteuerte Lilo Petersen. »Und sie haben schon immer zu ihrem Chef gehalten.«

Frida nahm sich vor, die Vorstrafen dieser Männer überprüfen zu lassen, und machte sich eine Notiz. War sie einem Vorurteil aufgesessen? Auf sie hatten die Kerle jedenfalls wie eingefleischte Schläger gewirkt.

»Vielleicht haben Sie recht«, sagte Frida. »Nur ich muss eben herausfinden, wieso Ihr Mann wenige Stunden nach dem Streit tot war.«

»Verstehe.« Lilo Petersen stützte ihr Gesicht in beide Hände und seufzte.

»Wie sieht es mit anderen Verdächtigen aus? Fällt Ihnen sonst jemand ein? Wie schlecht war das Verhältnis Ihres Mannes zu Ansgar wirklich?«

Lilo hob den Kopf. Ihre Gesichtszüge verhärteten sich. »Sehr schlecht. Ansgar war Knut schon vor langer Zeit entglitten. Schuld daran waren die Drogen. Er hatte ihn aufgegeben.«

Der Vater, der nie Zeit hatte, die falschen Freunde, der erste Joint, dann vielleicht auch härtere Sachen, der Absturz in der Schule. Man konnte es drehen und wenden, wie man wollte, aber am Anfang stand wohl der Verlust der Mutter.

»Mit Bjarne verhielt es sich anders?«

»Ja. Bjarne verkraftete den Tod seiner Mutter besser, auch weil er noch klein war, als es passierte. Er war lange nicht so anstrengend wie Ansgar, und deshalb begann Knut schon früh, ihn zu bevorzugen. Er nahm sich gern Zeit für ihn und nahm ihn ständig mit, wenn er unterwegs war. In den letzten Jahren hat er Bjarne auch immer mehr in das Geschäft einbezogen, während Ansgar einfach nicht vorkam.«

»Tat Ihnen Ansgar nie leid?«

»Früher schon«, entgegnete Lilo. »Vielleicht auch deshalb, weil ich keine eigenen Kinder bekommen konnte. Aber mein Mitgefühl ist mit der Zeit verschwunden. Er ist einfach so unglaublich schwierig, Frau Beck. Sie haben ihn ja selbst erlebt.«

»Würden Sie ihm zutrauen, dass er so weit gehen würde und seinem Vater oder Bruder etwas antäte?«, fragte Frida.

»Vom Charakter her schon«, sagte Lilo trocken. »Allerdings nicht vom Kopf her.«

»Wie meinen Sie das?« Die Antwort war viel eindeutiger ausgefallen, als Frida es vermutet hätte.

»Ich weiß nicht genau. Er scheint mir zu hitzig dafür zu sein. Und vielleicht ist er auch nicht helle genug, um so etwas planen zu können. Das mit der Jacht und dem Gift kommt mir zu durchdacht vor. Ansgar tickt einfach nicht so.«

Das war selbst für eine Stiefmutter ein vernichtendes Urteil, dachte Frida. »Er könnte sich ja Hilfe geholt haben. Fiele Ihnen da jemand ein?«

»Wie Sie sich sicher vorstellen können, hat Ansgar nicht sonderlich viele Freunde«, entgegnete Lilo. »Aber in letzter Zeit habe ich ihn einige Male mit so einem langhaarigen Typen gesehen. Ein widerlicher Kerl, bei dem es mir als Frau kalt den Rücken herunterläuft. Keine Ahnung, wer das war.«

Wenn es diesen Langhaarigen tatsächlich in Ansgars Dunstkreis gab, würde Deniz es durch die Observation sicher bald erfahren. Frida notierte wieder etwas in ihr Büchlein.

»Frau Petersen, darf ich Sie fragen, wieso Herr Kramer

heute bei Ihnen war? Ich habe ihn wegfahren sehen. War es wegen Ihres Mannes?«

»Ähm, nein«, erklärte Petersen verlegen. »Es war eher privat.«

»Inwiefern?« Hatte sie gerade richtig gehört? Kramer und Lilo Petersen kannten sich privat? Wäre Kramer nicht verpflichtet gewesen, das bei der heutigen Dienstbesprechung offenzulegen?

»Er ist ein ehemaliger Bekannter«, sagte Lilo Petersen.

Seit wann, dachte Frida, konnte ein Bekannter ehemalig sein? Und selbst wenn es solche ehemaligen Bekannten gab, besuchten sie einen dann zu Hause? War es tatsächlich das, was Frida vermutete? War Kramer der Mann, den Deniz neulich beobachtet hatte? War er der Liebhaber? Eine Affäre zwischen den beiden würde zumindest Kramers merkwürdiges Verhalten erklären. Frida musterte Lilos Gesicht, auf dem sie eine leichte Rötung auszumachen glaubte. Jetzt galt es zu warten, bis Lilo die erste Richtigstellung hinterherschob und sich hoffentlich verfranste. Frida war sich ziemlich sicher, dass Frau Petersen jeden Augenblick mit der Wahrheit herausplatzen würde.

»Ehemalig?«

»Was denn?«, meinte Lilo Petersen unerwartet keck. »Er kannte meinen Mann gut und wollte mir sein Beileid übermitteln.«

Frida beobachtete, wie die Verwirrung auf dem Gesicht der Frau zunahm. Offenbar war sie sich nicht sicher, was sie gerade sagen durfte und was nicht. »Das war wirklich alles?«

»Also gut. Es macht ja sowieso keinen Unterschied

mehr. Ronny Kramer und ich, wir hatten mal ein Verhältnis. Es ging aber nicht lange und ist auch schon über ein Jahr her.«

»Und warum war er hier?«, fragte Frida weiter.

»Na ja, das können Sie sich vielleicht denken«, antwortete Lilo. »Ich hatte das Verhältnis damals beendet und …«

»Hat er sich nach dem Tod Ihres Mannes wieder etwas ausgerechnet?«, fragte Frida erstaunt. Obwohl es zu ihrem bisherigen Bild von Kramer passte, übertraf der Oberkommissar damit das Maß an Niedertracht, das sie von ihm erwartet hatte. Er schien tatsächlich in der Hoffnung zu der frischen Witwe gefahren zu sein, die erkaltete Romanze quasi im Windschatten des toten Ehemannes wieder entfachen zu können. Wirklich beeindruckend, wie infam die menschliche Spezies sein konnte. Frida schüttelte sich vor Abscheu.

»Vielleicht«, gab Lilo kleinlaut zu.

Frida fragte sich, was sie an der Geschichte so überraschte. War es die Tatsache, dass Kramer die moralischen Mindeststandards verletzt hatte, die in Fridas eigener heiler Welt noch existierten? Oder war es die Möglichkeit, dass Kramer von Petersens Tod profitiert haben könnte?

»Jetzt muss ich Sie leider doch fragen, ob Ihr Mann von der Affäre gewusst hat.«

»Ich glaube nicht. Es war nur eine kurze Geschichte. Wir haben uns vielleicht drei- oder viermal getroffen. Mehr nicht«, erwiderte Lilo. »Aber es hätte ihm wohl auch nicht viel ausgemacht.«

»Warum denn das?«, fragte Frida reflexhaft, obwohl sie die Antwort bereits erahnte.

»Es lief schon lange nichts mehr zwischen uns«, antwortete Petersen, die sichtbar auftaute. »Wie es eben so ist, nach über zehn Jahren Ehe. Ich glaube selbst auch, dass er jemand anderes hatte, obwohl ich keine Beweise dafür habe. Aber es ist ja müßig, jetzt noch darüber nachzudenken.«

»Entschuldigen Sie, dass ich frage, aber haben Sie derzeit auch eine Affäre?«, erkundigte sich Frida direkt.

»Ähm, nein«, antwortete Lilo Petersen nach kurzem Zögern.

»Es wäre gut, wenn Sie mir davon erzählen würden, falls es so sein sollte«, sagte Frida. »Es geht darum, den Mord an Ihrem Mann aufzuklären. Es könnte wichtig für uns sein.«

»Ich weiß«, sagte Lilo. »Aber da ist niemand.«

21. Kapitel

Der Himmel über dem Heiligenhafener Hafen präsentierte sich in der ganzen Vielfalt einer einzigen Farbe: grau. Fein marmoriert zogen sich angedeutete Wolkenreste wie Schlieren von Dreck quer über den Horizont. Von Sonne keine Spur. Kein Licht, das ein wenig Kontur in diesen frühen Nachmittag bringen konnte. Und wieder saß Frida in ihrem Wagen und verfolgte die Regentropfen-Rallye auf ihrer Windschutzscheibe. Björnsen war am Telefon.

»Ich habe mit ein paar Hamburger Kollegen telefoniert, um mehr über diesen Sobczak in Erfahrung zu bringen«, sagte Björnsen. »Sie konnten mir lediglich verraten, dass die Staatsanwaltschaft das Verfahren wegen Geldwäsche seinerzeit eingestellt hat. Details kannte jedoch keiner mehr. Allerdings erinnerte sich eine Ermittlerin des Hamburger LKA daran, dass damals auch eine Stasi-Tätigkeit Sobczaks untersucht wurde.«

»Er war IM?«, fragte Frida.

»Nein, nein, ein richtiger Offizier«, klärte Björnsen sie auf.

»Ein ehemaliger Stasi-Offizier, der sich zum Immobilienhai gemausert hat. Nicht schlecht«, entgegnete Frida.

»Der Mann muss sich rasend schnell an das neue System angepasst haben. Erst Kaderkommunist, dann Turbokapitalist«, spottete Björnsen. »Ein echter Player. Dem war es offenbar egal, nach welchen Regeln er spielte. Aber immer mit Vollgas.«

»Ich denke, es ist kein Zufall, dass es ausgerechnet Sobczaks Familie getroffen hat«, meinte Frida. »Wir sollten weiterhin versuchen, an Informationen über seine Vergangenheit zu kommen, insbesondere seine kriminelle. Mittels noch existierender Aktenbestände, Zeitungsartikel oder Aussagen von Ermittlern. Was auch immer verfügbar sein sollte.«

»Ich werde mich darum kümmern.«

Frida sah, dass Lasses Wagen auf dem Parkplatz vorfuhr. »Hören Sie, Herr Björnsen. Ich muss erst einmal auflegen. Bin mit Herrn Diekmann verabredet.«

Sie verabschiedete sich und stieg aus. Ein milder Wind strich durch ihr Haar. Der Kriminaltechniker hatte sie offenbar noch nicht bemerkt. Sie klopfte an die Scheibe. Auf seinem Gesicht zeichnete sich ein Lächeln ab.

»Hi!«

»Moin!«

»Deniz verspätet sich«, sagte Lasse, während er ausstieg. »Er hat mir gerade geschrieben. Es gab wohl ein paar Missverständnisse mit dem Kollegen vom LKA.«

»Alles klar.« Frida überprüfte ihr Handy und sah, dass Deniz ihr auch geschrieben hatte. Im Stillen fragte sie sich, welche Missverständnisse es da wohl gegeben haben mochte. War Deniz absichtlich weggeblieben? Na ja, jetzt galt es, das Beste daraus zu machen und ein paar brauchbare Informationen aus Diekmanns Vater herauszubekommen.

»Haben uns ja nicht das schönste Wetter ausgesucht, oder?«, bemerkte Lasse etwas verlegen.

»März eben«, erwiderte Frida kühl.

»Wie läuft es mit den Vernehmungen?«, fragte Lasse. »Hast du eine heiße Spur?«

»Ausgerechnet die habe ich nicht«, erklärte Frida. »Aber ich habe vielleicht einen neuen Verdächtigen oder besser gesagt: eine neue Verdächtige.«

»Und wie kommt das?«, fragte Lasse. Sie waren vor dem Imbisskutter stehen geblieben, auf dem Kalle gerade einen Kunden bediente. »Hat es was mit der Affäre von Lilo Petersen zu tun?«

»Korrekt. Dank unseres Kollegen Deniz weiß ich, dass Lilo Petersen mich angelogen hat«, entgegnete Frida mit einem geheimnisvollen Lächeln. »Aber das erzähle ich dir gleich. Jetzt befragen wir zuerst deinen Vater nach diesem ominösen hellblauen Boot.«

»Moin, Kalle!«, rief Lasse, ging zu seinem Vater und umarmte ihn herzlich.

»Mein Sohnemann«, erwiderte Kalle nur und griff nach Lasses Händen. Frida registrierte, mit welcher Wärme Lasse seinen Vater begrüßte. Und stellte in Gedanken fest, dass es ihr gefiel.

»Hallo, Herr Diekmann«, grüßte Frida. »Ich bin es mal wieder.«

»Es geht um mein hellblaues Motorboot, nicht wahr?«, entgegnete Kalle. »Hat Lasse mir schon am Telefon berichtet. Also, das Boot habe ich vor ein paar Wochen dem alten Hansen vermacht.«

»Was?« Frida konnte ihr Erstaunen kaum verbergen.

»Aber es gibt noch jemanden, der ein hellblaues Motorboot von der Größe besitzt«, erzählte Kalle. »Da ist die Kajüte auch hellblau angepinselt.«

»Ach ja?«, entgegnete Lasse.

»Ein Däne, der öfter hier im Hafen anlegt. Immer nur für ein paar Stunden.«

»Woher wissen Sie, dass es ein Däne ist?«

»Hat schon bei mir eingekauft. Netter Typ. Er war im letzten Jahr zum ersten Mal hier.«

»Und wann haben Sie ihn zuletzt gesehen?«, fragte Frida weiter.

»Vor ein paar Tagen.« Kalle Diekmann griff sich nachdenklich an die wettergegerbte Stirn. »Montag oder Dienstag.«

»Können Sie ihn beschreiben?«

»Ist ein attraktiver Mann«, entgegnete Kalle. »Groß, blond, blaue Augen, schlank, ungefähr Anfang dreißig. Und eine Brille trägt er. Was er in Heiligenhafen machte, habe ich ihn nicht gefragt. Auf mich wirkte er gebildet. Studententyp. Kannte sich gut mit Fischen aus. Wusste immer, welche Fangsaison wir gerade haben.«

Frida warf Lasse einen vielsagenden Blick zu.

»War er allein unterwegs?«, fragte Lasse.

»Also, hier im Hafen habe ich ihn nur ohne Begleitung gesehen«, erwiderte Kalle.

»Ich würde Ihnen heute gern jemanden vorbei schicken«, sagte Frida. »Einen Kollegen vom LKA, der mit Ihrer Hilfe ein Phantombild von dem Mann anfertigen wird. Wäre das in Ordnung?«

»Kein Problem, Frau Kommissarin.«

Nachdem Frida und Lasse noch ein paar Minuten mit Kalle Diekmann über das Wetter und die anstehende Saison geschnackt hatten, verabschiedeten sie sich. Mit jeweils einem Räuchermatjesbrötchen in der Hand, gingen sie zu ihren Autos, während über ihren Köpfen die Möwen zeterten und darauf lauerten, dass sie ein paar Krumen auf den nassen Asphalt fallen lassen würden.

»Und, hat die Cold Case Unit deinen Bericht für gut befunden?«, erkundigte sich Frida nach dem Fall, von dem Lasse ihr neulich am Fahrstuhl erzählt hatte. Er betraf einige Skelettteile, die am Timmendorfer Strand gefunden worden waren.

»Da fragst du mich was. Sieht so aus, als müsste ich heute noch mal eine Stunde investieren«, erwiderte Lasse. »Die wissen offensichtlich selbst nicht, was sie eigentlich von mir wollen. Irgendetwas ist bei denen in der internen Kommunikation durcheinandergeraten.«

Frida wusste, dass es bei der Analyse von Skelettteilen auf jedes noch so winzige Detail an der Fundstelle ankam. Nur so konnten die forensischen Osteologen die richtigen Schlüsse aus Kollagengehalt, Citratanteil und Knochendichte ziehen. Und wenn er es sich nicht selbst so ausgesucht hätte, dann täte ihr Lasse beinahe ein bisschen leid. Für sie käme die Arbeit bei der Spurensicherung nicht infrage. Sie brauchte die Gespräche, die Vernehmungen, die lebendige Spur. Für Frida stand der Mensch im Mittelpunkt der Polizeiarbeit. »Und was sagt die Forensik dazu?«

»Die Leichenteile sind mindestens zwanzig und maximal sechzig Jahre alt«, erklärte Lasse. »Genauer geht es bei menschlichen Knochen nicht.«

»Konnte das Labor DNA extrahieren?«, fragte Frida weiter.

»Das weiß ich, ehrlich gesagt, nicht. Geht mich ja auch nichts an. Darum kümmert sich die Cold Case Unit. Meine Arbeit an dem Fall endet mit dem Abschlussbericht.«

»Du hast ja mit Dahmeshöved auch genug zu tun«, erwiderte Frida.

»Na gut«, bemerkte Lasse, als sie am Parkplatz angekommen waren. »Dann hoffe ich mal, dass dir das hier irgendwie weitergeholfen hat. Obwohl du die Infos bestimmt auch ohne meine Hilfe aus Kalle herausbekommen hättest.«

»Deniz meinte, dass dein Vater manchmal schwer zugänglich sei. Von daher hat es vielleicht schon Sinn gemacht, dass du dabei warst«, erwiderte Frida.

»Ach so?«, entgegnete Lasse. »Hat er dir das gesagt, ja? Seltsam. Dabei weiß er doch, dass Kalle ein umgänglicher Typ ist. Kennt ihn ja auch schon lange.«

In Lasses Augen lag ein eigenartiges Leuchten. Wie auch Frida musste er sich bewusst geworden sein, dass Deniz sie absichtlich in den Hafen gelotst hatte. Steckte wieder einer seiner Verkupplungsversuche dahinter?

Erst als Frida in ihrem Wagen saß, flimmerte ein leichtes Schmunzeln über ihr Gesicht.

22. Kapitel

Cati Kramer stand am Hundestrand von Dahme und blinzelte in den Wind, während Zwergdackel Koko bellend um ihre Aufmerksamkeit bettelte, die sie ihm hin und wieder auch zuteilwerden ließ, indem sie einen zerfledderten Ball kräftig über den feuchten Sand kickte.

In zwanzig Metern Entfernung sah sie den Penner, den alle nur Professor nannten. Wild gestikulierend tanzte er direkt vor dem Wasser herum. Es sah so aus, als versuchte er, so dicht wie möglich ans Wasser zu kommen, ohne sich nasse Füße zu holen. Cati kannte das Spiel, und sie wunderte sich, dass der alte Mann es allein spielte. Für sie ergab es nur Sinn, wenn man es zusammen mit anderen Kindern spielte. Dann gab es wenigstens einen Verlierer. Das war natürlich immer der mit den nassen Schuhen. Aber war dieser komische Professor nicht eigentlich zu alt für solche Spiele?

»Koko! Bleib hier!«

Cati schrie sich die Seele aus dem Leib, aber Koko machte, was er wollte. Ein verzogener Teckel, den keine Hundeschule mehr hinbekommen würde. Das sagte zumindest ihr Vater immer. Und der kannte sich schließlich schon von Berufs wegen mit Hunden aus. Na ja, dass er den sturen Koko nicht mochte, hing vielleicht auch damit zusammen, dass er ein Geschenk vom Freund ihrer Mutter gewesen war.

»Koko!«, klang es zu Cati herüber.

Jetzt äffte dieser Alte sie auch noch nach. Deutlich hörte sie, wie der Opa immer wieder »Koko, Koko« rief. Nicht wirklich laut, aber sie hörte es. Und es machte ihr ein klein wenig Angst. Wenn auch nicht mehr so wie früher. Der Professor war hier nämlich schon herumgelaufen, als sie noch klein gewesen war. Damals hatte sie eine Höllenangst vor ihm gehabt. Aber trotzdem hatten sie und ihre Freundinnen den Nervenkitzel immer wieder gesucht. Abwechselnd waren sie von hinten an ihn herangeschlichen und hatten ihn erschreckt. Wenn er sich dann schimpfend umdrehte, waren sie laut kreischend vor ihm geflohen. Er musste sie dafür gehasst haben.

»Koko!«

Was hatte denn dieser Hund schon wieder am Wickel? Erst gestern hatte Koko eine tote Möwe gefunden und sich darin gewälzt. Das war vielleicht eklig gewesen. Ihr Vater hatte ihr erklärt, dass Jagdhunde das so machten, um den Geruch der Beute aufzunehmen. Deswegen sollte sie auch besser nicht ohne Leine mit ihm an den Strand gehen. Er konnte jederzeit einen toten Fisch finden. Und dann hätte sie die Schweinerei. Aber Cati wollte eben, dass ihr Liebling sich austobte.

»Koko! Was hast du da?«

Der Hund kam zu Cati gelaufen. Er hatte irgendetwas im Maul. Es war rot und sah aus wie ein T-Shirt. Er verlor es unterwegs mehrmals. Doch er gab nicht auf und packte es immer wieder mit seiner kleinen Schnauze. Aber plötzlich fing er auf halber Strecke laut an zu quietschen. Das rote Ding hatte er fallen lassen. Dann bohrte er verzweifelt seine Schnauze in den Sand. Was war nur mit ihm los?

Cati lief zu ihm. »Was hast du denn, mein Kleiner?«

Sie sah, dass das rote Stoffding ein Handtuch war. Irgendetwas musste passiert sein, denn Koko bellte und jaulte wie verrückt. Sie nahm ihren Hund auf den Arm und tröstete ihn, doch er wollte sich einfach nicht beruhigen lassen. Hinter sich hörte sie, wie der Professor merkwürdige Geräusche von sich gab. Sie hätte diesen Kerl umbringen können!

• • •

Mit allergrößter Sorgfalt brachte Ansgar das weiße Pulver auf dem Spiegel in Linie. Verstohlen warf er einen Blick zu Ole, der auf dem Laptop mehrere Spiele parallel zockte. Ansgar beneidete ihn. Ole verstand sich wie kein anderer auf Online-Poker und räumte regelmäßig bei Turnieren ab. Zumindest behauptete er das. Ansgar hingegen hatte bisher immer nur reingesteckt, aber nie etwas gewonnen.

»Nun zieh schon!«, rief Ole und nahm einen Schluck Bier. »Worauf wartest du?«

»Lass mich mal machen«, entgegnete Ansgar und beugte sich über den Tisch. Zwischen seinen Fingern tauchte ein schmales Metallröhrchen auf. Behutsam setzte er es an die Linie, hielt kurz inne und schniefte den Stoff schließlich mit einem Mal weg. »Ah!«

»Tut gut, oder?«, erkundigte sich sein Kumpel, ohne den Blick vom Bildschirm abzuwenden.

»Davon brauchen wir definitiv noch mehr«, rief Ansgar, sprang auf und rieb sich den violett angelaufenen Gesichtserker. »Geil!«

»Solange deine Alte dich mit Cash versorgt, ist das alles kein Problem.«

»Ach, warte mal ab, bis das Erbe reinscheppert. Dann boxt der Papst im Kettenhemd.«

»Ansgar?« Ole hatte sich seinem Kumpel zugewandt. »Ich muss dich mal was fragen.«

Ansgar trat von einem Fuß auf den anderen, legte den Kopf in den Nacken und atmete immer wieder laut ein und aus. »Was denn?«

»Es hat was mit deinem Erbe zu tun.«

»Ich sage dir doch, dass das der Hammer wird.« Ansgar sog gierig den Zigarettenrauch ein. »Nonstop-Party!«

Ole kratzte sich an der Stirn und blickte Ansgar ernst an. »Du hast doch irgendwann mal was von einem Waffenversteck deines Alten erzählt. Existiert das noch?«

»Es müsste«, antwortete Ansgar, der begonnen hatte, durchs Zimmer zu tänzeln.

»Kennst du es?«, fragte Ole weiter.

»Irgendwo im Keller seiner Villa.«

»Kommen wir da ran?« Ole stieß mit dem Fuß gegen einen auf dem Boden liegenden Pizzakarton. Ein altes Stück Pizza rutschte heraus und glitt auf den ohnehin schon ruinierten Teppichboden.

»Muss das sein?«, fragte Ansgar und setzte ein gekränktes Gesicht auf. »Schau dich mal um, wie es hier schon wieder aussieht!«

»Scheiß drauf! Putzt nicht sowieso jemand für dich?«, fragte Ole zurück. »Seit wann kümmerst du dich darum?«

»Die Putzfrau muss mein Alter abbestellt haben.« Ansgar bückte sich und schob das eingetrocknete Stück Mafiatorte wieder sorgfältig zurück in den Karton. Er lächelte zufrieden. Als ob das Zimmer dadurch sauberer geworden wäre. »Sie war schon seit zwei Wochen nicht mehr da. Sieht so aus, als müsste ich hier auch noch selbst aufräumen.«

»Was ist nun mit der Knarre? Meinst du, wir kommen da ran?«, insistierte Ole, der unterdessen aufgestanden war und sich die Jacke überstreifte.

»Du gibst ja echt keine Ruhe, Mann!« Ansgar verdrehte genervt die Augen, ließ sich in einen Sessel fallen und riss dabei eine halb volle Coladose um.

»Nein, das tue ich nicht«, murmelte Ole, während er Ansgars Wohnung verließ.

• • •

Cati Kramer saß mit ihrem Zwergdackel auf dem Arm bei der Tierärztin in Dahme. Überraschenderweise war ihr Vater sofort gekommen, als sie ihm erzählt hatte, was passiert war. Er musste sich wohl gerade in der Nähe aufgehalten haben. Schließlich war weder sein Interesse an Koko noch an ihr sonderlich groß. So fühlte es sich zumindest für Cati an.

Kokos Schnäuzchen war mittlerweile auf die doppelte Größe angeschwollen, sodass der Dackel aussah wie die Miniversion eines Bullterriers. Cati hoffte, dass das nicht so blieb.

»Was hat er denn am Wickel gehabt?«, fragte die Tierärztin. »Eine Feuerqualle vielleicht?«

»Ein Handtuch oder so«, antwortete Cati und kraulte ihren Liebling zärtlich hinter dem weichen Schlappohr.

»Seltsam. Das sieht mir mehr nach einem Insektenstich aus«, entgegnete die Veterinärmedizinerin. »Sehr ungewöhnlich für diese Jahreszeit. Na ja, gut, dass Sie gleich gekommen sind. Das Mittel, das er bekommen hat, wirkt schon. In ein paar Stunden sollte die Schwellung komplett zurückgehen.«

»Gott sei Dank!«, sagte Cati und blickte zu ihrem Vater, der in der Tür stand. »Fahren wir?«

»Koko scheint es ja wieder besser zu gehen«, antwortete er. »Dann kannst du mir zeigen, wo genau es passiert ist.«

Eine halbe Stunde später liefen Oberkommissar Kramer und seine Tochter über den südlichen Hundestrand in Dahme. In einiger Entfernung bohrte sich das Licht des Leuchtturms in die Nacht. Der Wind wehte nicht besonders stark, und Menschen hielten sich um diese Uhrzeit hier keine mehr auf. Der Beamte ließ den Strahl seiner Taschenlampe über den Sand gleiten. Es war nicht unwahrscheinlich, dass sich das Handtuch noch an seinem Platz befand.

»Ist es das?«, rief Kramer plötzlich und zeigte auf den Boden.

»Ja, das ist das Ding.«

Kramer zog eine Plastiktüte aus seiner Jackentasche, bückte sich und sicherte das Handtuch unter Zuhilfenahme eines Kugelschreibers, während Koko ihn misstrauisch dabei beobachtete und leise vor sich hin winselte.

»Was wirst du damit machen, Papa?«, fragte Cati ihn, als sie wieder auf dem Weg zum Auto waren. »Wirst du es untersuchen lassen?«

»Mit Sicherheit.«

Doch Kramer wusste auch ohne Untersuchung, was er hier in der Hand hielt.

23. Kapitel

Der Besucher war um die fünfzig, trug einen dunkelblauen Anzug und einen blonden Kurzhaarschnitt. Kurz nach Betreten der Wohnung hatte er sich einen Stuhl aus der Küche geholt, denn auf Sofa und Sessel stapelten sich Schmutzwäsche und Müll so hoch, dass es nur noch für den Bewohner dieser Behausung zumutbar schien, darauf Platz zu nehmen.

»Die Putzfrau hätte echt mal kommen können«, lamentierte Ansgar, als würde er sich für den Schmutz entschuldigen wollen. Mit dem Handrücken wischte er sich ein paar Schweißperlen von der rötlichen Stirn.

Das passiert, wenn einem die Mutter zu früh wegstirbt, dachte der Anzugträger mit halbherzigem Bedauern, und man dem Vater egal ist. Man verwahrlost ganz einfach. Äußerlich und, dessen war der Besucher im Anzug sich gewiss, innerlich genauso. Er hatte diesen Jungen schon als Kind gekannt und sogar vor Gericht vertreten. Heute war er hier, um ihm eine schlechte Nachricht zu überbringen. Und dabei ersparte er ihm sogar das Schlimmste.

»Als Anwalt Ihres Vaters kenne ich das Testament ja

schon seit einiger Zeit«, sagte der Mann und lächelte. In seinem braun gebrannten und wohlproportionierten Gesicht gab es nichts, das in irgendeiner Weise auf Sorgen oder Probleme hindeutete. Er war mit sich im Reinen. Und in einer Stunde würde er neben seiner Frau sitzen oder vielleicht auch liegen und diesen anstrengenden Arbeitstag endlich beenden können. Daran würde auch dieses bedauernswerte Geschöpf in dem gammeligen Sessel nichts ändern.

»Und?«, fragte Ansgar. Seine Augen verfolgten nervös jede Regung des Anwalts. »Ihre Show können Sie sich sparen. Rücken Sie schon raus mit der Sprache! Was fällt für mich ab?«

»Ich weiß, dass Sie große Erwartungen haben. Aber ich werde Sie enttäuschen müssen.«

»Was soll das heißen?«, rief Ansgar. Mit einer fahrigen Bewegung riss er ein paar Pizzakartons um. Ein flacher Couchtisch kam zum Vorschein. Auf der Glasplatte zeichnete sich ein Jackson-Pollock-Zitat aus getrockneter Tomatensoße ab.

»Ihr Vater hat ein sogenanntes Berliner Testament aufgesetzt«, erklärte der Familienanwalt und machte eine Pause.

Ansgar quittierte die Antwort mit einem Grinsen. »Berlin klingt jetzt erst einmal nicht so schlecht. Wusste gar nicht, dass wir dort auch Häuser haben.«

»Das bedeutet, dass das gesamte Erbe an Ihre Mutter fällt.« Für genau drei Sekunden herrschte Totenstille.

»Was?« Ansgar sprang unversehens auf und stieß gegen einen Turm aus Plastikschalen vom Lieferservice. Zigarettenstummel und Asche landeten auf dem ohnehin schon überstrapazierten Fußboden. »Sie ist nicht mal meine Mutter!«

»Nun, das ist in dem Fall egal, denn sie erbt ja auch nicht in ihrer Eigenschaft als Mutter, sondern weil sie die rechtmäßige Ehefrau von Knut Petersen ist«, erläuterte der Anwalt und zog abwartend die Augenbrauen hoch. Seine Stimme war ruhig, aber in ihm hatte sich eine gewisse Spannung aufgebaut. Er wusste, wie unberechenbar Ansgar sein konnte. Vor allem dann, wenn er unter Drogen stand, was heute offenkundig der Fall war. Der Anwalt drehte sich um und blickte zur Tür. Sie lag in drei bis vier Metern Entfernung. Dahinter befand sich noch ein kleiner Korridor. Er hätte nicht im Anzug kommen sollen. Der würde vielleicht hinderlich sein, wenn er einen unkontrollierten Rückzug antreten müsste.

»Erzählen Sie mir nichts!«, zischte Ansgar. »Wenn ich herausfinde, dass Sie mich verarschen, dann ...«

Da war sie, die erste Drohung, dachte der Anwalt. Ab jetzt musste er auf der Hut sein. »Ich sage die Wahrheit. Es fällt alles an Lilo. Sie sind enterbt.«

»Du arbeitest nicht einmal für mich«, entgegnete Ansgar. »Du bist deren Anwalt. Ich werde mir einen eigenen nehmen, und dann wollen wir mal sehen, wer hier was kriegt.«

»So einfach ist es nicht«, erwiderte der Anwalt und griff in seine Aktentasche. Ihm war nicht entgangen, dass Ansgar dazu übergegangen war, ihn zu duzen.

»Was weißt du schon!« Ansgars Stimme war jetzt wieder lauter geworden. »Seit ich ein Kind bin, habe ich davon geträumt, später mal in einer der beiden Strandvillen auf dem Graswarder zu wohnen. Mit Hund und Familie und so.«

»Das können Sie auch woanders haben«, sagte der Anwalt in tröstendem Ton. Er sah, dass Ansgar feuchte Augen bekommen hatte. Das versagte Erbe war der Schlusspunkt einer langen Geschichte der Zurückweisung, dachte er. Immerhin wirkte ein weinender Ansgar weniger bedrohlich.

»Ich will mindestens eine dieser Villen. Was ist mit meinem Pflichtteil? Was ist mit seinen Firmen? Die Restaurants? Die Immobilien? Die Grundstücke am Hafen?«, rief Ansgar.

»Dazu wollte ich jetzt kommen. Der Pflichtanteil steht Ihnen zu, aber er fällt nicht besonders groß aus«, erklärte der Anwalt.

»Wieso denn das?«

»Weil sämtliche Unternehmungen schon immer über Ihren Großvater gelaufen sind. Vieles gehörte ihm, nicht Ihrem Vater.«

»Und Papas Privatvermögen?«

»Viel davon hat Ihr Vater in den letzten Jahren an Lilo und Jürgen übertragen. Damit beläuft sich Ihr Pflichtanteil auf ungefähr einhunderttausend Euro.«

»Das ist ja lächerlich!«, erwiderte Ansgar. Dann schien er sich zu besinnen. »Und wie komme ich an das Geld?«

»Jetzt sind wir an einem weiteren Problem angelangt«, antwortete der Anwalt. »Das Testament Ihres Vaters enthält eine Klausel, die verhindert, dass Sie sofort an das Geld kommen.«

»Was soll das bedeuten?« Ansgars Gesicht leuchtete bereits zornesrot. »Mir reicht es langsam.«

»Das heißt, dass Sie Ihren Pflichtanteil jetzt nicht einfordern sollten, da Ihnen sonst nach dem Tod Ihrer Stiefmutter nichts weiter zufallen würde«, erwiderte der Anwalt. »Das Geldvermächtnis, das Ihnen zustehen würde, erübrigt sich dann. Zu der Höhe kann ich freilich jetzt noch nichts sagen.«

»Lilo ist nicht einmal fünfzig Jahre alt«, sagte Ansgar finster. »Wie lange soll ich denn da warten?«

»Sie brauchen das Geld jetzt nicht, Ansgar. Betrachten Sie es als Altersvorsorge und beginnen Sie, sich selbst etwas aufzubauen. Die allermeisten jungen Leute müssen das auch tun.«

»Verarsche mich nicht!«, sagte Ansgar und beugte sich bedrohlich nach vorn.

»Ihr Vater hat es so gewollt, und er sah darin die letzte Möglichkeit, Sie zu einem vernünftigen Menschen umzuerziehen. Er hat das aus Liebe zu Ihnen gemacht, auch wenn Sie es nicht glauben.«

»Hat er Bjarne auch enterbt? Bestimmt nicht!«, rief Ansgar. »Ich gehe einfach zu Opa. Von dem bekomme ich, was ich brauche.«

Der Anwalt wusste, dass dem nicht so war. Sobczak hatte die Enterbung seines Enkels erst richtig vorangetrieben. Wäre es allein nach Knut Petersen gegangen, hätte der Junge zumindest eine Wohnung bekommen. Doch Sobczak hatte es nicht zugelassen. »Vielleicht sollten Sie damit noch warten, bis Ihr Vater beerdigt ist.«

»Einen Scheiß werde ich!«, rief Ansgar verzweifelt. Er ahnte wohl, dass sein Unterfangen nicht besonders aussichtsreich war.

»Sie sollten dies als Chance sehen«, meinte der Anwalt und erhob sich langsam. »Beginnen Sie eine Ausbildung, Ansgar! Das hatten Sie doch vor, oder? Sie werden lernen, mit der neuen Situation umzugehen. So wie andere Männer in Ihrem Alter auch. Sie alle starten ihr Leben ohne ein großes Vermögen. Sie werden sehen, wie gut es sich anfühlt, das eigene Geld zu verdienen und auch auszugeben. Man genießt anders, wenn man sich die Dinge erarbeitet hat. Außerdem sind Sie noch so jung.«

»Ist mir egal. Ich will die Hunderttausend.«

24. Kapitel

Frida stand an ihrem Küchenfenster und sah hinunter auf die Straße. Sie musste an ihre Fahrt vom Büro nach Hause denken, bei der ein Rechtsabbieger sie fast über den Haufen gefahren hätte. Wurde Zeit, dass sie sich eine Helmkamera zulegte. Man war vor nichts und niemandem mehr sicher, dachte die Ermittlerin. Dann lächelte sie still vor sich hin. Sie wusste, dass das nicht der Wahrheit entsprach. Oder hoffte sie es?

Sie musste an Björnsen denken. *Frau Beck, legen Sie sich einen inneren Schutzraum zu, einen Ort, in den Sie sich zurückziehen können.* Das hatte er ihr geraten und sich mit der Hand über die Glatze gewischt, als sie gerade neu in sein Team gekommen war. *Sonst werden Sie zur Zynikerin.* Er hatte von einer kleinen Oase in seinem Innern gesprochen, und Frida war es schwergefallen, ihm dabei zuzuhören. Ungefragte Ratschläge waren ihr schon immer suspekt gewesen. Außerdem hatte sie genau das gewollt, als sie bei der Mordkommission angefangen hatte: mit Leib und Seele dabei sein, alles geben, in der Arbeit aufgehen.

Björnsen war ihr damals auch bloß als ein Kerl mehr

erschienen, der einer jüngeren Kollegin die Welt erklären wollte, was bei der Polizei keine Seltenheit war. Erst einige Zeit später hatte sie begriffen, dass er sich wirklich Sorgen um die mentale Verfassung seiner Leute machte.

Als sie ihn vor ein paar Monaten darauf angesprochen hatte, wie denn nun sein eigener innerer Ort genau aussehe, hatte er ihr geantwortet, dass die Liebe zu seiner Frau ihn jeden Tag aufs Neue davor bewahren würde, durchzudrehen. Sie wäre seine Oase. Als Frida das gehört hatte, hatte sich etwas in ihr verhärtet. Wie sollte es möglich sein, hatte sie gedacht, dass ihre innere Oase bei einem anderen Menschen lag? Wäre das nicht ein Widerspruch? Sollte sie nicht auch allein bestehen können?

Aber es war müßig, darüber nachzudenken. Denn sie war ja allein.

Frida kniff den Mund zusammen und klappte ihren Laptop auf. Sie hatte zwei E-Mails im Postfach, eine von Björnsen, die andere von Doktor Andreani. Sie öffnete zuerst die ihres Vorgesetzten.

»Ich will Sie nicht mehr mit einem Anruf belästigen«, begann Frida, laut zu lesen. »Aber ich habe noch ein paar Details zu Jürgen Sobczak herausgefunden, die ich gern mit Ihnen besprechen würde. Seien Sie morgen bitte etwas früher im Büro.«

Wenn sie etwas nicht leiden konnte, dann waren es Ankündigungen dieser Art. Sie wollte auf keinen Fall bis morgen warten. So viel also zu ihrer inneren Oase. Sie hörte sofort auf zu lesen, griff nach ihrem Handy und wählte Björnsens Nummer.

»Hallo!«, meldete sich ihr Vorgesetzter. »Schön, dass Sie noch anrufen. Ich hoffe, Sie wissen, dass ich das jetzt nicht erwartet habe. So dringend war es auch wieder nicht.«

»Haben Sie nicht einmal gesagt, bis einundzwanzig Uhr dürfe man auch unwichtige Dinge besprechen?«, entgegnete Frida.

»Sie dürfen immer, Frau Beck. Aber ich will es nicht unnötig in die Länge ziehen und fange einfach mal an: Nach mehreren Telefonaten mit dem Hamburger Dezernat für Wirtschaftsdelikte sowie mit einer Staatsanwältin, die seinerzeit hinter Jürgen Sobczak her war, hat sich ein etwas genaueres Bild von Petersens Vater ergeben. Der Mann stand nämlich im Verdacht, einem Ring von Immobilienhändlern, Notaren und Anwälten anzugehören, der im gesamten Bundesgebiet Geldwäsche durch Immobilienverkäufe ermöglicht hat. Das gewaschene Geld soll angeblich aus dem Vertrieb von Drogen gestammt haben. Die Staatsanwältin hatte sogar einige Indizien dafür, dass die Immobilienhändler selbst in den Drogenhandel verstrickt waren.«

»Weiß nicht, ob mich das jetzt sonderlich überrascht«, erwiderte Frida. »Ist ja auf jeden Fall ein hinlänglich bekanntes Geschäftsmodell.«

»Genau. Alles schön unter einem Dach vereint«, stimmte ihr Björnsen zu. »Dass es nicht zu nennenswerten Verurteilungen kam, wissen wir ja bereits. Aber ich dachte, das könnte den Namenswechsel des Sohnemanns ganz gut erklären. Er konnte fortan als eingebürgerter Strohmann für den auswärtigen Großinvestor mit der halbseidenen Vergangenheit fungieren.«

»Aber was soll das mit unseren Mordfällen zu tun haben?«

»Bis jetzt ist es nur eine Vermutung. Aber was wäre, wenn Petersen und Sohn sich vom alten Sobczak lossagen wollten?«, fragte Björnsen. »Deshalb ist auch Ansgar noch am Leben. Er war ja außen vor, was das Geschäftliche betraf.«

»Nicht schlecht, nur gibt es wirklich keinerlei Beweise für einen solchen Thrillerplot«, wandte Frida ein und wischte die Hypothese ihres Chefs wie ein paar Brotkrümel vom Tisch. »Apropos Beweise! Das bringt mich zu den Leuten, die wissenschaftlichen Methoden folgen und nicht ihrer Fantasie.«

Frida, die das kurze Auflachen ihres Chefs zur Kenntnis genommen hatte, ging zu ihrem Schreibtisch, öffnete die E-Mail der Rechtsmedizinerin und überflog sie rasch. »Hier! Frau Andreani schreibt, sie habe Knut Petersens Gesicht noch mal mit dem Hochleistungsmikroskop absuchen lassen und dabei etwas gefunden.«

»Sie reden von den Metallsplittern?«, fragte Björnsen.

»Nein, nein. Hier steht ›Mikrofaserstoff‹«, stellte Frida richtig. »Die Partikel seien rot und bestünden wohl aus Polyester oder Polyamid. Andreani schreibt außerdem, dass die Fasern in dieser Beschaffenheit nur für ganz bestimmte Textilien eingesetzt würden. Unter anderem für schnell trocknende Reisehandtücher.«

»Hm, und was heißt das jetzt? Schreibt sie noch mehr?« Björnsens Stimme war zu entnehmen, dass er müde war.

Vielleicht hatte es ihn auch demotiviert, wie Frida ihn demontiert hatte.

»Andreani glaubt, dass Petersens Mörder das Handtuch mit Gift und Metallsplittern präpariert hatte. Als unser Opfer dann aus dem Wasser kam und sich abtrocknen wollte, rieb es sich die Splitter völlig ahnungslos ins Gesicht. Auf diese Weise ritzte es sich die Gesichtshaut ein, und das Toxin konnte in seine Blutbahn gelangen«, fasste Frida den Inhalt der E-Mail zusammen.

»Perfide«, entgegnete Björnsen. »Diese Andreani ist ja richtig gut.«

»Warum zum Teufel hat er diese Mordmethode gewählt? Und warum hat ihn niemand gesehen?«

»Weil der Täter dem näheren Umfeld der Petersens entstammt«, antwortete Björnsen.

»Wäre es nicht möglich, dass die Frauen, die Petersen gefunden haben, auch das Handtuch beseitigt haben?«, fragte Frida weiter. »Beabsichtigt oder unbeabsichtigt.«

»Könnte sein. Aber wir haben sie alle überprüft und konnten absolut keine sinnvolle Verbindung zum Mordopfer finden. Eine von ihnen kannte Petersen vom Sehen her, die anderen beiden waren zu Besuch. Ihre Aussagen waren plausibel und stimmten alle überein. Falls sie irgendetwas mit der Tat zu tun gehabt hätten, dann hätten wir das spätestens bei der Einzelbefragung gemerkt«, erklärte Björnsen. »Wir müssen an einer anderen Stelle weiterdenken. Vielleicht ja doch bei den Fischen.«

»Über den Onlinehandel bekommt man die Petermännchen problemlos. Und in Frankreich, wo die Viecher eine

Delikatesse sind, werden sie auch oft mit Stachel ausgeliefert.«

Björnsen gähnte laut ins Telefon. »Und den Kollegen der toxikologischen Forensik zufolge hält sich das Gift mehrere Stunden an der Luft. Es eignet sich also ganz gut als Mordwaffe für einen Allergiker.«

»Na ja, am Telefon werden wir den Fall wohl nicht mehr lösen«, entgegnete Frida. »Außerdem sind Sie müde, Herr Björnsen. Lassen Sie uns den Rest morgen auf der Dienstbesprechung erörtern.«

Nachdem Frida aufgelegt hatte, sah sie, dass sie während des Telefonats mehrere Nachrichten erhalten hatte. Wer schrieb ihr so spät noch?

• • •

Lilo saß auf der Brust des nackten Mannes. Mit der freien Hand liebkoste sie seinen Nacken, in der anderen hielt sie ihr Telefon.

»Wir könnten es schön haben, Lilo«, drang Sobczaks Stimme aus dem Handy. »Das meine ich ernst. Ganz egal, wo du leben möchtest.«

»Mein Platz ist hier, Jürgen«, antwortete Lilo.

»Ich habe nicht mehr lange zu leben und möchte dich die letzten Tage gerne noch um mich haben«, insistierte ihr Schwiegervater. In seiner Stimme lag ein flehender und fordernder Tonfall zugleich. »Komm mit nach Kampen.«

Lilo spürte, wie sich bei diesen Worten ihr Magen zusammenzog. Ihr war die Zuneigung von Jürgen immer suspekt gewesen. Aber dass er sie jetzt nach Sylt holen wollte, ging ihr definitiv zu weit. Was sollte sie dort, eingesperrt mit einem Sechsundachtzigjährigen in einer Luxusvilla? Sie wusste, wo ihr Platz war. Die Frage war nur, wie sie es ihm begreiflich machen konnte. Denn eines stand fest: Verärgern durfte man einen Jürgen Sobczak nicht.

»Ich will aber nicht hier weg«, sagte sie.

»Ich denke, nach dem Tod von Knut und Bjarne ist es an der Zeit, woanders hinzugehen«, sagte Jürgen und klang dabei so, als hätte er darüber zu bestimmen, was sie jetzt mit ihrem Leben anstellte. Dabei gab es dafür schon einen anderen Kandidaten, dachte Lilo und warf dem Mann unter ihr ein Lächeln zu.

»Es tut mir leid. Aber es geht nicht«, entgegnete sie.

»Dann sag mir einfach, wo du leben willst. Mallorca, Hamburg, München? Oder alles zusammen?«

»Ich habe doch hier noch Verpflichtungen«, entgegnete sie ihm.

»Was denn? Knuts Geschäft?«, fragte Jürgen. »Das kannst du verkaufen oder an jemanden übertragen, der was davon versteht.«

»Wer soll sich um Ansgar kümmern?«, fragte sie weiter.

»Meinst du das ernst?«, rief Sobczak. Lilo konnte deutlich hören, wie Sobczak bei dem Namen Ansgar die Luft wegblieb. Und nicht nur ihm, sondern auch dem Mann, der unter ihr lag und unentwegt den Kopf schüttelte. »Gibst du ihm etwa immer noch Geld?«

»Aber …«, wandte Lilo ein. Sie war besorgt. Wusste Jürgen, dass Ansgar sie erpresste?

»Was ist da los?«, fragte er und unterbrach sie. »Wenn ich mitbekomme, dass Ansgar dich anbettelt, werde ich stinksauer. Ich habe ihm gesagt, er soll sich von dir fernhalten. Und du solltest ihm nichts mehr geben. Hast du gehört, Lilo?«

Lilo blickte dem Mann unter ihr in die Augen. Er hatte jedes Wort gehört. Sie wusste, was er jetzt von ihr erwartete. Sie sollte Ansgar an Jürgen ausliefern. Aber das würde sie nicht tun, auch wenn sie Ansgar noch so widerlich fand. Ihr Stiefsohn würde seines Lebens nicht mehr froh werden, sollte Jürgen davon erfahren, dass er sie erpresste.

»Ja«, sagte sie einsilbig und ignorierte den heftigen stirnrunzelnd ausgedrückten Protest unter ihr.

»Ich weiß genau, was für ein durchtriebener Kerl er ist. Knut wollte ihn nicht umsonst aus dem Geschäft heraushalten«, erwiderte ihr Schwiegervater. »Doch jetzt lebt mein Sohn nicht mehr. Damit ist auch Ansgars Welpenschutz beendet. Erfahre ich, dass er bei dir war, knöpfe ich ihn mir vor.«

Als Lilo und Sobczak das Telefonat beendet hatten, richtete sich der Mann im Bett auf und schaute sie ernst an. »Komm mit zu mir! Am besten sofort.«

»Du weißt doch, dass das nicht so einfach geht«, antwortete Lilo.

»Dann lass uns gemeinsam von hier weggehen, sobald alles geregelt ist.« Der Mann umschlang ihre Schultern mit seinen gewaltigen Armen und küsste sie sanft auf die Stirn. »Nach den Begräbnissen, meine ich.«

»Und was ist mit deiner Familie? Warum muss jetzt alles so schnell gehen? Wir haben doch Zeit, mein Liebster.«

»Wir müssen weg von Ansgar«, entgegnete der Mann. »Er ist gefährlich.«

»Ich habe ihn schon unter Kontrolle«, beruhigte sie ihn. »Glaube mir! Ich kenne ihn.«

Sie wusste genau, dass nicht nur Ansgar gefährlich war.

• • •

In Frida machte sich Ratlosigkeit breit, als sie die Fotos betrachtete, die ihr Nora und Thea den Tag über aus Hamburg geschickt hatten. Selfies mit Salat, Selfies mit Cappuccino oder Selfies aus Klamottenläden. Unzählige Bilder von Handtaschen, Blusen, Kleidern und Röcken. Was sollte man darauf antworten, wenn man den ganzen Tag mit Mord und Totschlag beschäftigt war? Am besten gar nichts. Das hatte Frida auch getan. Doch irgendwann musste sie ja mal etwas zurückschreiben. Und wenn sie es nicht täte? Käme sie damit klar, wenn die beiden beleidigt wären? Wahrscheinlich schon. Aber es würde sie stören, wenn dieses Bild von ihr entstünde. Bei den beiden, aber auch in ihr. Dieses Bild einer verbitterten Frau.

Sie wählte die Nummer ihrer Mutter.

»Hallo?«

»Hey, Kleine!« Theas aufgekratzte Stimme ertönte zuerst. Frida blickte sofort Hilfe suchend zu ihrem Whiteboard, wo sie sich ein paar Notizen zu den aktuellen Ermittlungen gemacht hatte. Eigentlich hätte sie gern noch ein bisschen über dem Fall gebrütet. Aber die Entscheidung war getroffen. Jetzt musste sie in den Happy-People-Modus umschalten.

»Hi, Sweetie! How are you?«, begrüßte ihre Mutter sie aus dem Hintergrund.

»Ganz gut. Und euch?«

»Uns geht es blendend!«, erklärte ihre Mutter sofort. »Wir hatten einen großartigen Tag. Ich meine, so richtig shoppen kann man in Deutschland nirgends. Kein Vergleich mit den States. Aber wir hatten trotzdem jede Menge Spaß.«

»Schön«, erwiderte Frida kühl.

Warum fiel es ihr so schwer? Warum konnte sie nicht einfach auch ganz unbeschwert von ihrem Leben erzählen? *Hey*, sagte Frida in Gedanken zu sich selbst, *ich war heute ein Fischbrötchen essen. Und wisst ihr, wo? Nein, wisst ihr nicht. Woher auch? Ihr erkundigt euch ja nie danach, was ich so treibe. Ich war in Heiligenhafen. Dort hat Papa seinen letzten kleinen Urlaub verbracht. Ich habe genau an der Stelle gestanden, wo ich ihn vor ein paar Jahren in seinem Rollstuhl entlanggeschoben habe. Er konnte ja ganz am Ende nicht mehr gehen. Aber das habt ihr vielleicht schon vergessen. Mama hatte sich schon lange vorher von ihm getrennt und lebte mit ihrem neuen Mann in Amerika. Da kann man schon verstehen, dass sie nicht mehr so oft an ihn dachte. Aber Thea, was ist mit dir? Ich weiß, du warst gerade auf Reisen, als Papa seine Diagnose bekam. Irgendwann kamst du zurück und hast ihn trotzdem nicht besucht. Wie kam das? Hattest du dir einen neuen Vater gesucht, so wie Mama sich einen neuen Mann genommen hatte? Geht so was überhaupt?*

Frida biss sich auf die Unterlippe. Sie schaffte es einfach nicht. Sie konnte nicht vergessen.

»Thea hat mich zum Essen eingeladen«, plapperte ihre Mutter weiter. »Das Essen war miserabel und überteuert. Aber der Kellner war ganz süß.«

»Du hättest Mama sehen müssen, wie sie den Kerl die ganze Zeit angestarrt hat«, sagte ihre Schwester Thea. »Das war fast schon peinlich.«

»Und wenn deiner Schwester schon mal was unangenehm ist«, leierte Nora weiter.

Frida spürte deutlich, wie Nora und Thea sie mit ihrem belanglosen Kram zu einer Person werden ließen, die sie nie hatte sein wollen. Vergrämt und vollgepackt mit Vorwürfen. Wie sollte sie da nur je wieder herauskommen? Würde es vielleicht doch helfen, wenn sie den Kontakt abbrach? Waren wirklich die beiden an allem schuld? Oder war es ihre eigene Schwäche, nicht vergessen zu können?

»So einen Typen hätten wir gestern Nacht mal erwischen müssen«, erklang die Stimme ihrer Mutter. »Die beiden Kerle aus der Cocktailbar konnte man ja wirklich keinem anbieten.«

»Ach, Mama, die waren gar nicht so schlecht!«, meinte Thea. »Ein bisschen schüchtern vielleicht.«

»Wenn ein Mann mit Mitte dreißig noch schüchtern ist, dann hat er eine an der Waffel«, rief ihre Mutter. »Die beiden waren doch viel zu alt, um sich wie kleine Jungs zu benehmen.«

»Mama, du bist über sechzig«, erinnerte sie Frida. Wenn sie ihrer Mutter schon zuhören musste, so wollte sie wenigstens mitreden. Die Vorwürfe waren eine Sache, aber diesen Blödsinn zu ertragen, war eine andere.

»Na und?«, rief ihre Mutter empört. »Und deswegen darf ich keinen Spaß mehr haben?«

»Ich will ja keine Spielverderberin sein«, sagte Frida. »Aber was sagt eigentlich dein Mann dazu?«

»Meinst du, er würde nicht dasselbe machen?«, rief ihre Mutter und fing wieder an, draufloszuschnacken. Von ihrer ach so tollen offenen Beziehung, von ihrer sexuellen Freiheit, von ihrer zweiten, dritten oder vierten Jugend. Oder war es sogar schon die fünfte? Von ihrem Geld, ihren Reisen, ihrem Leben in den States ...

Dann rutschte Frida das Telefon aus der Hand. Diesmal war es weder Groll noch Verbitterung, sondern einfach nur der Schlaf, der sie überkam.

25. Kapitel

Die Dienstbesprechung war auf die doppelte Stärke vom Vortag angewachsen. Das Landeskriminalamt hatte weitere Spezialisten für Fahndungsmaßnahmen und Kriminaltechnik geschickt. Nachdem das gesamte Team auf den aktuellen Stand gebracht war, gab Björnsen das Wort zuerst an Frida ab. Deniz trommelte unterdessen ungeduldig mit den Fingern auf der Tischplatte.

»Wir werden noch einmal die drei Frauen befragen, die die Erste Hilfe geleistet haben«, erklärte sie. »Außerdem haben wir Kenntnis vom Aufenthaltsort dieses Obdachlosen erhalten, der im ganzen Landkreis als der Professor bekannt ist. Laut einer gut informierten Zeugin hält er sich auf dem Steinwarder auf. Er soll vorgestern Abend ja auch in der Nähe der Stelle gesehen worden sein, wo Petersen starb. Mal sehen, ob wir ihn heute vernehmen können.«

»Was ist mit dem hellblauen Boot?«, warf einer der neuen Kommissare ein.

»Frau Beck hat mithilfe von Herrn Diekmann herausgefunden, dass das Boot seit mehreren Wochen in Konrad Hansens Besitz ist«, erklärte Björnsen. »Es ist somit kaum verwunderlich, dass es am Ufer vor Dahmeshöved gesichtet wurde. Denn Hansen wohnt ja dort. Damit taugt es wohl kaum als Spur.«

»Bin ich jetzt dran?«, fragte Deniz in die Runde. Auf ein Nicken seines Vorgesetzten begann er. »Ansgar Petersen hat sich während der letzten vierundzwanzig Stunden die meiste Zeit zu Hause aufgehalten. Es gab drei Kontakte mit anderen Dritten. Einmal hat ihn ein Mann namens Olaf Deiters in einem Auto abgeholt und ist dann etwa eine halbe Stunde lang mit ihm durch die Gegend gefahren. Später waren sie noch bei Ansgar in der Wohnung. Die entsprechende Person ist einschlägig wegen BTM-Delikten vorbestraft.«

»Den haben wir schon überprüft«, wandte Björnsen ein und sah auf die Uhr. »Wen haben wir noch?«

»Sobczak. Der Großvater und sein Enkel haben sich in einem Café in Heiligenhafen getroffen. Wir wissen jedoch nicht, worüber sie gesprochen haben. Vielleicht ja über das Erbe«, sagte Deniz. »Damit wären wir bei der dritten Person angelangt, Thorben Steffensen. Er ist einer von Petersens Anwälten. Er hat es mehrmals bei Ansgar versucht, und erst spätabends hat dieser ihm die Tür geöffnet. Wir vermuten, dass Steffensen das Testament mit ihm durchgegangen ist.«

»Kennen wir es?«, fragte Kommissar Bürger vom LKA.

»Allerdings. Ansgar ist enterbt, und sein Pflichtanteil ist mit einer Strafklausel belegt worden«, antwortete Deniz. »Zudem schien Petersen gar nicht so vermögend zu sein, wie es aussah. Die meisten Geschäfte liefen über seinen Vater Jürgen Sobczak.«

»Wenn es keine weiteren Fragen mehr dazu gibt, würde

ich gern zu der Frau kommen, die ab heute im Zentrum unserer Ermittlungen steht«, sagte Björnsen. »Lilo Petersen.«

»Sie hat sich insbesondere aufgrund einer Falschaussage verdächtig gemacht«, ergänzte Frida. »Kommissar Yilmaz hatte bereits vor Petersens Tod beobachtet, dass Lilo eine Affäre unterhält. Mir gegenüber hat sie das negiert. Dazu muss man sagen: Wir haben Hinweise darauf, dass es auch mehrere Affären sein könnten. Dem gehen wir noch nach.«

Björnsen und Frida tauschten vielsagende Blicke aus. Sie waren übereingekommen, Kramers Bekanntschaft mit Lilo Petersen nicht im Team anzusprechen. Dies würde nur Unruhe in die Ermittlungen bringen. Außerdem lag es Frida nicht, unsauber zu spielen. Wenn sie Kramer drankriegen wollte, dann würde sie es mit ihren Mitteln schaffen. Falls es überhaupt nötig sein sollte. Denn meistens schossen sich Leute wie Kramer früher oder später ins eigene Knie.

»Welchen biografischen Hintergrund hat die Frau?«, erkundigte sich Kommissar Jahn vom LKA.

»Lilo Petersen stammt aus Dahme. Ihr Vater war Fischer, die Mutter Reinigungskraft. Beide sind früh verstorben. Sie ist bei einer Tante groß geworden und hat eine Ausbildung zur Erzieherin gemacht, engagierte sich viel im Gemeinwesen und galt als bescheiden. Laut Zeugenaussagen hat sich ihr Verhältnis zu den Menschen im Ort drastisch verschlechtert, als sie Knut Sobczak geheiratet hat, also den späteren Knut Petersen«, erwiderte Frida. »Da sie sich zur Tatzeit jeweils an anderen Orten aufgehalten hat, gehen wir davon aus, dass sie einen Mittäter gehabt haben müsste. Dabei könnte es sich um den Mann handeln, mit dem Herr Yilmaz sie beobachtet hat und dessen Identität noch im Dunkeln liegt.«

»Auf jeden Fall hatte sie Zutritt zum Bootsschuppen und wusste über die Allergie ihres Mannes Bescheid. Zudem wäre sie am Strand nicht aufgefallen«, erklärte Björnsen. »Ab heute werden wir auch sie rund um die Uhr beschatten. Ich bin sehr zuversichtlich, dass wir damit alles tun, was wir tun können, um einen weiteren Mord zu verhindern.«

• • •

Ansgar saß in seiner Wohnung und blickte durchs Fenster. Der graue Tag machte ihm schlechte Laune. Ein garstiger Wind prügelte auf die Sträucher vor dem Haus ein, und oben schlugen die Bäume ihre Köpfe zusammen wie besoffene alte Männer.

»Wie Hunde knalle ich euch alle ab«, stieß Ansgar hervor und hob die Pistole auf Augenhöhe. Schon vor einer Woche hatte er sie vom Dachboden der flaschengrünen Strandvilla seiner Eltern gestohlen. Bevor das alles passierte. Wie seltsam, dachte Ansgar. Als hätte er geahnt, dass Bjarne und Knut sterben würden. Jetzt konnte er die Pistole gut gebrauchen. Mit ihr fühlte er sich sicher. Auch vor Ole, dem er noch nie richtig vertraut hatte. Irgendetwas stimmte mit dem Kerl nicht. Ansgar war sich sicher, dass Ole ihn jedes Mal übers Ohr haute, wenn er ihm etwas verkaufte. Wozu wollte Ole die Waffe haben? Ansgar würde einen Teufel tun und sie ihm geben.

»Ich bin Kommissarin Frida Beck«, sagte Ansgar mit verstellter Stimme und klopfte mit der Waffe gegen die Fensterscheibe. »Es tut mir leid, was mit Ihrer Familie passiert ist.«

Er zog die Mundwinkel weit auseinander. Seine ungepflegten Zähne spiegelten sich im Fensterglas. Hatte sich sein Leben verändert? Kein bisschen! Bjarne und der Alte waren für ihn schon vor langer Zeit gestorben, lange, bevor sie wirklich tot waren.

»Die Sau hat mich enterbt«, rief Ansgar mit der eigenen unverstellten Stimme. »Und übrigens kann ich Ihnen verraten, wer die beiden umgelegt hat. Es war der alte Hansen. Ja, wirklich! Das glauben Sie mir nicht, weil er so alt und gebrechlich aussieht, oder? Aber schauen Sie mal genau hin. Der Kerl ist hart wie ein Baum. Und ein gerissenes Arschloch ist er dazu. Den müssen Sie sich greifen. Der war es.«

Dann hielt Ansgar sich den Lauf der Waffe an den Kopf. Der kalte Stahl an seiner Schläfe fühlte sich gut an. Mit der Fingerkuppe streifte er leicht den Abzug. *Wer die wohl schon betätigt hat*, fragte er sich. Langsam begann er, den Finger gegen den Stahlhebel zu drücken. Fester und immer fester. Mit dem Daumen ertastete er den kleinen Hebel an der linken Seite. Die Waffe war entsichert.

»Ach, wissen Sie was?«, sagte Ansgar seelenruhig zu seinem Spiegelbild in der Fensterscheibe. »Mir reicht es jetzt mit Ihnen. Ich erschieße mich ganz einfach.«

Dann drückte er den Abzug. *Klick.*

• • •

Der Erste Hauptkommissar und die beiden Kollegen von

der Schutzpolizei standen an der Steilküste von Heiligenhafen und blickten den schmalen Promenadenweg hinunter. Rechts unter ihnen rumorte eine graue Ostsee, links glotzten ein paar Belted Galloways aus ihren braun-weißen Fellpullovern, und dahinter ragte das Leuchtfeuer von Heiligenhafen wie ein großes unnützes Spielzeug in den Himmel. Als Orientierung für die Schifffahrt hatte der unförmige Turm längst ausgedient. Heute leuchtete er nur noch, um Schießübungen der Bundeswehr anzuzeigen.

»Ich gehe allein«, sagte Björnsen zu den Männern in Uniform und zog den Kopf zwischen die Schultern. Die Heiligenhafener Kollegen hatten den Professor hier ausfindig gemacht und die Mordermittler sofort benachrichtigt. Da Björnsen für eine Lagebesprechung in Heiligenhafen gewesen war, hatte er übernommen. Außerdem hatte dieser ominöse Professor ihn sofort interessiert. Schon allein menschlich, wegen des widrigen Schicksals.

Im echten Leben hieß der Mann Johann Bänder und hatte vor vielen Jahren einen Lehrstuhl für Geschichte an der Universität Kiel innegehabt. Seitens der Universität hatte man der Mordkommission mitgeteilt, dass der Professor vorzeitig aus dem Dienst geschieden sei. Mutmaßlich hatte ihn damals eine psychische Erkrankung daran gehindert, seine Lehr- und Forschungstätigkeit weiter auszuüben.

Angeblich hatte alles damit begonnen, dass der Professor seine Studenten beschimpfte. Die Universitätsleitung hatte anfangs noch geglaubt, es würde sich um ein vorübergehendes Phänomen handeln, und die Vorfälle heruntergespielt. Irgendwann war es jedoch zu den ersten tätlichen Angriffen gekommen. Kleine Schubser, Tritte in den Hintern, Kopfnüsse. Gegen Studenten, gegen Dozenten und sogar gegen das Mensapersonal. Unzählige Anzeigen wegen Nötigung, Bedrohung und Körperverletzung später hatte sich das Land Schleswig-Holstein dann gezwungen gesehen, den Beamten Bänder aus dem Dienstverhältnis zu entlassen. Der Gelehrte hatte die Freistellung widerspruchslos hingenommen. Seitdem irrte er wohnungslos zwischen Heiligenhafen und Neustadt umher, hieß es.

»Moin, Herr Professor!«

Der Mann war in mehrere Schichten Stoff gewickelt, für die der Begriff »Kleidung« schon lange nicht mehr zutraf. Seine Füße steckten in riesigen Turnschuhen, die durch Klebeband zusammengehalten wurden. Zwischen einer Wollmütze und einem zerzausten Rauschebart blitzten zwei grüne Augen hervor. Björnsen drehte den Kopf leicht zur Seite, als ihm ein Windstoß einen süßlichen Modergeruch in die Nase trieb.

»Hallo, Herr Kriminaldirektor!«, antwortete der Professor und blickte haarscharf an Björnsens Gesicht vorbei.

»Hauptkommissar Björnsen von der Mordkommission Lübeck. Ich hätte da ein paar Fragen an Sie. Es geht um gestern Abend. Man hat Sie mit Knut Petersen am Ufer von Dahmeshöved gesehen. Sie sollen mit ihm gesprochen haben. Stimmt das?«

»Kann sein«, sagte Bänder.

»Sie haben ihn also gesehen?«, fragte Björnsen. »Was haben Sie denn beredet?«

»Er hat unter Beweis gestellt, dass er ein nautischer Nichtsnutz ist. Mehr gibt es dazu nicht zu sagen.«

»Ist Ihnen sonst irgendjemand am Strand aufgefallen?«

»Ein paar Möwen«, erwiderte der Professor glucksend. »Die hatten Streit oder so was.«

Björnsen musste schmunzeln, als er das hörte. Auch Bänder grinste unter seinem Bart.

»Wir suchen nach einem Handtuch, vermutlich rot«, fuhr Björnsen fort. »Es könnte eine wichtige Spur für uns sein.«

»Das Handtuch hat gestern erst ein Kollege von Ihnen abgeholt.«

»Das kann nicht sein«, widersprach Björnsen.

»Wie der Herr meinen.« Der Professor wandte sich ab und Björnsen spürte, dass er einen Fehler begangen hatte. Er hätte den Professor nicht infrage stellen dürfen. Und dabei hatte das Gespräch so gut begonnen.

»Das rote Handtuch, das Rote Meer und am Ende womöglich noch die Rote Armee«, rief der Professor und beförderte eine Ladung Rotze aus den Tiefen seines Rachens direkt vor die Füße des Hauptkommissars. »Das Rote Kliff finden Sie übrigens auf Sylt, mein Herr. Aber mit ein wenig Fantasie werden Sie hier an der Steilküste von Heiligenhafen genauso glücklich.«

»Wie meinen Sie das? Was ist mit dem Polizisten, der das Handtuch gefunden hat?«, fragte Björnsen nach. Doch er ahnte, dass er den alten Mann verloren hatte. Weiteres Nachbohren würde nichts bringen.

»Na, überlegen Sie mal!«, rief der Professor und blickte grüblerisch aufs Meer hinaus.

Kurz ging Björnsen der Gedanke durch den Kopf, den Professor verhaften zu lassen. Quasi als letztes Mittel. Er kannte genug Kollegen, die das an seiner Stelle getan hätten. Aber irgendetwas sagte ihm, dass der Professor die Wahrheit gesagt hatte. Nur eben auf seine Art. Vielleicht hatte ja ein Spaziergänger in grüner Kleidung das Handtuch aufgehoben und weggeworfen.

Björnsen beschloss, es dabei zu belassen. »Machen Sie es gut, Herr Professor. Wenden Sie sich an die Polizei, falls Ihnen noch etwas einfällt.«

Als der Hauptkommissar sich bereits auf dem Rückweg zu seinem Wagen befand, klingelte sein Handy. Es war Frida Beck.

»Was gibt es?«, fragte er die Ermittlerin.

»Wir haben wichtige Neuigkeiten über Lilo Petersen.«

26. Kapitel

Der Pkw der Ermittler stand vor dem Campingplatz in Dahme Süd. Er war so geparkt, dass Deniz die Seite des Nebengebäudes einsehen konnte, in dem Ansgar Petersens Wohnung lag. Die Unterarme am Lenkrad abgestützt, spähte er konzentriert durch ein Fernglas. Dabei war er so vertieft, dass er den Feldstecher vor Schreck fallen ließ, als Jahn gegen das Seitenfenster klopfte. Der Kollege vom LKA sollte ihn bei Ansgars Observation ablösen. Jahn öffnete die Wagentür.

»Setz dich!«, zischte Deniz, der Jahn bereits von früheren Einsätzen her kannte. »Er verlässt gerade das Haus.«

Jahn nahm auf dem Beifahrersitz Platz und sah ebenfalls durch ein Fernglas in Richtung Ansgar. »Was hält er da in der Hand?«

»Er geht zu seinem Fahrrad«, sagte Deniz. »Ich weiß nicht. Was meinst du?«

»Hör mal? Ist das eine Schusswaffe?«, fragte Jahn.

»Kann sein«, antwortete Deniz. »Als ich ihn vorhin am Fenster gesehen habe, hatte ich auch den Eindruck, er würde mit einer Pistole hantieren.«

»Du, das sieht mir schon sehr nach einer Kleinwaffe aus«, sagte Jahn. »Und wie er dort steht und guckt. Komischer Kerl.«

»Der spinnt definitiv«, entgegnete Deniz. »Was machen wir, wenn es eine Waffe ist?«

»Zugriff?«, erwiderte Jahn und legte die Hand auf das Funkgerät, das vor ihnen auf der Armatur lag.

»Ist vielleicht zu früh«, wandte Deniz ein.

»Ich frage mal in der Zentrale nach«, meinte Jahn und griff nach seinem Handy.

»Du, warte mal!«, sagte Deniz und lachte. »Er benutzt die Kleinwaffe gerade dazu, seinen Fahrradreifen aufzupumpen. Muss eine Spezialanfertigung sein.«

»Der war gut. Jetzt sehe ich es auch«, erwiderte Jahn lachend. »Und was war das vorhin am Fenster?«

»Das sollten wir bei Gelegenheit dann doch mal klären«, sagte Deniz und sah zu seinem Kollegen hinüber. »Übrigens steigt er gerade auf seinen Drahtesel. Weiß nicht, ob mir das gefällt.«

»Daran musste ich auch schon die ganze Zeit denken«, pflichtete Jahn ihm bei. »Wenn er einen Schleichweg nimmt, stehen wir dumm da.«

»Bin eher nicht so gut zu Fuß«, sagte Deniz und startete den Wagen. »Wie sieht es bei dir aus?«

»Ich fahre dir hinterher. Wenn er die Straße verlässt, dann nehme ich die Verfolgung zu Fuß auf«, erwiderte Jahn und stieg wieder in das Auto, mit dem er gekommen war. Dann hefteten sich die beiden Kommissare an den Radfahrer.

»Ein GPS-Sender am Rad wäre gut gewesen«, erklang Jahns Stimme durch das Funkgerät.

»Ich dachte, dafür seien die Spezialisten vom LKA zuständig«, spöttelte Deniz. »Siehst du den Feldweg? Irgendetwas sagt mir, dass er gleich dort einbiegt. Mit unseren Autos sind wir von da an aufgeschmissen.«

»Wir haben Glück«, antwortete Jahn. »Er bleibt auf der Straße und fährt in Richtung Landstraße.«

»Frage mich, was er da will. Er ist jetzt am Ortsausgang vorbei. Warte mal! Jetzt hält er an dem Willkommensschild an und steigt vom Rad«, rief Deniz. »Er scheint was zu suchen.«

»Ich sehe es auch«, entgegnete Jahn. »Es sieht so aus, als würde er eine kleine Klappe an dem Schild öffnen.«

• • •

Es war gegen siebzehn Uhr, die Dämmerung hatte bereits ein wenig schwarze Tinte in die dunkelblauen Wolken gemischt, und der Wind blies steif von der See her. Frida parkte ihren Wagen an den neuen Reetdachhäusern, die gleich vorn auf dem Graswarder standen, und lief dann zu Fuß vor zur Villa Wotan. Dort stand der graue Opel ihres LKA-Kollegen Bürger, der sie bei der Observierung unterstützen sollte. Bürger war ein angenehmer Mittfünfziger mit Halbglatze, mit dem Frida vor ein paar Monaten das letzte Mal zusammengearbeitet hatte.

»Moin!«

»Irgendetwas gesehen?«, fragte Frida.

»Lilo kommt alle Stunde mal heraus und schaut nervös umher. Sieht ein bisschen so aus, als wüsste sie, dass wir sie observieren«, meinte Bürger.

»Wahrscheinlich stehen hier nicht so oft Autos am Wegrand«, sprach Frida ihre Vermutung aus.

»Andererseits sind wir ausreichend weit weg.«

»Ist sie allein?«, erkundigte sich die Oberkommissarin.

»Sah bislang so aus«, erwiderte Bürger. »Aber warten Sie mal! Da kommt jemand aus dem Haus. Definitiv ein Mann.«

Frida nahm das Fernglas und sah hindurch. »Das darf nicht wahr sein!«

»Wer ist es?«, fragte Bürger.

»Das ist Leo Hansen!«, rief Frida aufgebracht. »Er steigt in Lilos SUV und scheint losfahren zu wollen.«

»Extraschicht?«, fragte der Kollege.

»Sieht so aus.« Frida sah Bürger mit einem gespielten Ausdruck des Bedauerns an. »Ich werde mich an ihn dranhängen, und Sie bleiben hier bei Lilo.«

»Sicher?«, fragte er.

»Steigen Sie schon aus!«, forderte Frida ihn auf und warf dem Kollegen ihren Schlüssel zu. »Sie können in meinem warten. Runter!«

Bürger ging neben dem Wagen in Deckung, als Hansen langsam an ihnen vorbeifuhr. Frida hielt sich die Hand vors Gesicht, konnte aber durch ihre Finger einen kurzen Blick auf Hansen erhaschen. Seine Augen waren starr nach vorn gerichtet. Er war keine zwanzig Meter entfernt, als Frida ihren Wagen wendete, dem Kollegen am Wegrand noch einen Gruß zuwarf und Kontakt zu Deniz aufnahm.

»Hallo?«, rief sie in ihr Handy.

»Was ist denn da los? Du klingst ja so aufgeregt!«, entgegnete Deniz.

»Wir wissen jetzt, wer der geheime Liebhaber von Lilo Petersen ist«, rief Frida. »Leo Hansen.«

»Ach, das passt ja dann doch zu unserem hellblauen Boot!«

»Ich habe gerade die Verfolgung aufgenommen. Wir fahren durch Heiligenhafen Zentrum.«

»Gut gemacht«, lobte Deniz sie. »Brauchst du Verstärkung?«

»Ich denke, wir sollten in Kontakt bleiben, aber ich würde ihn gern noch eine Weile beschatten. Wer weiß, was er vorhat. Gib aber auf jeden Fall dem Björnsen Bescheid!«

»Alles klar«, erwiderte Deniz. »Zeichnet sich schon ab, wo er hinwill?«

»Sieht nach Autobahn aus.«

• • •

Der Dampf stieg aus der Badewanne, und Ansgar saß nackt auf einem winzigen Hocker daneben. Er blickte auf die aufgebrochene Kugel aus Aluminiumpapier auf seinem Handteller. Etwas an dem Stoff sah seltsam aus, aber er wusste nicht, was es war.

»Wo steckt mein verdammtes Röhrchen?«, fluchte er und fuhr hektisch hoch. Die Kugel zwischen den Fingern haltend, lief er durch seine Wohnung. Mit den Zehen stieß er gegen eine Flasche. Mist! Das Schreiben, das der Anwalt dagelassen hatte, hatte einen ordentlichen Schwall Cola abbekommen. Ansgars Hand wühlte sich durch ein paar leere Chipstüten. Einer der unzähligen Aschenbecher kippte vom Tisch und landete kopfüber auf den am Boden liegenden Shorts. Mit fahrigen Handgriffen schleuderte er schmutzige T-Shirts und Socken umher. Dann erblickte er einen angerauchten Joint und steckte ihn sich zwischen die Zähne.

»Feuer!«, schrie er, rannte in die Küche, griff nach einem Feuerzeug, das im Spülbecken lag, und zündete sich den Stummel an. Nach ein paar kräftigen Zügen fiel ihm das Metallröhrchen auf, das unter einem angebissenen Hamburger hervorschaute. Ole hatte es ihm vor einem Jahr geschenkt, als sie sich zum ersten Mal gemeinsam die Nase gepudert hatten.

»Na, da bist du ja, mein Schätzchen«, sagte Ansgar. Er spuckte den Joint auf den Küchentisch und ging zurück ins Bad. Dort griff er nach einem herumliegenden Spiegel und schob ihn auf den Rand der Badewanne. Vorsichtig tauchte er seine Beine in das heiße Wasser ein.

»Scheiße, ist das heiß!«

Als er in der Wanne saß, schüttete er ein wenig von dem Pulver auf den Spiegel. Es sah tatsächlich etwas dunkler aus als sonst. Aber das lag sicher an dem kaputten Deckenstrahler. Ohne lange darüber nachzudenken, zerkleinerte Ansgar den Stoff noch ein wenig und brachte ihn anschließend in Linienform. Aufgeregt setzte er das Röhrchen an, beugte sich hinab und zog die Droge gierig durch die Nase.

Ein schriller Schrei hallte durch das Badezimmer. Für eine Sekunde war Ansgars Kopf von einem ungewohnten

Brennen erfüllt, seine Augenlider begannen zu zittern, eine Schwere überkam ihn. Das Zeug fühlte sich anders an als sonst! Langsam sank er in die Tiefe.

• • •

In Heiligenhafen war Leo Hansen auf die A1 gefahren und hatte ein paar Minuten später die Abfahrt Oldenburg-Süd genommen.

»Es geht in Richtung Göhl«, rief Frida in die Freisprechanlage, über die sie mit Deniz verbunden war. »Ich glaube, er hat keinen Schimmer, dass ich ihm auf den Fersen bin.«

»Dann könnte ich dir ja entgegenfahren«, antwortete Deniz, der den Posten in Dahme dem Kollegen Jahn vom LKA überlassen hatte.

»Gute Idee«, entgegnete Frida und drosselte die Geschwindigkeit. »Aber warte mal! Er fährt von der Straße runter und biegt in einen Feldweg ein.«

»Wo genau seid ihr?«, erkundigte sich Deniz.

»Irgendwo im Oldenburger Bruch«, erwiderte Frida und bog in einen Feldweg ein. »Ich schicke dir mal meinen Standort.«

In einiger Entfernung sah sie Hansens Rücklichter hüpfen. Dann erwischte sie laut krachend das erste Schlagloch. »Mist!«

Ihr Handy war aus der Halterung gefallen und unter den Beifahrersitz gerutscht. Krampfhaft versuchte sie, es zu ertasten und gleichzeitig weiter geradeaus zu fahren. Vergeblich. Vor ihr gab es plötzlich einfach keinen Weg mehr. Und das Handy war auch weg. Im Licht ihrer Scheinwerfer wölbten sich die spärlich begrasten Hügel eines Ackers. Sie gab trotzdem weiter Gas. Bis es zum zweiten Mal schepperte. Die Räder ihres Wagens drehten durch, und der Motor heulte auf.

Deshalb hat er Lilos Porsche Cayenne genommen, dachte Frida. Mit dem Geländewagen kam er hier mühelos durch, während sie komplett aufgeschmissen war.

Sie erinnerte sich daran, wie Manuel und sie sich vor vielen Jahren auf einer Radtour im Oldenburger Bruch verfahren hatten. Gutgläubig waren sie einem Radweg gefolgt und hatten sich plötzlich mitten auf der grünen Wiese wiedergefunden. Begeistert von der unberührten Natur hatten sie eine Pause eingelegt und ein Fasanenpärchen beobachtet. Doch von Idylle war jetzt keine Spur. Sie musste zu einem Weg zurückfinden!

Plötzlich blendeten Hansens Scheinwerfer auf. Er hatte gewendet. Die Entfernung zu ihm betrug etwa dreißig Meter. Was hatte er vor? Wartete er auf sie? Frida beschleunigte vorsichtig, doch schon nach wenigen Zentimetern merkte sie, wie sich ihr Wagen nach vorne neigte. Ein Graben! Blitzschnell legte sie den Rückwärtsgang ein und trat aufs Gaspedal. Doch die Räder drehten erneut durch, und das Auto rutschte unaufhaltsam hangabwärts, bis seine Schnauze mit einem lauten Krachen auf Grund stieß und der Wagen senkrecht im Graben stand.

»Scheiße!«

Frida merkte, wie das Auto sich langsam vornüberneigte und schließlich wie in Zeitlupe kippte. Irgendwo leuchtete das Display ihres Handys auf. Dann schlug das Dach klatschend auf der Wasseroberfläche auf. Frida hing kopfüber im Sicherheitsgurt, der sich hart an ihrem Schlüsselbein spannte. Zum Glück hatte sie ihn angelegt! Andernfalls würde sie mit dem Kopf wohl jetzt in der Windschutzscheibe stecken. Sie hielt noch einmal Ausschau nach ihrem Handy. Vergeblich. Auch das Funkgerät war aus seiner Halterung gerutscht und verschwunden. Vermutlich war es bereits klatschnass. Kaltes schwarzes Wasser drang in die Fahrerkabine ein. Mit ihm machte sich ein Geruch von Fäulnis im Auto breit.

Sie hörte einen Motor aufheulen. Der Cayenne. Eine Falle, schoss es ihr durch den Kopf. Aber warum? Das ergab doch keinen Sinn.

»Das darf nicht sein!«, fluchte sie.

Während Frida versuchte, sich aus dem Gurt herauszuwinden, musste sie an den Yogakurs denken, den sie vor einem Jahr probeweise mitgemacht hatte. Das ganze Dehnen und Strecken hatte sich nicht gut angefühlt. Irgendwie ungesund. Vielleicht hätte sie damals hartnäckiger sein sollen. Dann käme sie jetzt sicher auch besser aus dem Gurt.

Hansens Motor war nicht mehr zu hören. War er noch da draußen? Oder hatte er sich einfach aus dem Staub gemacht? Hatte der Typ sich schlicht einen derben Spaß erlaubt, oder steckte mehr dahinter? Was auch immer das alles zu bedeuten hatte, sie musste aus dem Wagen raus. Mit einer Hand stützte sie sich am Autodach ab, mit der anderen ertastete sie den Gurtverschluss und drückte zu. Er sprang auf. Langsam ließ sie sich in das eisige Wasser gleiten, das sich bereits im Auto gesammelt hatte. Ihre Hand streifte etwas Weiches. Eine Kröte? Sie fröstelte. Irgendwo über ihr schnatterten ein paar Graugänse. Ihre Finger wanderten zum Türgriff. Alles verkehrt herum. Sie kam sich vor wie in einem ihrer verrückten Träume. Doch in denen gab es keine Gerüche. Und hier stank es definitiv nach Morast. Bevor sie die Tür öffnen konnte, drang ein Knacken zu ihr durch. Es war vom nahen Ufer gekommen.

Hansen war doch noch da.

»Mist!«, zischte sie.

Vielleicht war es keine so gute Idee, den Wagen zu verlassen. Hier unten befand sie sich wenigstens in Deckung. Was sollte sie tun? Sie konnte nicht einfach darauf warten, dass etwas passierte. Sie musste handeln! Ihre Hand griff nach der SIG Sauer. Entsichern und los! Langsam drückte sie die Tür auf. Mehr Wasser strömte in den Wagen. Der Kollege vom LKA würde sich freuen. Es war nicht besonders tief. Vielleicht einen halben Meter. Aber verdammt kalt! Frida griff mit einer Hand in den sumpfigen Boden, als plötzlich ein Schuss über sie hinwegpeitsche. Rasch zog sie sich wieder in das Wageninnere zurück.

Sie versuchte, sich zu orientieren. Wo stand der Schütze? Warum zum Teufel griff er sie an? War Hansen der Mörder und fühlte sich in die Enge gedrängt? Natürlich! Am Ende war es doch so simpel. Das heimliche Liebespaar ermordete den reichen Ehemann und den einzigen gleichberechtigten Erben gleich mit. Wie kaltblütig! Nur Ansgar hatten sie am Leben gelassen, da er sowieso nichts erbte. Aber wieso sollte Hansen davon ausgehen, dass es damit getan sein würde, eine Ermittlerin der Polizei aus dem Weg zu räumen? So dämlich konnte der Naturschützer nicht sein. Er hatte doch mitbekommen, dass eine ganze Mordkommission auf den Fall angesetzt worden war. Welchen Sinn ergab das?

Frida versuchte es noch einmal. Zuerst streckte sie die bewaffnete Hand durch die Tür. Dann stemmte sie sich gegen den Autositz und schob sich langsam hinaus. Weiter, immer weiter. Leise rutschte sie ins Wasser. Ihre Waffe war entsichert. Im Licht der immer noch eingeschalteten Scheinwerfer erkannte sie, dass der Kanal etwa fünf Meter breit war. An der Stelle, an der sie sich befand, würde es nicht ganz einfach sein, aus dem Wasser zu kommen. Die Uferböschung war fast mannshoch und bot keinen Halt. Wie ein Tier bewegte sie sich über den schlammigen Grund des Grabens. Ihre Hände stießen auf Laub und Zweige. Hoffentlich keine Glasscherben. Dann fiel ein zweiter Schuss.

Frida schrie auf. Ein Schmerz durchfuhr ihren ganzen Körper. Hansen hatte sie getroffen. Aber wo? Kopf, Hals, Schulter? Scheiße! Sie durfte nicht ohnmächtig werden. Das wäre es dann gewesen. Abgeknallt und abgesoffen in einem Kanal im Oldenburger Bruch. Sie schleppte sich zur Uferböschung und presste den Kopf gegen das Gras. Sie war zu schwach, um da noch hochzukommen.

»Polizei! Hören Sie sofort auf, Hansen!«, rief sie verzweifelt. Sie hörte ihre eigene Stimme wie aus weiter Ferne. Ein leises Krächzen. Dann merkte sie, wie ihr Kopf immer schwerer wurde. Ein Gefühl der Taubheit erfüllte sie. Über ihr das aufgeregte Schnattern der Graugänse. Verzweifelt starrte sie auf die Scheinwerfer des LKA-Wagens. Sie strahlten in die braune Brühe. Sie erkannte eine gewaltige Astgabel, die aussah wie eine Unterwasserskulptur. Das würde wieder einen langen Bericht nach sich ziehen, schoss es Frida durch den Kopf. Ihre Hand fand eine Baumwurzel an der Uferböschung. Sie schob ihren Arm darunter und hakte sich ein wie bei einer guten Freundin. Komm her, Mutter Erde! Zu mehr Kraftanstrengung war sie nicht mehr imstande. Wenn sie wieder ins Wasser rutschte, war es aus.

Dann wurde alles schwarz.

27. Kapitel

Als Frida wieder zu Bewusstsein kam, sah sie sein Gesicht im flackernden Schein des Blaulichts über sich. Ihr Kopf dröhnte. Sie lag unter einer Decke, die nassen Klamotten noch am Leib. So schlimm, wie es sich angefühlt hatte, konnte es nicht gewesen sein.

»Du hast extremes Glück gehabt«, sagte Deniz.

»Was zur Hölle ist passiert?«, stammelte Frida.

»Nicht aufregen! Alles gut«, beruhigte sie Deniz.

»Ich hasse es, wenn die Leute das sagen. Wann ist schon alles gut?«, stieß Frida hervor. »Wo ist Hansen?«

»Er sitzt in Handschellen in einem unserer silbernen Sammeltaxis«, entgegnete Deniz. »Er war es, der uns gerufen hat.«

»Wie bitte?« Frida kniff die Augen zusammen.

»Angeblich hatte er keinen blassen Schimmer davon, dass du hinter ihm her warst«, erwiderte Deniz. »Er hat dich für jemand anderen gehalten.«

Was hatte das alles zu bedeuten? Sie versuchte, den Kopf zu heben, um einen Blick auf Hansen zu erhaschen. Als sie sich bewegte, spürte sie einen stechenden Schmerz im Hals.

Mit der Hand tastete sie nach der Wunde. »Und für wen hat er mich gehalten? Konnte er dir das auch verraten?«

»Für Ansgars Kumpel Olaf Deiters. Der fährt den gleichen Wagen wie der Kollege vom LKA, einen grauen Opel Astra. Ich will dir nicht zu nahetreten, aber lange Haare hat er auch.« Deniz konnte sich ein Grinsen nicht verkneifen.

»Echt jetzt?«, fragte Frida ungläubig zurück, ohne auf das versteckte Kompliment einzugehen. »Und was hat er gemacht, als er mitbekommen hat, dass ich jemand anderer bin?«

»Tja, ganz einfach. Er hat einen Notruf abgesetzt, dich aus dem Wasser gefischt und dir den Streifschuss verbunden«, erwiderte Deniz.

»Und du?«, fragte Frida weiter.

»Ich war bereits auf dem Weg hierher. Hatte ja deinen Standort.«

»Und du verarschst mich auch nicht?«

»Blaulicht wäre hier vielleicht das Mittel der Wahl gewesen«, sagte Deniz schmunzelnd. »Du hättest dich früher als Polizeibeamtin zu erkennen geben können.«

»Sehr witzig! Ich wollte ihn beschatten«, antwortete Frida. »Jetzt komm du mir nicht auch noch mit neunmalklugen Ratschlägen. Was ist mit meinem Hals?«

»Nichts Ernstes. Die Notärztin meinte, dass dich allein der Schmerz hat wegtreten lassen hat. Na ja, dir dürfte außerdem klar sein, dass wir hier wohl nicht so nett plaudern würden, wenn die Flugbahn der Kugel minimal anders verlaufen wäre«, erklärte Deniz.

»Bleibt noch die Frage, was das für unseren Fall bedeutet«, murmelte Frida. »Haben wir den Täter? Ja oder nein?«

»Björnsen hat Lilo Petersen auf dem Graswarder festnehmen lassen. Reine Vorsichtsmaßnahme«, erwiderte Deniz. »Aber wenn Leo Hansen wirklich der Mörder ist, warum hat er dich dann in die stabile Seitenlage gebracht und einen Rettungswagen gerufen?«

»Um seine Tat zu vertuschen?«

»Das wäre schon das zweite Ablenkungsmanöver nach der Schlägerei. Findest du das nicht ein bisschen viel?«

»Es steht schließlich was auf dem Spiel«, wandte Frida ein. »Geld und Liebe. Der Richter wird sich nach dieser Aktion nicht sehr schwertun mit der Untersuchungshaft, solange wir der Staatsanwaltschaft keinen weiteren Verdächtigen präsentieren. Was ist mit Ansgar?«

»Hält sich in seiner Wohnung auf«, antwortete Deniz. »Schläft wahrscheinlich.«

»Kannst du mir mal verraten, warum Hansen so einen Schiss vor Ansgars Kumpel Olaf Deiters hatte?« Als sie in das Gesicht ihres Kollegen blickte, konnte sie erkennen, wie es hinter seiner Stirn arbeitete. Sie begriff sofort, dass Deniz selbst keinen Schimmer hatte.

»In welchem Einsatzwagen sitzt Hansen?«, fragte Frida und hob den Kopf.

»Bleib liegen. Ich gehe ihn fragen«, sagte Deniz und stand auf.

28. Kapitel

Frida wachte auf, als es an ihrer Tür klingelte. Der Geruch von Jod und Plastik stieg ihr in die Nase. Sie öffnete die Augen. Es war dunkel. Wie spät war es? Sie musste einen ganzen Tag geschlafen haben. Ihre Hand wanderte an den Hals und betastete das Pflaster. Nach einer kurzen Nacht im Krankenhaus war sie entlassen worden. Die Ärzte hatten keine ernsten Verletzungen feststellen können.

Trotzdem war sie ohnmächtig geworden.

Hätte sie nicht spätestens an der Einfahrt in den Feldweg ihr Blaulicht einschalten und sich zu erkennen geben müssen? Damit hätte sie die Kette von Irrtümern, die letztlich zu dem Desaster führten, früh unterbrechen können. Ein geschrotteter Dienstwagen, ein Großeinsatz und eine Nacht im Krankenhaus, aber nichts davon hatte sie in den Morderмittlungen weitergebracht.

Der Verdacht gegen Hansen stützte sich allein auf Indizien. Er mochte der heimliche Liebhaber Lilos sein, konnte als Nachbar einen leichten Zugang zu dem Bootsschuppen haben, über Petersens Allergie Bescheid wissen und sogar auf eine Kommissarin schießen. Aber all das machte ihn noch nicht zum Mörder von Bjarne und Knut Petersen. Es gab immer noch keine echten Beweise gegen ihn.

War es das gewesen mit ihrer Karriere? Ausgerechnet in dem Moment, in dem sie am stärksten unter Beobachtung stand, baute sie den größtmöglichen Mist.

Ihr wurde schlecht, als sich ihr das Bild aufdrängte, wie Seiffert und Kramer sich gegenseitig auf die Schultern klopften und zu ihrem Scheitern gratulierten. Zum Glück wurde sie in diesen Gedanken unterbrochen, als es ein zweites und drittes Mal klingelte.

Frida schlurfte zur Tür. Erst als sie vor der Sprechanlage stand, fragte sie sich, wen sie eigentlich erwartete. »Hallo?«

»Wir sind es! Überraschung!« Das waren die Stimmen von Nora und Thea. Wirklich? Was wollten die denn hier?

»Ähm, ja?«, fragte Frida.

»Wir haben dich nicht vergessen«, riefen die beiden im Chor. »Happy Birthday!«

»Danke«, stotterte Frida und betätigte den Türöffner. Das hatte sie komplett vergessen. »Kommt hoch!«

Sie tapste ins Wohnzimmer und sah sich um. Das letzte Großreinemachen war glücklicherweise nicht allzu lange her. Sie öffnete die Fenster, um ein wenig Frischluft hereinzulassen. Dann ging sie in die Küche, um Wasser für einen Tee aufzusetzen. Innerlich stählte sie sich schon für die neuesten Tinder-Abenteuer ihrer Schwester. Ein Blick in den Spiegel sagte ihr, dass sie sich auf ein paar Kommentare zu ihrem Aussehen gefasst machen musste. Augenringe, ungewaschenes Haar. Wahrscheinlich würden die beiden denken, sie hätte eine durchzechte Nacht hinter sich. Genau so sah sie nämlich aus. Na ja, das Pflaster würden sie ja wohl bemerken.

Als sie die Stimmen im Korridor vernahm, drückte sie die Klinke runter. »Hallo, Mama, hallo, Thea!«, grüßte Frida. Ihre Stimme ließ sie so unbedarft wie möglich klingen. Nur nicht mürrisch wirken!

»Happy Birthday, my dear!«, erwiderten die beiden.

»Das ist aber eine Überraschung. Kommt rein!«

Hastig schloss Frida die Tür hinter ihnen. Sie wusste nicht, warum, aber irgendwie waren ihr die beiden gackernden Frauen vor den Nachbarn unangenehm.

»Wie alt bist du eigentlich geworden?«, fragte sie ihre Mutter und lachte laut. Scheinbar fand sie es witzig. Frida fragte sich für einen Moment, ob ihre Mutter ihr Alter tatsächlich vergessen hatte, beschloss dann aber, dem nicht weiter auf den Grund zu gehen. Wäre sicher schlecht für die Stimmung.

»Seid ihr extra aus Hamburg hergekommen?«, erkundigte sich Frida.

»Du bist es mir wert, mein Schätzchen«, hauchte ihre Mutter und beugte sich zu ihr, um sie auf die Stirn zu küssen.

»Was schaust du denn so grimmig drein?«, fragte Thea sie. »Ist irgendetwas? Passt es dir nicht, dass wir da sind?«

Das Pflaster war ihnen doch nicht aufgefallen. So viel zum Thema Zuwendung. »Habe eine anstrengende Schicht hinter mir. Mehr nicht.«

»Wir haben Champagner mitgebracht! Damit päppeln

wir dich schon wieder auf«, krakeelte ihre Mutter und tippelte in die Küche. »Ist aber noch ein bisschen warm.«

»Frida, wo bekommen wir denn jetzt einen kleinen Snack her? Gibt es hier kein Sushi in der Nähe? Hast du ›Lieferando‹?« Während ihre Schwester sie mit Fragen überhäufte, hörte sie ein Telefon klingeln. Es war ihr eigenes.

»Wer ruft denn da an? Vielleicht kommt ja noch jemand zum Feiern«, kreischte ihre Mutter erwartungsfreudig.

»Es ist Deniz, mein Kollege«, erwiderte Frida und nahm den Anruf entgegen. »Hallo?«

»Herzlichen Glückwunsch zum Geburtstag!«, erklang Deniz' Stimme aus dem Handy.

»Danke!«

»Was machst du?«, fragte Deniz. Doch ehe Frida ihm eine Lüge auftischen konnte, fing ihre Mutter an, unüberhörbar zu jauchzen und zu johlen.

»Wer ist das da im Hintergrund?«, erkundigte sich der Kollege.

»Meine Mutter und meine Schwester sind aus Hamburg gekommen«, entgegnete Frida. »Überraschungsbesuch.«

»Das trifft sich ja!«, rief Deniz. »Ich wollte dich gerade fragen, ob du was dagegen hast, wenn ich vorbeikomme. Aber so, wie ich die Lage sehe, bist du regelrecht auf meine Unterstützung angewiesen.«

Im Hintergrund grölten Nora und Thea. »Party, Party!«

»Nach dem gestrigen Einsatz wollte ich mich eigentlich ausruhen«, sagte Frida in den Lärm hinein.

»Das klingt aber nicht so«, meinte Deniz.

»Na gut, komm vorbei«, erwiderte Frida.

»Du, Frida?«, fragte Deniz hinterher. »Du hast sicher nichts dagegen, wenn ich Lasse mitbringe, oder?«

»Ähm«, stammelte Frida. Lachen hallte durch die Wohnung. Gläser klirrten. Ein leichter Kopfschmerz meldete sich an. Sie war überfordert. »Na gut, bring ihn mit!«

»Super! Bis gleich!«, rief Deniz und legte auf.

Sie ging in die Küche und rang sich ein Lächeln ab. Ihre Schwester war gerade dabei, sämtliche Schränke zur durchsuchen.

»Du hast ja nicht mal was zu knabbern!«, stellte Thea fest.

»Unten an der Ecke gibt es einen Spätkauf«, antwortete Frida.

Thea und Nora sahen sich an. Die Idee schien ihnen zu gefallen. Das wiederum passte Frida ganz gut. So würde sie ein paar Minuten Zeit für sich gewinnen. Sie musste zur Ruhe kommen und vielleicht auch noch mal in den Spiegel schauen.

»Sind gleich wieder da!«, rief ihre Mutter.

Als kurz darauf die Wohnungstür zufiel, atmete Frida tief durch. Das war ihr alles etwas zu schnell gegangen. Sie blickte an sich herunter. Jogginghose und T-Shirt waren wohl nicht das richtige Outfit, wenn die beiden Kollegen auch noch kämen. Sie schlich in ihr winziges Schlafzimmer, zog sich Jeans und Bluse an, bürstete sich das Haar durch und trug dezent Eyeliner auf.

Früher hatte sie spontane Treffen geliebt. Freunde hatten einfach an ihrer Tür geklingelt und waren auf einen Kaffee hereingekommen. Für Frida war das ein Ausdruck von

Lebensglück gewesen. Heute musste sie sich fragen, wann sie überhaupt zuletzt Besuch gehabt hatte.

Sie erschrak, als es schon wieder klingelte. Waren die beiden etwa schon zurück? In ein paar Schritten war sie an der Tür. »Das ging aber schnell!«

»Wir sind es, Deniz und Lasse«, erklang es aus der Sprechanlage.

»Wow! Schon da?«

Nachdem Frida ihnen die Tür geöffnet hatte, ging sie ins Wohnzimmer und versicherte sich mit einem Rundumblick, dass sich alles an seinem Platz befand. Ganz passabel, dachte sie.

»Hallo, Frida!« Deniz und Lasse standen im Korridor und grinsten sie an.

»Hi!«

»Hast du dich gut erholt?«, erkundigte sich Lasse und setzte einen sorgenvollen Blick auf.

»Ich habe den ganzen Tag geschlafen«, erwiderte Frida. »Wüsste nicht, wann ich mich zum letzten Mal so ausgeruht gefühlt hätte.«

»Björnsen will dich trotzdem die nächsten Tage nicht auf der Dienststelle sehen«, meinte Deniz lachend. Dabei machte Frida ein merkwürdiges Glitzern in seinen Augen aus.

»Und? Ihr verheimlicht mir doch etwas«, sagte Frida. »Worum geht es? Leo Hansen?«

Lasse und Deniz warfen sich einen vielsagenden Blick zu, der Frida vor Neugier platzen ließ. Die sollten bloß damit rausrücken, bevor Nora und Thea wieder hier eintrudelten.

»Leo Hansen sitzt wegen Mordverdacht in U-Haft und wird dort wohl so schnell auch nicht wieder rauskommen«, berichtete Deniz. »Wir waren heute mit einem Durchsuchungsbefehl bei den Hansens in Dahmeshöved und haben so einiges sicherstellen können. Unter anderem auch ein rotes Handtuch.«

»Wir haben es im Kofferraum eines Autos gefunden, das auf Leo Hansen zugelassen ist«, ergänzte Lasse. »Noch vor Ort haben wir festgestellt, dass es die gleichen Metallspäne enthielt, die Doktor Andreani auch in Knut Petersens Gesicht entdeckt hat.«

»Wieso lag das Handtuch bei Hansen im Auto?« Frida runzelte die Stirn. »Er muss es ja nach der Tat buchstäblich wieder eingesammelt haben. Das ergibt doch keinen Sinn.«

»Ich denke, er wollte es aus dem Weg schaffen«, wandte Deniz ein.

»Hat sich Konrad Hansen denn zu alldem geäußert?«, fragte Frida.

»Er schweigt wie ein Grab«, antwortete Deniz. »Aber dafür hat Leo Hansen uns beim Verhör verraten, warum er Ansgar und dessen Kumpanen Olaf Deiters so sehr fürchtete.«

»Rück schon raus damit, Deniz«, forderte Frida ihren Kollegen auf, während sie aus dem Fenster blickte. »Meine Mutter und meine Schwester können jeden Moment hier eintreffen.«

»Ansgar Petersen soll seine Stiefmutter erpresst und mit dem Tod bedroht haben«, antwortete Deniz.

Dann ertönte die Klingel.

29. Kapitel

Thilo Björnsen saß im Büro der Mordkommission und starrte auf die Akten, die vor ihm auf dem Schreibtisch lagen. Er hatte Arno Berg aus Rostock am Apparat, Staatsanwalt und langjähriger Freund von ihm. Der Jurist war ein Spezialist für Wirtschaftskriminalität und in den Neunzigerjahren mit Eigentumsdelikten alter SED-Kader befasst gewesen.

»Der Name Sobczak war uns damals allen geläufig«, sagte Berg. »Meinem Team, den Anwälten der Alteigentümer und auch den polizeilichen Ermittlern, die mit dem Thema beschäftigt waren.«

»Ich habe bislang lediglich die Information, dass er Offizier beim Ministerium für Staatssicherheit war und nach der Wende ziemlich schnell ein lukratives Immobiliengeschäft aufzog«, entgegnete Björnsen. »Dazwischen fehlt doch etwas.«

»Und das ist für deinen aktuellen Fall relevant?«, erkundigte sich der Staatsanwalt. »Für diesen Doppelmord?«

»Wie ich dir schon berichtet hatte, sind Sobczaks Sohn und Enkel ermordet worden«, erwiderte Björnsen. »Ich wollte nur ausschließen, dass nicht doch die halbseidene Vergangenheit des Großvaters etwas mit den Taten zu tun hat.«

»Also, wir haben ihm nichts nachweisen können«, sagte Berg. »Und wenn ich es richtig sehe, sind ja auch die Geldwäschevorwürfe der Staatsanwaltschaft Hamburg im Sande verlaufen.«

»Worum ging es denn damals nun?«, fragte Björnsen.

»Ich fange mal mit dem Zusammenbruch der DDR an. Als der absehbar war, gab es eine interne Direktive der SED-Führung, die besagte, dass man alle offiziellen und inoffiziellen Mitarbeiter des Regimes mit einer Art Abfindung zu bedenken hatte, bevor die BRD-Behörden ans Ruder kamen.«

»Quasi als Belohnung für die treuen Dienste an der DDR«, meinte Björnsen.

»Korrekt. In der Chefetage der Partei befürchteten sie, dass die DDR-Staatsdiener nach der Wende nicht nur ihren Job verlieren, sondern auch in Armut fallen würden«, erklärte Berg. »Dem wollte man vorbeugen, indem man die Kader mit Devisenzahlungen oder eben in anderer Form versorgte. Wobei das Verramschen von Immobilien scheinbar ein sehr beliebtes Mittel gewesen ist.«

»Und so ist Sobczak zu seinen Besitztümern gekommen«, schloss Björnsen.

»Richtig. Meistens haben die Gemeinden oder Kreise, in denen die SED-Granden tätig waren, die Immobilien zu Spottpreisen direkt den leitenden Mitarbeitern überschrieben«, führte Berg aus. »Das konnten Regierungsmitarbeiter,

Leiter von Betrieben und Behörden, Offiziere der NVA, der Volkspolizei oder eben der Stasi sein.«

»Und je wichtiger der Posten, desto mehr gab es wohl.«

»Na ja, man muss fairerweise sagen, dass nicht wenige auch leer ausgegangen sind«, wandte Berg ein. »Wie genau die Verteilung vonstattenging, lässt sich nicht sagen. Fest steht, dass es immer auch darauf ankam, wie gut jemand vernetzt war.«

»Ist bekannt, womit Sobczak sich in seiner Dienstzeit so befasst hat?«, erkundigte sich Björnsen.

»Also, viel wissen wir darüber nicht, was auch daran liegt, dass Oberst Sobczak entsprechende Beweise sehr gründlich beseitigen konnte«, antwortete Berg. »Aus nicht gesicherten Quellen ging allerdings hervor, dass er verschiedenste Tätigkeiten ausgeübt hat: Überwachung, Verhöre, Grenzschutz und sogar Auslandsaufklärung.«

Während Arno Berg sich in den Details seines Lebensthemas verlor, kehrte Björnsen in Gedanken zu der Frage zurück, wie der Mord an den beiden Petersens denn nun mit der Figur Sobczaks zusammenhängen sollte.

• • •

Gegen Mitternacht machte Frida Deniz mit strengen Blicken klar, dass er ihr helfen möge, die Wohnung leer zu bekommen. Nora und Thea hatten sich ein Hotelzimmer in der Nähe genommen, würden aber sicher nicht von allein daraufkommen, zeitnah das Weite zu suchen. Zumal sie nichts von Fridas Krankenhausaufenthalt wussten. Während des ganzen Abends hatten sie kein Wort über das Pflaster an ihrem Hals verloren.

Deniz wusste um das schwierige Verhältnis Fridas zu den beiden Frauen und hatte sich den Abend über um Nora gekümmert, indem er jede noch so belanglose Anekdote aus ihrem Leben in den USA mit gespielter Neugier und interessiertem Nachfragen bedacht hatte. Lasse indes hatte sich länger mit Thea unterhalten, was Frida mit einem eigenartigen Gefühl in der Magengrube beobachtet hatte. Wahrscheinlich machte sie sich nur Sorgen um den Kollegen, der es ihrer Schwester ganz offensichtlich angetan hatte.

»So, wir werden dich dann mal allein lassen«, sagte Deniz plötzlich und erhob sich auch gleich, worauf Frida ihm einen dankbaren Blick zuwarf.

»Jetzt schon?«, rief ihre Mutter empört und griff sogleich nach ihrem Glas wie nach einem rettenden Haltegriff.

»Wir alle hatten eine anstrengende Woche.« Lasse nickte ernst. »Besonders du, Frida.«

»Man könnte ja noch etwas trinken gehen«, schlug Thea vor und warf Lasse ein Zwinkern zu.

»Also, wenn Deniz geht, dann gehe ich auch«, sagte Nora und streichelte dem Kommissar sanft über den Arm. »Und morgen sehen wir uns ja wohl sowieso alle wieder, oder?«

»Ach so?«, fragte Frida.

»Jetzt tu mal nicht so!«, sagte ihre Mutter vorwurfsvoll. »Darüber haben wir doch vorhin gesprochen.«

»Muss an mir vorbeigegangen sein«, gab Frida zu. Sie

hatte absichtlich weggehört, als es um die Verabredung gegangen war. Offenbar hatte es nicht geholfen.

»Na, der Lasse hat doch angeboten, dass uns sein Vater den Leuchtturm von Dahmeshöved in einer Privatführung zeigen könnte«, bemerkte Nora.

»Ernsthaft?« Frida zog ungläubig die Augenbrauen hoch.

»Warum auch nicht? Deine Mutter ist ja nicht alle Tage in Deutschland«, erwiderte Lasse. »Ich habe Kalle vorhin eine Nachricht geschickt, und er hat gleich zugesagt.«

»Ich übernehme morgen die Spätschicht, und Lasse hat frei«, sagte Deniz. »Nele kommt auch mit. Wird bestimmt nett.«

»Ja, ja, ich weiß, du bist verheiratet, mein lieber Herr Kommissar«, meinte Nora und setzte ein kokettes Lächeln auf. »Aber bring deine Frau ruhig mit. Dann kann ich wenigstens begutachten, ob du zu einem fairen Preis über den Ladentisch gegangen bist.«

»Mama!«, rief Frida dazwischen. »Vergiss bitte nicht, dass das meine Arbeitskollegen sind.«

»Lass mich doch!«, erwiderte Nora. Ihrer kratzigen Stimme war deutlich anzumerken, dass sie den Abend über nicht gerade an Durst gelitten hatte. »Also, morgen auf den Leuchtturm, oder was? Vielleicht taugt ja Lasses Vater etwas. Der ist schließlich noch Single, habe ich gehört.«

Thea und Nora brachen in lautes Gelächter aus, während Deniz und Lasse sich mit verlegenen Gesichtern die Jacken überstreiften.

Frida graute vor dem morgigen Tag.

30. Kapitel

Die Temperaturen schienen ganz akzeptabel für Mitte März. Der Himmel wies ein paar verheißungsvolle hellblaue Flecken auf, Wind wehte nur in vereinzelten Böen, und bis auf ein paar Tropfen war es ein trockener Vormittag gewesen. Die kleine Ausflugsgesellschaft hatte sich auf zwei Autos aufgeteilt. Frida, die noch krankgeschrieben war, fuhr bei Deniz und seiner Frau Nele mit. Nora und Thea saßen bei Lasse im Wagen. Kalle Diekmann war mit dem eigenen Pkw nach Dahmeshöved gefahren und nahm sie auf dem Parkplatz neben der Eltern-Kind-Klinik in Empfang.

Die frische Seeluft tat Frida gut, nachdem sie einen ganzen Tag lang in ihrer Bude eingesperrt gewesen war.

»Moin!«, grüßte Kalle.

»Hallo, Herr Diekmann«, raunte Nora ganz entzückt und schob sich dicht an ihn heran. »Ich habe schon viel von Ihnen gehört. Schön, dass Sie sich Zeit für uns nehmen.«

»Und Sie sind extra aus Amerika gekommen?«, erwiderte Kalle. Noras kokette Art schien bei dem Alten gut anzukommen. »Ehrt mich, dass Sie sich für den Turm interessieren. Der ist nämlich ganz besonders geschichtsträchtig.«

Anschließend schaltete Kalle auf Vortragsmodus um. Während sie zum Eingang des Leuchtturms gingen, referierte er fleißig aus der Historie des *Lichtes der Freiheit*. Da Frida die Geschichte bereits kannte, hörte sie nur mit einem Ohr hin. Ohnehin fand sie es viel spannender, die Umgebung des Leuchtturms abzusuchen. Was würde wohl mit der Bauruine des Spa-Hotels und dem ausgebrannten Nebenturm geschehen? Ganz leicht konnte sie den Brandgeruch noch wahrnehmen. Erst als sie den Leuchtturm betreten hatten und die Treppe zur Wachstube hinaufstiegen, hörte sie wieder hin.

»Heute ist der Leuchtturm übrigens beliebt bei Brautpaaren«, erklärte Kalle Diekmann. »Na ja, oder er war es. Ich habe gehört, dass die Anmeldungen im Standesamt Grömitz seit den beiden Todesfällen und dem Brand stark zurückgegangen sind.«

»Es waren Mordfälle«, verbesserte Frida ihn kaum hörbar. »Keine Todesfälle.«

»Darf ich Ihnen eine persönliche Frage stellen?«, erkundigte sich Nora plötzlich. »Lasse hat gestern erzählt, Sie würden auch aus der DDR stammen. Stimmt das?«

Kalle zog die Augenbrauen zusammen und warf seinem Sohn einen vorwurfsvollen Blick zu. »Meine eigene Geschichte halte ich vorzugsweise aus den Führungen heraus. Lasse weiß das eigentlich auch.«

»Entschuldige«, sagte Lasse.

Frida, die wieder nur noch mit einem Ohr hinhörte, ließ ihren Blick indessen über die maritime Dekoration der Wachstube schweifen, wie sie auch in Restaurants und Ferienunterkünften entlang der Küste üblich war. Dort hingen ein hölzernes Steuerrad, Petroleumlampen, Seekarten, ein Segelbootmodell, alte Außenaufnahmen des Leuchtturms, ein Rettungsring, ein Stück armdickes Schiffstau, ein ausgedientes Fischernetz …

»Steigen Sie ruhig rauf zur Plattform«, sagte Kalle und deutete auf die gusseiserne Treppe, die zur Turmspitze führte. »Dort finden Sie die Halogenlampe, deren Licht von der Gürtellinse verstärkt und aufs Meer hinausgeworfen wird.«

Durch eine schmale Tür unter der Lampe kam man auf die Brüstung. Als Frida hinaustrat, schlug ihr eine steife Brise ins Gesicht. In einiger Entfernung lag eine blaue Ostsee unter einem Himmel, der gerade dabei war, sich zwischen Hellblau und Grau zu entscheiden. Im Süden befand sich die Villa der Petersens. Direkt daneben lag die Werkstatt, in der Bjarnes Leiche gefunden worden war. Fünfzig Meter weiter stand das Haus der Hansens.

Gerade als Frida wieder in das Innere des Turms zurückkehren wollte, fiel ihr eine Gestalt ins Auge. Sie war dunkel gekleidet und bewegte sich am Rande der Bauruine. Das musste der Professor sein, dachte sie.

»Der Hansen«, ertönte eine Stimme in ihrem Rücken.

»Ach, ich hätte gemeint, es sei der Obdachlose, den sie hier den Professor nennen«, erwiderte Frida.

»Nein, nein, das ist Konrad Hansen«, widersprach ihr Kalle. »Sehen Sie, dort hinter dem Gebüsch taucht gerade sein Enkel auf. Er hält einen langen Zweig in der Hand und fuchtelt damit herum.«

»Stimmt. Ich sehe ihn«, entgegnete Frida. »Ist das nicht Petersens Grundstück?«

»Eigentlich schon«, antwortete Kalle. »Aber jetzt, da er nicht mehr ist, wollten die beiden es sicher mal ein bisschen erkunden. Wieso fragen Sie, Frau Kommissarin? Wollen Sie sie deswegen etwa verhaften?« Kalle warf ihr ein schelmisches Grinsen zu.

»Deswegen bestimmt nicht«, antwortete Frida. »Weiß Konrad Hansen, dass wir heute eine private Führung von Ihnen bekommen?«

»Ich habe gestern mit ihm telefoniert«, antwortete Kalle. »Er wird vorerst keine Führungen mehr durchführen, da er sich ja jetzt um seinen Enkel kümmern muss, solange Leo im Gefängnis sitzt.«

»Und wer übernimmt das jetzt? Sie?« Frida setzte einen erstaunten Gesichtsausdruck auf.

»Es gibt in der nächsten Zeit wohl einfach nicht mehr so viele Führungen. Aber die Aufgabe selbst wird er an mich abgeben. Das steht fest«, erwiderte Kalle und blinzelte in den stärker werdenden Wind. »Oder war ich zu schlecht heute?«

»Ganz und gar nicht«, lobte ihn Frida. »Sagen Sie, ich muss noch einmal auf Hendrik zurückkommen. Gibt es sonst niemanden, der nach ihm sieht? Er wächst schließlich ohne Mutter auf, soweit ich weiß.«

»Einmal die Woche hat er eine Therapeutin«, erwiderte Kalle und richtete seinen Blick nachdenklich in die Ferne.

Frida sah zu ihrer Mutter, die sich zu ihnen an die Brüstung gesellt hatte und dabei war, ein paar Selfies zu schießen. Auch Deniz steckte den Kopf nach draußen in den

Wind. Thea und Lasse schienen drinnen noch in ein Gespräch vertieft zu sein. Lasses Lachen drang scharf an Fridas Ohren.

»Je älter er wird, desto stärker macht sich seine Behinderung bemerkbar«, sagte Kalle und rieb sich nachdenklich den Nacken.

»Mögen Sie Kinder?«, fragte Nora und begann, Kalle am Arm zu tätscheln.

»Sehr sogar. Bis vor ein paar Monaten bin ich im Haus der Hansens ein und aus gegangen. Der Kleine kennt mich so gut wie seinen eigenen Vater. Ich habe ihm so einiges beigebracht«, entgegnete Kalle. Aus seiner Stimme war der Stolz deutlich herauszuhören.

»Was denn?«, fragte Nora und kicherte.

»Das hört sich jetzt übertrieben an, aber ich habe ihm gezeigt, wie er seine Muskelkraft richtig einsetzen kann. Die Therapeutin nennt es motorische Übungen«, entgegnete Kalle. »Außerdem hat er mit mir schwimmen gelernt.«

»Darf ich fragen, wieso Sie nicht mehr zu den Hansens gehen?«, erkundigte sich Frida.

»Leo Hansen gefiel es nicht, dass ich so viel Zeit mit seinem Sohn verbrachte.« Kalles Gesicht war anzusehen, dass ihn das Thema bedrückte. »Er hat mir direkt ins Gesicht gesagt, dass er mich nicht mehr in seinem Haus haben will. Einfach so. Aber einen richtigen Grund hat er mir nie genannt. Vermute mal, er hat selbst eingesehen, dass er seinen Sohn zu lange vernachlässigt hat.«

»Ach, ernsthaft? Was für ein gemeiner Kerl ist das

denn?«, rief Nora, die gar nicht wissen konnte, wer Leo Hansen überhaupt war.

Unterdessen hatte Frida festgestellt, dass Konrad Hansen und sein Enkel Hendrik wieder verschwunden waren. Waren sie zurück auf ihr Grundstück gegangen? Hatten sie sie hier oben auf der Brüstung gesehen?

»Denken Sie, dass sich das mit diesem Leopold oder wie der heißt wieder einrenkt?«, erkundigte sich Nora.

»Ich hoffe es. Mal sehen, was jetzt mit ihm passiert«, erwiderte Kalle. »Aber ganz davon abgesehen, was Leo Hansen über mich denkt, bleibt sein Vater weiterhin ein Freund von mir.«

»Freundschaften sind wichtig«, sagte Nora bestimmt. »Besonders im Alter.«

»Das stimmt. Die meisten gehen einem ja unterwegs verloren. Man muss aufpassen, dass man am Ende des Weges nicht ganz ohne dasteht«, antwortete Kalle und runzelte die Stirn. »Warum haben Sie mich eigentlich nach dem Professor gefragt, Frau Beck?«

»Das hatte eigentlich keinen besonderen Grund«, entgegnete Frida. »Kennen Sie ihn denn gut?«

»Ja, ich kenne ihn. Oder besser gesagt, ich kannte ihn. Ist bestimmt schon zehn Jahre her, dass ich mich das letzte Mal normal mit dem unterhalten habe. Der wurde von Jahr zu Jahr verrückter. Irgendwann hat er dann nur noch Unsinn von sich gegeben.« Kalle lachte verlegen.

»Da habt ihr es«, bemerkte Nora kichernd. »Wenn man zu klug ist, ist das nicht gut.«

»Der Mann war ein Geschichtsprofessor. Kannte sich

gut mit der DDR aus«, erwiderte Kalle. »Vor sehr langer Zeit hat er sogar mal eine Führung bei mir mitgemacht. Da hat er dann am Ende mehr geredet als ich.«

Deniz' Handy klingelte. Er sah auf das Display und warf dann Frida einen ernsten Blick zu, wobei er mit den Lippen den Namen ihres gemeinsamen Vorgesetzten formte. Frida wusste sofort Bescheid. Ein Anruf von Björnsen konnte eigentlich nur bedeuten, dass ihr Ausflug hiermit beendet war.

»Hallo?«, meldete sich Deniz und lehnte sich neben Frida an die Brüstung.

Björnsens Stimme drang deutlich hörbar aus dem Handy. »Herr Yilmaz, wir haben eine weitere Leiche.«

31. Kapitel

Oberkommissar Ronny Kramer saß in einem spärlich eingerichteten Verhörzimmer der JVA Lübeck und überprüfte sein Spiegelbild auf dem Glasbildschirm seines Smartphones. Die sauber getrimmten Augenbrauen über den hellgrauen Augen, das Schnurrbärtchen nach der neuesten Mode und der fein geschnittene Mund, für den ihn die Frauen immer wieder lobten. Ein einseitiges Lächeln bohrte sich als Grübchen in seine linke Wange.

Kramer war zufrieden. Vielleicht sogar glücklich. Das Gespräch mit Kriminaloberrat Sven Seiffert hätte nicht besser laufen können. Sein lang gehegter Traum, in die Mordkommission nach Lübeck zu wechseln, schien schneller in Erfüllung zu gehen als gedacht. Und vielleicht ging ja damit auch die Beförderung zum Hauptkommissar einher. Denn auch sie stand seiner Ansicht nach schon seit Langem an.

Es klopfte an der Tür. Kramer räusperte sich. »Bitte!«

Ein Justizbeamter steckte den Kopf herein. »Wir haben den Hansen hier.«

»Na endlich!«, entgegnete der Oberkommissar.

Anschließend schoben zwei Beamte den Untersuchungshäftling in das Zimmer. Hansens Hände waren auf dem Rücken gefesselt. Sein langes, graues Haar hing ihm in fettigen Strähnen ins Gesicht. Unter seinen Augen lagen dunkle Schatten.

»Setz dich, Leo«, forderte ihn Kramer auf.

»Ich sitze den ganzen Tag«, sagte Hansen mürrisch und blieb stehen.

»Na gut, wie du möchtest. Wir kennen uns jetzt schon so lange, und ich hätte nicht gedacht, dass wir uns jemals in so einer Situation wiederfinden würden.«

»Tja.«

»Ich denke, wir sollten unsere kleine Fehde vergessen und konstruktiv zusammenarbeiten«, sagte Kramer. »Was hältst du davon?«

»Nicht viel«, erwiderte Leo.

»Ach, komm schon!«, bat ihn Kramer und setzte ein sanftmütiges Gesicht auf, in dem der Spott fast nicht mehr zu erkennen war. »Es ist besser für alle Beteiligten, wenn du dich kooperativ zeigst.«

»Was willst du denn wissen?«, erwiderte Hansen mit giftiger Stimme. »Dass ich auf eine Polizeibeamtin geschossen habe? Das habe ich doch längst zugegeben. Einen Mord lasse ich mir jedenfalls nicht anhängen.«

»Ich glaube, du hast das etwas falsch verstanden. Du wirst doch gar nicht des Mordes an Petersen verdächtigt. Na ja, zumindest nicht allein.«

»Was soll das heißen?« Leo Hansens Blick war erstarrt.

»Lilo auch«, entgegnete Kramer knapp, zupfte sich an seinem Schnurrbart und legte eine kurze Pause ein. »Ich dachte, du wüsstest das. Ehrlich gesagt steht es viel schlimmer um sie als um dich. Wir haben sie bereits festgenommen.«

»Du glaubst doch wohl nicht wirklich, dass Lilo Knut und Bjarne umgebracht hat?«, fragte Hansen zurück.

»Tatmotiv und Beweislage sprechen gegen sie«, erklärte Kramer. »Und vor allem wackeln ihre beiden Alibis bedächtig.«

»Wie bitte?«, entgegnete Hansen ungläubig.

»Ich kann dir natürlich nicht verraten, was wir gegen Lilo in der Hand haben. Aber die kriminaltechnische Untersuchung ihres Hauses und ihres Autos haben zwingende Beweise gegen sie ans Tageslicht gebracht. Sie ist unleugbar in die Mordfälle verstrickt, Leo. Wir gehen von einem raschen Geständnis der Tat aus. Soweit ich weiß, ist es auch das, was ihr ihre Anwälte raten.«

Eisiges Schweigen setzte ein. Kramer beobachtete, wie Leo Hansen die Augen schloss und den Kopf senkte. Er stieß einen Seufzer aus und nahm auf dem Stuhl Platz, der für ihn bereitgestanden hatte. Sofort sackte er in sich zusammen. Betont lässig nahm Kramer sein Smartphone in die Hand und warf einen schnellen Blick auf sein Spiegelbild. Ein kaum wahrnehmbares Lächeln umspielte seine Lippen. Er genoss die Stille. Er hatte Zeit.

Irgendwann räusperte sich Hansen. »Ich war es. Ich habe die beiden Petersens umgebracht.«

•••

Die drei Ermittler hatten die Turmbesichtigung augenblicklich abgebrochen und waren zum nahegelegenen Leichenfundort geeilt. Krankgeschrieben oder nicht, Frida musste einfach dabei sein. Kalle war mit den drei Frauen zurückgeblieben.

Der Appartementkomplex, in dem Ansgars Studio lag, war weiträumig abgesperrt. Direkt vor dem beigefarbenen Dreigeschosser aus den Siebzigerjahren waren das Fahrzeug des Notarztes sowie ein paar Einsatzwagen der Schutzpolizei zu sehen. Kollege Jahn vom LKA, der zuletzt mit Ansgars Beschattung befasst gewesen war, nahm die drei Lübecker in Empfang.

»Ist mir wirklich noch nie passiert.« Jahn schüttelte unentwegt den Kopf. »Dass mir jemand während einer Observation weggestorben ist.«

»Wie haben Sie denn überhaupt mitbekommen, dass er tot ist?«, erkundigte sich Frida.

»Dieser Deiters kam vorbei und hämmerte wie bekloppt gegen Ansgars Tür. Daraufhin habe ich mal einen Blick in die Wohnung geworfen, als er wieder weg war. Ich wusste ja, dass die Zielperson die Bude seit über vierundzwanzig Stunden nicht verlassen hatte. Als ich ihn nicht im Wohnzimmer ausmachen konnte, habe ich es hiermit am gekipptem Badfenster versucht«, erklärte Jahn und hielt einen Teleskopstock hoch, an dessen Ende ein kleiner Spiegel befestigt war.

»Was meinte der Arzt zur Todesursache?«, fragte Frida weiter, während sie gemeinsam den Neubau betraten.

»Die ließ sich auch ohne Arzt ziemlich eindeutig feststellen«, sagte ein Beamter der Schutzpolizei, der an der Wohnungstür stand. »Drogen. Das musste ja so kommen bei dem.«

»Das überlassen wir dann doch besser der Rechtsmedizin«, murmelte Deniz, der direkt hinter Frida die Wohnung betrat.

»Oh mein Gott!« Frida stöhnte, als sie das Durcheinander erblickte. »Was ist denn das hier?«

»Ein Escape-Room für Arme? Da fixen, wo andere Urlaub machen«, meinte Deniz und lachte leise vor sich hin. Da waren sie wieder, seine geschmacklosen Witze. Sein einziger Mangel, dachte Frida und seufzte. Irgendwer müsste ihm die mal abtrainieren.

»Hier entlang«, sagte der Notarzt, der gerade aus dem Badezimmer trat. »War vermutlich eine Überdosis.«

»Wovon?«, fragte Frida nach.

»Es scheint sich um Kokain zu handeln«, antwortete der Mediziner. »Er hat es geschnupft. Die Utensilien und ein wenig Stoff liegen noch neben der Wanne.«

»Überdosis an Kokain?«, fragte Deniz verwundert.

»Dann wollen wir mal sehen.« Frida betrat das Badezimmer und steckte sofort ihre Nase in den Jackenkragen. »Was zur Hölle stinkt denn hier so?«

Doch sie konnte sich die Frage sogleich selbst beantworten. Ganz offensichtlich hatte sich Ansgars Darm vor dem Eintritt des Todes noch entleert. Frida wandte den Blick ab. »Das ist ja furchtbar.«

»Welche Droge richtet denn das an?«, entgegnete Deniz, der direkt hinter ihr stand und dem die Lust am Witzemachen augenblicklich vergangen war. »Aber ich weiß jetzt, dass wir das Ortseingangsschild von Dahme dringend noch einmal von der Spurensicherung überprüfen lassen sollten.«

»Wieso?« Frida zog die Augenbrauen hoch.

»Wir haben Ansgar vorgestern dabei beobachtet, wie er am Schild etwas entnommen hat«, erklärte Deniz und wandte sich an den Kollegen vom LKA. »Vielleicht war es ja derselbe Stoff, den er konsumiert hat.«

»Im Schild befindet sich eine kleine Klappe«, erklärte Jahn. »Als wir nachsahen, fanden wir den Hohlraum hinter der Klappe leer vor. Wir haben vermutet, dass der Ort als Drogenversteck fungiert.«

»Und ihr seid dem nicht weiter nachgegangen?«, entgegnete Frida. In ihrer Stimme schwang ein nicht zu überhörender Vorwurf mit.

»Ist untergegangen in den Ereignissen desselben Abends«, rechtfertigte sich Deniz. »Außerdem wussten wir ja bereits von Ansgars Drogendelikten.«

»Die kriminaltechnische Untersuchung sollten wir schleunigst nachholen«, erwiderte Frida. »Haben wir Kenntnis davon, wer die Drogen dort deponiert hat?«

»Ich bin mir sicher, dass dieser Olaf Deiters da mit drinhängt«, meinte Deniz. »Derselbe langhaarige Kerl, mit dem Leo Hansen dich angeblich verwechselt hat.«

»Wenn Leo Hansen sich eigens für Deiters eine Schusswaffe zugelegt hat, dann ist er möglicherweise gefährlicher, als wir denken«, schlussfolgerte Frida. »Sollte es nicht schon längst einen Haftbefehl gegen den geben?«

»Frida?«, ertönte plötzlich Lasses Stimme aus dem

Wohnzimmer. »Ich hätte hier etwas. Ist vielleicht ganz interessant.«

Lasse hatte sich bereits ein paar Gummihandschuhe angezogen. Mit einer Pinzette hielt er ein Blatt Papier hoch. Ein echter Workaholic, dachte Frida zufrieden. Trug sein Arbeitsgerät immer am Mann.

»Was ist das?«, erkundigte sie sich.

»Ein Abschiedsbrief?«, erwiderte Lasse und begann, den Text zu lesen. »Mein ganzes Leben lang sind alle auf mir herumgetrampelt. Die Jacht sollte nicht Bjarne treffen, sondern Knut. Aber das ist jetzt auch egal. Ich fühle mich bereit zu gehen. Ansgar.«

Frida hörte aufmerksam zu und begann, sich umzusehen. »Ist am Computer geschrieben. Ich kann weder einen PC noch einen Drucker hier entdecken. Haben wir in Dahme oder Kellenhusen ein Internetcafé?«

»Eher nicht«, antwortete einer der Schutzpolizisten.

»Lassen Sie bitte überprüfen, ob irgendwo Überwachungskameras hängen«, forderte Frida den Polizeiobermeister auf. »Vielleicht ist uns ja doch ein Besucher entgangen.«

Unterdessen war die Kriminaltechnik aus Lübeck eingetroffen. Lasse nahm seine Kollegen in Empfang und veranlasste, dass auch die Fingerabdrücke an dem Drogenversteck genommen wurden.

Deniz zog Frida zur Seite und sah sie ernst an. »Was machen wir jetzt mit Leo Hansen und Lilo Petersen?«

»Noch wissen wir ja nicht, ob der Abschiedsbrief echt ist. Und solange ich kein forensisches Gutachten habe, steht

Ansgars Todesursache auch nicht fest«, erwiderte Frida und zog ihr Handy aus der Tasche. »Aber warte mal. Björnsen schreibt gerade.«

Frida schüttelte den Kopf, während sie die Nachricht las.

»Und?«, fragte Deniz ungeduldig nach.

»Leo Hansen hat die Morde an Bjarne und Knut Petersen gestanden.«

• • •

Nachdem Frida, Deniz und Lasse nach Dahme verschwunden waren, hatte Kalle die drei Frauen zu Tee und Keksen in der Wachstube des Leuchtturms eingeladen. Während Deniz' Ehefrau Nele und Fridas Schwester Thea sich in ein Gespräch über ihre Reisen durch Asien vertieft hatten, hielt Nora sich an Kalle.

»Sie sind ja vorhin nicht so richtig darauf eingegangen«, sagte sie zu ihm. »Aber Sie selbst haben auch eine Fluchtgeschichte hinter sich? Stimmt das?«

»Das ist richtig«, erwiderte Kalle zögerlich.

»Ach, das ist ja aufregend«, rief Nora. Sie schien nicht zu bemerken, dass Kalle von ihrer Frage unangenehm berührt war. »Ein echter Republikflüchtling.«

»Sozusagen.« Kalle blickte auf seine faltigen Hände, die wie Sandpapier klangen, als er sie aneinanderrieb.

»Wie war das denn mit Ihrer Flucht? Sind Sie verfolgt worden?«, fragte Nora nach und klimperte mit ihren Augenlidern.

»Das ist ein sehr schmerzhaftes Kapitel für mich. Verzeihen Sie mir, aber ich möchte wirklich nicht darüber sprechen«, erwiderte Kalle ausweichend.

»Mama! Jetzt lass den armen Mann doch in Ruhe!«, rief Thea dazwischen.

Als es daraufhin ganz still in der Wachstube wurde, kniff Kalle verlegen die Lippen zusammen. Er schien schlagartig um mindestens zehn Jahre gealtert zu sein. Jede einzelne der drei Frauen erkannte, dass tief in dem Mann ein unermesslicher Schmerz saß.

32. Kapitel

Seiffert und Björnsen saßen sich gegenüber. Der Interimsleiter der Polizeidirektion Lübeck hatte den Ersten Hauptkommissar zu sich ins Büro rufen lassen. Vor dem Kriminaloberrat lag eine DIN-A4-Seite.

»Der Fall ist gelöst«, erklärte Seiffert und blickte Björnsen durchdringend an. »Dank eines Mannes, den weder Sie noch die Frau Direktorin in der Mordkommission haben wollten. Und sagen Sie jetzt nichts! Kramer hat sich mehrmals bei der K1 beworben.«

»Wenn Sie ein Geständnis als Schlusspunkt der Ermittlungen betrachten wollen, dann ja«, erwiderte Björnsen, ohne auf den Kommentar zu Ronny Kramer einzugehen.

»Sie sind mir einer.« Ein süffisantes Lächeln zeichnete sich auf Seifferts butterweichen Wangen ab. Sein Gesicht schien die fleischgewordene Antithese zu Björnsens kantigen Zügen zu sein. »So langsam fange ich ernsthaft an, Ihr Urteilsvermögen in Zweifel zu ziehen, Hauptkommissar Björnsen. Wir haben schließlich nicht nur ein Geständnis in der Mordsache Petersen, sondern mit dem Gift-Handtuch verfügen wir auch noch über einen zwingenden Beweis. Angesichts dessen könnten Sie sich ruhig ein wenig enthusiastischer zeigen.«

»Obwohl nicht feststeht, wie das Handtuch in Hansens Wagen gekommen sein soll?«, entgegnete Björnsen. »Warum sollte er damit durch die Gegend fahren?«

»Das kann ich Ihnen sagen«, antwortete Seiffert und setzte wieder sein Grinsen auf. »Weil er schuldig ist.«

»Das entscheidet immer noch das Gericht«, erklärte Björnsen.

»Ihre Spitzfindigkeiten können Sie sich sparen. Erklären Sie mir lieber, wieso Sie und Rositzky sich damals gegen Kramer entschieden haben.«

»Frau Beck wies bessere Referenzen auf. Sie hatte eine erfolgreiche Dienstzeit bei der Drogenfahndung hinter sich. Kramer hingegen bestach lediglich durch den zweifelhaften Ruf, der ihm vorauseilte. Auf so einen Mann konnten und können wir verzichten.«

»Eines muss man Ihnen lassen«, sagte Seiffert in spöttischem Ton. »Sie vertreten Ihre Meinung mehr als deutlich. Ein wenig zu viel für meinen Geschmack, aber egal. Frida Beck halte ich weiterhin für ungeeignet. Und Sie wissen auch, warum.«

»Frida Beck ist vor einem Jahr hochmotiviert zu uns gekommen und hat bislang eine exzellente Arbeit geleistet«, erwiderte Björnsen.

»Sie hat in die Mordkommission gewechselt, weil sie den Mord an ihrem Mann rächen wollte«, entgegnete Seiffert. »Ihre Motivation war verständlich, aber vom professionellen Standpunkt aus gesehen war es mehr als riskant, eine von Rachegelüsten getriebene Ehefrau als Mordermittlerin einzustellen.«

»Woher wollen Sie wissen, dass sie sich rächen wollte? Der Mörder war ja bereits gefunden, als Frida Beck bei uns anfing.«

»Herr Björnsen, Sie wissen es so gut wie ich«, widersprach Seiffert. »Frida Beck geht davon aus, dass die Strippenzieher des Mordanschlags auf ihre Familie noch immer auf freiem Fuß sind. Sie hat in die Mordkommission gewechselt, um unsere Ressourcen für ihre eigene Agenda zu nutzen.«

»Wie bitte?« Björnsens Gesicht wurde zu einer steinernen Maske. Doch in ihm tobte es angesichts dieser infamen Unterstellung.

»Wann hören Sie endlich auf, diese Frau zu protegieren?«, fragte Seiffert weiter. »Wie viele Böcke hat sie allein im aktuellen Fall geschossen? Erst setzt sie durch eigenwilliges Handeln das Leben von Emil Röder aufs Spiel. Dann verhindert sie die Festnahme des Mannes, der später einen Mord begehen sollte. Und schließlich stürzt sie sich in eine Verfolgungsjagd, ohne sich als Polizistin zu erkennen zu geben oder adäquate Unterstützung anzufordern. Wer weiß, was sie uns noch alles verheimlicht.«

»Ich geben Ihnen recht. Bei Hansens Verfolgung ist sie ein hohes Risiko eingegangen«, entgegnete Björnsen. »Andererseits vergessen Sie, dass Frau Beck auch vollen Einsatz gezeigt hat, um Ihren Hauptbeschuldigten Hansen dingfest zu machen.«

»Hansen hat gestanden, und er ist nicht mein Hauptbeschuldigter!«, rief Seiffert wütend. Unter seinem Hemdkragen mäanderte eine fingerdicke Ader hervor.

»Meiner ist er auch nicht. Dafür gibt es mir noch zu viele Ungereimtheiten, von denen ich Ihnen ja bereits einige aufgezählt habe. Hinzu kommt der Abschiedsbrief, der erst vor wenigen Stunden bei dem toten Ansgar Petersen gefunden wurde. Ob Sie es wollen oder nicht, der Fall ist noch nicht abgeschlossen. Und ich denke, dass die Staatsanwaltschaft es auch so sieht.«

»Ihnen fällt es ja wirklich schwer, die Leistungen des Kollegen Kramer anzuerkennen, oder?« Seiffert wedelte mit der DIN-A4-Seite herum, auf der Leo Hansens Geständnis abgedruckt war.

»Das hat doch nichts miteinander zu tun, Herr Seiffert«, protestierte Björnsen.

»Hat es doch, weil Kramer uns das Geständnis beschafft hat«, erwiderte Seiffert.

»Ersetzt ein Geständnis neuerdings gesicherte Beweise?«

»Ihre altklugen Belehrungen können Sie sich sparen, Herr Hauptkommissar«, ermahnte ihn Seiffert. »Wie Sie eben so schön bemerkt haben, befindet über diese Frage allein das Gericht.«

»Ich weiß, dass Sie das jetzt nicht hören wollen, Herr Kriminaloberrat«, entgegnete Björnsen. Er legte eine kurze Pause ein, bevor er seine letzte Kugel abfeuerte. »Aber was ist, wenn Leo Hansen die Taten nur gestanden hat, um Lilo Petersen zu schützen?«

33. Kapitel

Es war fast zweiundzwanzig Uhr, als Frida und Deniz die Rechtsmedizin Lübeck aufsuchten, um der Obduktion von Ansgars Leichnam beizuwohnen. Sie hatten den ganzen Tag in Dahme zugebracht, Spuren ausgewertet und Nachbarn befragt. Kurz bevor sie das Gebäude auf dem Campus der Universität Lübeck betraten, wollte Frida noch etwas loswerden, das sie den ganzen Tag über beschäftigt hatte.

»Deine Frau musste ja heute wirklich viel aushalten«, sagte sie. »Richte ihr bitte aus, dass es mir leidtut!«

»Was meinst du?« Deniz zog die Augenbrauen hoch.

»Na ja, meine nervige Mutter eben.«

»Die ging doch noch«, meinte Deniz. »Du hättest mal meinen Alten erleben sollen, als er zum ersten Mal auf Nele getroffen ist. Ich hätte ihn am liebsten gekillt. Kleiner Scherz.«

»Manchmal fällt es mir echt schwer, meine Mutter auch mal positiv zu sehen«, sagte Frida ernst.

»Unser Ausflug war doch nicht schlecht. Meine Frau fand es super. Und Noras Gegenwart schien ja auch einen besonderen Reiz auf Kalle ausgeübt zu haben.«

»Was du nicht sagst!« Frida hatte nur allzu gut mitbekommen, wie ihre Mutter den armen Mann mit ihrer koketten Art verwirrt hatte. »Zum Fremdschämen!«

»Versteh mich nicht falsch. Ich meine es ernst«, erklärte Deniz. »Kalle ist richtig aufgeblüht. Ich kenne ihn ja nun schon ein paar Jahre. Deine Mutter tat ihm gut.«

»Wie meinst du das?«, erkundigte sich Frida.

»Kalle leidet öfter unter depressiven Schüben. So ein geselliger Ausflug wirkt da Wunder. Lasse war ganz dankbar.«

Frida fühlte sich an die schmerzvollen letzten Jahre ihres Vaters erinnert. Die permanente Bedrohung durch den Krebs hatte sich wie ein schwarzes Tuch über seine Seele gelegt. Sie konnte Lasse verstehen. »Weiß man, woher das kommt?«

»Kalle selbst ist der Ansicht, dass es ganz einfach das Alter ist.«

»Ist er in Behandlung?«, fragte Frida weiter.

»Er sei zu alt für einen Psychodoktor, sagt er. Und Lasse muss das akzeptieren«, erwiderte Deniz und zuckte mit den Schultern. Anschließend zog er die Tür zu dem Gebäudetrakt auf, in dem die Obduktionsräume lagen.

Am Ende des Flurs tauchte Frau Andreani auf. »Moin!«, rief die Forensikerin.

»Hallo!«

»Kommen Sie, meine Herrschaften! Es ist angerichtet.« Andreani bat die beiden Kriminalbeamten in den Obduktionssaal.

Schon an der Tür schlug ihnen der Gestank entgegen.

»Mmh, lecker, Käse«, sagte Deniz und verzog das Gesicht.

»Braucht jemand Mentholsalbe?«, fragte die Medizinerin.

»Nehmen Sie etwa keine?«, fragte Deniz erstaunt zurück und streckte die Hand nach der Dose aus, die Andreani ihm hinhielt. »Immer her damit!«

»Gerade bei Vergiftungen kann der Geruchssinn wichtig sein«, sagte Doktor Andreani. »Als Forensiker lernen Sie besser, mit dem Leichengeruch zu leben. Bei unserer Arbeit wird jedes einzelne Sinnesorgan benötigt. Na ja, fast zumindest. Es gibt Stoffe, die die Ammoniakproduktion im Körper anregen. Das sollte ein Rechtsmediziner dann schon auch wahrnehmen können.«

»Ich halte es wie Frau Andreani«, sagte Frida mit fester Stimme und erntete ein anerkennendes Nicken von Deniz, während er sich reichlich Salbe unter die Nase schmierte.

»Ich habe die Vorarbeiten bereits erledigt«, erklärte Andreani und trat an den Obduktionstisch, auf dem Ansgars gewaschene Leiche lag. »Der Leichnam ist gewogen und gemessen. Äußerliche Auffälligkeiten habe ich festgehalten.«

»Aufgrund der Auffindesituation wird uns wohl ohnehin erst die toxikologische Untersuchung Klarheit über die Todesursache verschaffen«, erwiderte Frida und sah Andreani dabei zu, wie sie begann, mit der Säge den Torso zu öffnen. Ein Seitenblick zu Deniz verriet ihr, dass der Kollege kurz davor war, den Obduktionssaal wieder zu verlassen. Sein Gesicht hatte einen leichten Grünstich angenommen.

»Wobei mir bislang noch kein Fall einer Kokain-Überdosis durch einfaches Schniefen untergekommen ist«, bemerkte Andreani, ohne ihre Arbeit zu unterbrechen. »Es handelt sich also möglicherweise um eine Intoxikation aufgrund einer verunreinigten Droge.«

Schweigend beobachteten Frida und Deniz, wie die Rechtsmedizinerin routiniert die Organe der unteren Bauchhöhle entnahm, wog und aufschnitt, um sie inspizieren zu können. Als die Forensikerin beim Magen angelangt war, hielt sie kurz inne. »Hier stimmt etwas nicht.«

»Allerdings«, wandte Deniz ein und schenkte den beiden Frauen ein aus den Fugen geratenes Grinsen. »Der Mann ist tot.«

»Du schon wieder.« Frida schüttelte leicht den Kopf. Sie wusste, dass Deniz sein Unwohlsein überspielen wollte.

»Die Magenschleimhaut weist Risse auf. Außerdem liegt hier eine Wasseransammlung vor«, erklärte Andreani, die den Humor des Kommissars nicht weiter auffällig zu finden schien. »Untypisch für eine Überdosis.«

Als sie anschließend die Lunge inspizierte, hielt sie ein weiteres Mal inne. »Das passt dann wieder«, murmelte die Rechtsmedizinerin. »Ich kann ein Lungenödem erkennen. Zusammen mit dem Wasser im Magen-Darm-Trakt ist das ein untrügliches Zeichen dafür, dass der junge Mann ertrunken sein muss.«

»Zuerst ist er durch die Überdosis ohnmächtig geworden, dann unter Wasser gerutscht und ertrunken«, entgegnete Frida. »Klingt aus meiner Sicht plausibel.«

»Sehr richtig, Frau Beck. Vermutlich hat die Droge die natürlichen Schutzmechanismen außer Kraft gesetzt, die bei der Aspiration von Wasser einsetzen«, erläuterte Doktor Andreani. »Daraufhin ist es zum Atem- und schließlich zum Herzstillstand gekommen.«

Frida runzelte die Stirn. »Und seit wann schläft man von Kokain ein?«

34. Kapitel

Es war der erste Morgen seit Wochen, der mit Sonnenschein begann. Frida fühlte sich energiegeladen, als sie die Polizeidirektion Lübeck betrat. Das änderte sich jedoch schlagartig, als sie das Gesicht ihres Vorgesetzten erblickte. Björnsen schien ihre Freude aus irgendeinem Grund nicht zu teilen. Mist!

»Sie sind krankgeschrieben, Frau Beck«, knurrte er.

»Aber wir haben vermutlich ein drittes Mordopfer«, entgegnete Frida. »Außerdem geht es mir blendend.«

»Es sind derzeit gerade mehr Augen auf Sie gerichtet, als Ihnen und mir lieb sein kann«, antwortete Björnsen. In seinem Blick lag Bedauern, aber zugleich auch Härte.

»Das kann nicht Ihr Ernst sein«, protestierte Frida.

»Solange Sie krankgeschrieben sind, bleiben Sie den Ermittlungen fern. So leid es mir tut.«

»Alles klar«, erwiderte Frida trotzig und schob sich an ihrem Vorgesetzten vorbei. »Ich gehe zum polizeiärztlichen Dienst und lasse mich gesundschreiben. Bin gleich oben bei der Dienstbesprechung.«

»Ich rate Ihnen davon ab, Frau Beck. Ruhen Sie sich noch

diese Woche aus. In ein paar Tagen sind Sie wieder dabei«, rief Björnsen ihr hinterher.

»Bis gleich«, brummte Frida. Sie ahnte, dass es aussichtslos war, den Dienstarzt aufzusuchen, bei dem Björnsen sicher schon sein Veto eingelegt hatte. Doch in ihrer Verzweiflung fiel ihr einfach nichts anderes ein. Während sie die Treppen hinaufeilte, rief sie Deniz an.

»Bist du schon im Büro?«, fragte sie.

»Ja.«

»Björnsen will, dass ich für ein paar Tage zu Hause bleibe«, rief sie aufgebracht. »Schon gehört?«

»Na, wie wäre es, wenn du dich mal daran hältst?«, fragte Deniz zurück. »Übrigens ist Lilo Petersen wieder auf freien Fuß gesetzt worden.«

»Das war zu erwarten«, entgegnete Frida. »Sind die Ergebnisse der toxikologischen Untersuchung von Ansgar schon eingetrudelt?«

»Irgendjemand muss da richtig Druck gemacht haben. Die haben vor einer halben Stunde geliefert.«

»Und?«, fragte Frida, während sie einen Flur entlanghastete.

»In Ansgars Blut ist eine hohe Konzentration an Heroin, Levamisol und Strychnin gefunden worden«, erklärte Deniz. »Die letzten beiden Stoffe sind …«

»Streckmittel. Ich weiß. Jetzt wissen wir auch, warum er ertrunken ist. Das kommt vom Heroin.«

»Wir sollten diesen Deiters mal in die Mangel nehmen«, schlug Deniz vor. »Vielleicht hat der Dealer Ansgar gar nicht das geliefert, was er bestellt hatte.«

»Ist er verhaftet worden?«, erkundigte sich Frida.

»Er sitzt seit heute Morgen in der JVA«, erwiderte Deniz.

»Habt ihr das Drogenversteck noch einmal überprüfen lassen?«, fragte Frida.

»Ja, ist aber nichts bei herausgekommen«, antwortete Deniz. »Allerdings haben wir einen Anwohner gefunden, der beobachtet haben will, wie jemand an dem Willkommensschild herumgefummelt hat. Der Zeuge meinte, es hätte sich um einen alten Mann gehandelt, den er irgendwoher kenne. Er wollte zurückrufen, sobald ihm einfalle, woher.«

»Und bei diesem alten Mann handelt es sich sicher nicht um Ansgar oder Deiters?

»Offenbar nicht«, entgegnete Deniz. »Du, Frida, ich muss auflegen. Der Björnsen ist gerade ins Büro reingekommen und schaut mich verdächtig an.«

»Melde dich, wenn du weißt, wer die Person an dem Drogenversteck war, oder wenn du sonst irgendeine Neuigkeit für mich hast«, forderte Frida ihn auf. »Bitte!«

»Du kennst mich doch«, erwiderte Deniz. »Zur Not per SMS.«

Als Frida kurz darauf den Wartebereich des polizeiärztlichen Dienstes betrat, kam ihr der Arzt entgegen.

»Moin, Herr Doktor Brüggen!«, begrüßte Frida den Mediziner freundlich.

»Versuchen Sie es gar nicht erst, Frau Beck«, erwiderte der Polizeiarzt. »Sie sind krankgeschrieben. Bis Montag.«

»Was geht denn hier vor sich?«, protestierte Frida. »Hat Seiffert Sie dazu angewiesen?«

»Ach, kommen Sie!« Der Arzt hielt dagegen. »Sie sind vor nicht einmal zwei Tagen angeschossen worden. Bleiben Sie gefälligst zu Hause!« Doktor Brüggen warf ihr einen wütenden Blick zu und verschwand in seinem Behandlungszimmer.

Ratlos zog Frida ihr Handy aus der Tasche. Ihre Mutter hatte ihr eine Nachricht über WhatsApp geschickt:

> *Kalle Diekmann hat mich zum Mittag zu sich eingeladen. Es gibt französische Fischsuppe. Vielleicht heute Abend auf einen Abschiedssekt mit deiner Schwester?*

Im Anschluss an die Nachricht kam noch ein Foto. Natürlich ein Selfie. Es zeigte Nora neben Kalle vor einer Wand, die voll mit gerahmten Fotos war. Frida vergrößerte die Ansicht auf ihrem Handybildschirm und betrachtete die Bilder, die bei Kalle Diekmann im Korridor hingen. Die meisten von ihnen zeigten Lasse als Kind oder Jugendlichen. Frida nickte anerkennend. Er war ein hübscher Junge gewesen. Aber es waren auch mehrere Bilder von Kalle und den Hansens darunter. Eines schien recht aktuell zu sein, denn es zeigte den Kalle Diekmann, den Frida auch kannte. Mit weißem Haar und wettergegerbter Haut. Daneben stand Konrad Hansen. Hinter ihnen sah man das Meer. Den kleinen Hendrik hatten sie in ihre Mitte genommen. Das Bild konnte nicht älter als ein oder zwei Jahre sein. Erst bei genauerem Hinsehen fiel Frida auf, dass Kalle und Hansen sich jeweils auf einem Boot abstützten. Die beiden Boote tauchten nur zu einem kleinen

Teil am unteren Bildrand auf. Doch es bestand kein Zweifel daran, dass es zwei waren. Und sie waren beide hellblau. Hatte Diekmann nicht gesagt, er hätte ein hellblaues Boot besessen, das er Hansen vermacht hatte? Wem gehörte dann das zweite?

Hatte Kalle Diekmann sie belogen?

35. Kapitel

Lilo Petersen saß in mehrere Decken eingewickelt auf der Terrasse ihrer Strandvilla auf dem Graswarder. Ihr leerer Blick war auf das dunkelblaue Meer gerichtet, auf dem sich die Schaumkronen wie dicke Wollschnüre immer wieder neu kräuselten. Plötzlich spürte sie eine Hand auf ihrer Schulter. Sie zuckte zusammen.

»Hab ich dir einen Schreck eingejagt?«, fragte Sobczak.

»Und wenn schon«, erwiderte Lilo, ohne ihn anzusehen. »Würde es dich kümmern?«

Er ging um den Korbsessel herum und baute sich vor ihr auf, als wolle er ihr absichtlich die Sicht auf die Ostsee versperren. »Sie haben dich verhaftet und wieder freigelassen?«

»Warum fragst du mich das, wenn du es längst weißt?«, entgegnete Lilo und wischte sich ein paar Haarsträhnen aus dem Gesicht. »Was willst du hier?«

»Was ist los mit dir?« Sobczak blickte sie durchdringend an. »Warum haben Sie dich festgenommen?«

»Warum wohl?« Lilo vergrub ihr Kinn in den Decken.

»Hat dich die Polizei des Mordes an meinem Sohn verdächtigt?«, fragte Sobczak weiter.

»Ich denke schon«, antwortete Lilo. In ihrer Stimme lagen Trotz und Verzweiflung. Warum löcherte sie Jürgen mit seinen Fragen? Hatte sie nicht schon genug erlitten?

»Ich weiß, dass du eine Affäre mit Leo Hansen hattest.« Sobczak lächelte. »Die Betonung liegt auf *hattest*.«

Ein eisiger Schauer lief Lilo über den Rücken. Woher wusste er das? Sie merkte, wie sie unter ihren Decken zu zittern begann. »Was willst du von mir?«

»Glaubst du, dass ich dich so einfach davonkommen lasse?«, schrie Sobczak plötzlich und richtete seinen Zeigefinger auf sie. Lilo sah, dass er auch zitterte. Bei ihm war es das Alter, bei ihr jedoch die Angst. »Du hast Knut auf dem Gewissen!«

»Was redest du da?«, erwiderte Lilo und sah ihm in seine stumpfen, kalten Augen. »Ich habe nichts mit seinem Tod zu tun.«

»Du hast es mehrfach versucht«, rief Sobczak. »Und dabei hast du in Kauf genommen, dass es Bjarne trifft.«

»Unsinn!«, protestierte Lilo.

»Vielleicht hast du dir nicht die Finger schmutzig gemacht. Aber du hast diesen Leo Hansen dahin getrieben, meinen Knut zu ermorden. Gib es schon zu!«

»Lass mich in Ruhe!« Lilo wandte sich ab. »Sonst ...«

»Ach, jetzt drohst du mir, ja?«, entgegnete Sobczak wütend. »Meinst du, dass ich dich so einfach davonkommen lasse? Glaubst du, du kannst meine komplette Familie auslöschen und dir dann das Erbe mit deinem Komplizen teilen, wenn er in ein paar Jahren wieder rauskommt?«

»Du redest wirres Zeug«, erwiderte sie. »Weder Leo noch

ich haben etwas mit dem Tod von Knut oder Bjarne zu tun. Und wenn du mich nicht augenblicklich in Ruhe lässt und von hier verschwindest, rufe ich die Polizei. Außerdem gehe ich mit deiner Vergangenheit an die Öffentlichkeit.«

Sobczak lachte laut. »Du glaubst, dafür interessiert sich jemand?«

»Ich weiß, dass es irgendwo eine Akte über dich gibt. Leo hat mir davon erzählt. Er hat sie vor vielen Jahren einmal in der Hand gehalten.«

»Diese Akte will ich sehen. Glaubst du wirklich, irgendjemanden würden Dinge interessieren, die fünfzig Jahre her sind?«, entgegnete Sobczak.

Jetzt richtete Lilo sich auf. Die Decken ließ sie achtlos auf den Boden gleiten. Langsam ging sie zur Terrassentür des Hauses und zog ihr Telefon aus der Hosentasche. »Ich rufe die Polizei.«

Sobczaks Blick war plötzlich weicher geworden. Offenbar gedachte er, seine Strategie zu ändern. »Du hättest alles haben können, Lilo. Noch ist es nicht zu spät. Komm mit nach Sylt!«

»Du bildest dir etwas ein, das es nie gegeben hat. In deiner kranken Fantasie wollte ich mit dir zusammen sein, aber das ist Unsinn. Ich finde dich widerlich. Das habe ich immer schon getan. Und jetzt lass mich in Ruhe!«

Sobczaks Miene war ausdruckslos, und Lilo konnte nicht erkennen, ob sie ihn mit ihrer Offenbarung gekränkt hatte. Langsam verließ Sobczak die Terrasse.

Bevor er aus Lilos Blickfeld verschwand, drehte er sich noch einmal um. »Das wirst du bereuen.«

36. Kapitel

Das Reetdach schmückte eine löchrige Mütze aus Moos, und auf die Klinkersteine hatten Wetter und Zeit ein paar Aquarelle aus Grünspan gepinselt. Ein Rosenstrauch zog sich misstrauisch an einem windschiefen Spalier hoch, das sich mit letzter Kraft an der Hauswand festklammerte. Diekmanns Haus war einmal in robuster norddeutscher Bauweise gefertigt worden. Doch mittlerweile machte es einen maroden Eindruck. Aus irgendeinem Grund war Frida von diesem Anblick überrascht. Sie sah auf ihr Handy. Deniz hatte ihr immer noch nicht geantwortet. Dann musste es auch so gehen.

Als sie die Klingel drückte, drangen Stimmen aus dem Hausinneren. Dann ertönte ein Lachen. Die Tür öffnete sich, und Kalles freundliches Gesicht erschien.

»Moin! Kommen Sie herein, Frau Kommissarin! Essen ist gleich fertig.«

»Danke. Ich war gerade in der Nähe, und da dachte ich mir, ich könnte meiner Mutter an ihrem vorletzten Tag in Deutschland noch einmal Gesellschaft leisten«, entschuldigte sich Frida, die sich erst vor einer halben Stunde per Telefon bei den beiden angekündigt hatte.

»Das sind ja ganz neue Töne von meiner Frida«, rief ihre Mutter, die im Korridor auftauchte. In der Hand hielt sie ein Sektglas. »Hello, Darling!«

»Ich muss rasch wieder in die Küche zurück«, bemerkte Kalle und verschwand. »Die Suppe ist noch nicht ganz fertig.«

»Lassen Sie sich nicht aufhalten«, erwiderte Frida und sah sich um. Es dauerte nicht lange, und sie erblickte das Foto, das die beiden hellblauen Boote zeigte.

»Schätzchen, lass uns doch auch in die Küche gehen. Du hättest den Herrn Diekmann mal sehen müssen, wie er den Fisch filetiert hat. Der versteht sein Handwerk«, sagte Nora. »Und wie das duftet!«

»Wirklich köstlich«, entgegnete Frida. Der Geruch von Fischsuppe durchströmte das Haus. Allerdings erkannte Frida auch eine ungewohnte Note. Es roch irgendwie exotisch. »Ich komme gleich nach. Muss schnell noch eine Nachricht schreiben.«

Als ihre Mutter auch in der Küche verschwunden war, trat sie an das Foto heran und nahm es von der Wand. Kalle Diekmann hatte behauptet, er hätte sein hellblaues Boot an Konrad Hansen vermacht. Warum tauchten auf diesem Foto plötzlich zwei hellblaue Boote auf?

Als Frida hörte, wie Nora und Kalle in der Küche miteinander scherzten, entschied sie, dass der Moment für eine kleine Wohnungsbesichtigung geeignet schien. Rasch ging sie ins Wohnzimmer, in dem sich auch die Essecke befand.

Der Tisch war für zwei Personen gedeckt. Auch hier hingen etliche Bilder. Sie zeigten überwiegend Küstenlandschaften. Die Steilküste, den Timmendorfer Strand, den Graswarder, die Insel Fehmarn. Frida trat an ein schmales Bücherregal. Ihr stachen sofort zahlreiche Titel über die DDR ins Auge. Dann stieß sie auf einen Namen, der ihr bereits begegnet war: Johann Bänder. War das nicht der verrückt gewordene Geschichtsprofessor? Der Titel des Buches lautete *Die Staatssicherheit an der innerdeutschen Grenze*. Frida nahm den Band in die Hand. Ein Geschenk? Sie schlug das Buch auf und entdeckte einen vergilbten Briefumschlag, der an Karl Diekmann adressiert war. Der Poststempel war auf 2004 datiert. Behutsam zog sie ein mehrfach gefaltetes braunes Blatt aus dem Umschlag. Dann ertönte die Stimme ihrer Mutter hinter ihr.

»Essen ist fertig!«

Rasch ließ Frida das Blatt in ihrer Tasche verschwinden. Umschlag und Buch stellte sie wieder ins Regal zurück. Als sie sich umdrehte, stand Kalle in der Wohnzimmertür. In den Händen hielt er eine dampfende Suppenterrine. Ihr schien, als würden seine eiskalten Augen den Inhalt ihrer Tasche durchleuchten.

»Interessante Bücher«, murmelte Frida verlegen.

»Das hätten Sie nicht von einem einfachen Fischverkäufer erwartet, nicht wahr?«, fragte Kalle. In seiner Stimme lag ein ungewohnt gehässiger Unterton. »Tja, ich sehe vielleicht dumm aus, aber das ein oder andere Buch habe ich auch gelesen.«

Nora zog die Augenbrauen hoch, während sie das Gedeck für Frida auflegte. Auch sie schien überrascht zu sein von Kalles neuem Tonfall. Das war nicht der warmherzige Mann der vergangenen Tage, sondern eher ein streitsüchtiger Alter. Was war bloß in ihn gefahren?

»Ach ja?«, entgegnete Frida.

»Ich habe sogar ein Buch über den letzten Leuchtturmwärter von Dahmeshöved«, erzählte Kalle und stellte die Terrine auf dem Esstisch ab.

»Ja, ja, das können wir uns später anschauen«, sagte ihre Mutter ungeduldig. »Jetzt lasst uns erst mal essen.«

»Nein, das würde ich euch ganz gerne jetzt zeigen«, insistierte Kalle, schob Frida mit sanftem Druck in Richtung Esstisch und ging zum Regal. »Setzen Sie sich doch!«

Frida nahm Platz, sah jedoch aus den Augenwinkeln, wie Kalle mit der einen Hand ein Büchlein aus dem Regal beförderte. Mit der anderen schob er den Band des Professors unauffällig nach hinten durch. Als Kalle sich umdrehte, starrte er auf ihre Tasche. Hatte er gesehen, wie sie das Blatt eingesteckt hatte?

»Hier!«, rief Kalle und hielt Nora das Buch hin.

Ihre Mutter streckte interessiert die Hand aus, nahm den schmalen Band jedoch nur entgegen, um ihn sogleich wieder wegzulegen. Anschließend erhob sie ihr Glas. »Lasst uns endlich anstoßen!«

»Es duftet wirklich lecker«, pries Frida den Koch. Vielleicht hellte sich seine Stimmung ja durch das Lob wieder ein wenig auf.

»Bouillabaisse«, erklärte Kalle. Das Ablenkungsmanöver

schien geglückt zu sein. »Dafür eignet sich das Petermännchen wirklich hervorragend.«

»Der Karl hat die Suppe mit Pastis abgeschmeckt«, sagte Nora. »Das kannte ich noch gar nicht.«

»Ach, jetzt weiß ich auch, wo der Anisduft herkommt«, erwiderte Frida.

»Anis, Fenchel, Orangenschale, Safran, Knoblauch«, zählte Kalle auf. »Das sind die wichtigsten Zutaten. Hat mir ein Franzose verraten, der vor Jahren mal bei mir am Fischkutter war.«

»Knoblauch«, rief Nora aus und schlürfte den ersten Löffel Suppe. »Oho!«

»Und es ist nicht gefährlich, die Giftstacheln von dem Fisch zu entfernen?«, erkundigte sich Frida, während sie vorsichtig den Löffel an ihre Lippen führte.

»Ich habe ihn ohne gekauft«, antwortete Kalle. »Aber eigentlich sind die Stacheln kein Problem. Man trennt sie einfach mit dem Kopf zusammen ab.«

»Und falls doch mal einer in die Suppe fällt«, fragte Nora ihn und kicherte verlegen. »Was dann?«

»Dann passiert gar nichts. Denn das Gift ist nicht hitzebeständig. Deswegen nehmen Angler oft auch eine Thermoskanne mit heißem Wasser mit, wenn sie auf Petermännchen-Fang gehen. Falls sie gestochen werden, übergießen sie die Stelle. Dadurch verliert das Gift seine Wirkung«, erklärte Kalle und lachte seltsam aufgesetzt. Sein Blick heftete sich neugierig auf Fridas Gesicht.

»Schmeckt wirklich vorzüglich, Ihre Bouillabaisse, Herr Diekmann«, lobte die Ermittlerin erneut und versuchte, ihre

Nervosität zu verbergen, da sie immer noch auf eine Nachricht von Deniz wartete. Ihre Mutter wiederholte das Lob für die Suppe, worauf Kalle Diekmann lächelnd nickte und sich über das Kochen und den Fischfang in der Ostsee ausließ.

»Entschuldigen Sie mich«, sagte Frida plötzlich, als sie den Vibrationsalarm ihres Handys in der Hosentasche spürte. Endlich! »Ich muss kurz ein Telefonat führen. Bin gleich wieder da.«

Mit einem aufgesetzten Lächeln stand sie auf und begab sich in den Flur. Zuerst las sie die Nachricht. Mist! Es war nur ihre Schwester Thea gewesen. Warum ließ Deniz sich so lange Zeit? Dann zog sie das braune Stück Papier aus ihrer Umhängetasche und faltete es auf. Es handelte sich um einen maschinegeschriebenen Text, der aus einem einzigen Absatz bestand. Die unsauber hingestanzten Buchstaben waren teilweise aus den Zeilen gerutscht. Oben rechts war ein viereckiger Stempel zu sehen, der eine Abfolge aus Ziffern und Buchstaben beinhaltete. Daneben gab es mehrere unleserliche handschriftliche Notizen. Über dem Text stand *Verhör Erich Böckler*. Frida warf einen Blick in Richtung Wohnzimmer und begann anschließend, den Text zu lesen.

Der unehrenhaft aus der Nationalen Volksarmee entlassene Fähnrich Erich Böckler wich in mehreren Gesprächen mit Vorgesetzten nicht von seiner bereits vorher im familiären und beruflichen Umfeld verbreiteten Verleumdung des Oberst Sobczak ab. Dieser sei bei mindestens vier Streifenfahrten der ›6. Grenzbrigade Küste‹ in den Jahren 1977–1980 auf der Mecklenburger Bucht als Kontrolloffizier des Ministeriums für

Staatssicherheit zugegen gewesen und habe den verantwortlichen Steuermann wiederholt dazu angehalten, das Streifenschiff über mehrere flüchtende Personen zu steuern. Diese seien dadurch zu Tode gekommen. Fähnrich Böckler konnte bei seinem Verhör weder Beweggründe dieser angeblichen Taten Sobczaks noch Beweise für seine Behauptungen nennen. Der Untersuchungsführer empfiehlt aufgrund des Strafbestandes der Verleumdung, der Staatsfeindlichen Hetze und der Öffentlichen Herabwürdigung der staatlichen Ordnung die Überstellung Böcklers an das Militärobergericht Neubrandenburg.

Nachdem Frida den Text noch ein zweites Mal gelesen hatte, verstaute sie das Blatt in ihrer Tasche und zog ihr Handy hervor. Endlich war die Nachricht von Deniz gekommen. Ihr stockte der Atem, als sie sie öffnete. Auf einmal erschien alles einen Sinn zu ergeben.

37. Kapitel

Der Erste Hauptkommissar Thilo Björnsen saß im Verhörzimmer R 104 in der JVA Lübeck und wunderte sich, dass die Wände tatsächlich grau gestrichen waren. Damit hatten sie die gleiche Farbe wie das Gesicht des Mannes am anderen Ende des Tisches, aber auch wie der Tisch selbst, die Stühle, die schmale Aktenmappe und sogar die Tasse, die ihm der freundliche Kollege von der Justiz hingestellt hatte. Streng genommen sah sogar der Kaffee darin irgendwie grau aus. JVA-Kaffee, dachte Björnsen. Und nahm einen Schluck.

»Nun, Herr Hansen«, meinte Björnsen an den Verdächtigen gewandt. Direkt nach der kurzen Dienstbesprechung war der Hauptkommissar in die JVA Lübeck gefahren, um Leo Hansen zu verhören. Er wollte sich einen eigenen Eindruck von diesem angeblichen Doppelmörder verschaffen. »Warum haben Sie die Taten gestanden?«

»Weil ich es war.« Die Antwort kam, ohne dass Hansen überhaupt seine Lippen bewegt hatte. Sein Gesicht wirkte hölzern wie eine Maske, die grauen Haare hingen ihm wie loses Reet über die Schultern.

»Warum?«, fragte Björnsen weiter.

»Was wollen Sie noch?«, fragte Hansen zurück. Ein schwaches Zucken ging durch seinen Körper. Als wollte er jeden Moment wieder aufstehen und sich in die Zelle bringen lassen. »Geben Sie sich damit zufrieden.«

»Ist das ernsthaft alles?«

»Sehe ich so aus, als würde ich Spaß machen?« Hansen stützte sich mit den Armen auf dem Tisch ab, stand auf und drehte sich zu dem Justizbeamten. »Ich will zurück.«

»Wissen Sie, dass Ansgar vermutlich auch ermordet wurde?«, fragte Björnsen

»Ich habe es gehört«, flüsterte Hansen. »Jetzt lassen Sie mich gehen.«

Björnsen musterte den muskulösen Oberkörper des Mannes. Was hielt den Hansen so fit? Lag es an seinem Sohn Hendrik? Ein hartes Los, dachte er. Der Hauptkommissar stellte sich vor, er säße an Hansens Stelle auf der anderen Seite dieses Tischs. *Na klar*, schoss es ihm durch den Kopf. Wieso war er nicht schon früher daraufgekommen?

»Haben Sie schon etwas von Ihrem Jungen gehört, seitdem Sie hier sind?«, erkundigte sich Björnsen.

Hansen drehte sich um und sah ihm direkt in die Augen. »Ist das eine Masche von Ihnen?«

»Ich bin auch Vater«, erwiderte Björnsen mit warmer Stimme. In dem Moment, in dem er die Worte ausgesprochen hatte, wusste er, dass sie überzeugend gewesen waren. Diese vier Worte waren so stark, dass sie selbst ihm einen Schauer über den Rücken jagten. »Wenn Sie wollen, arrangiere ich Ihnen morgen früh einen Besuch. Versprochen.«

Hansen wandte sich ihm zu. Den Blick auf die Tischplatte geheftet, stand er da. Er holte tief Luft. »Das würde mich freuen.«

»Abgemacht.« Björnsen bedeutete dem Justizbeamten mit einem Blick, er möge ihn mit dem Verdächtigen allein lassen. Der Mann nickte und verließ das Zimmer. »Welche Beziehung haben Sie zu Lilo?«

»Wir wollten mal heiraten«, erwiderte Hansen. »Ein paar dumme Zufälle haben uns auseinandergerissen. Dann kam Knut, und sie hat sich für ihn entschieden, um ihrer schwer kranken Tante finanziell helfen zu können. Schon nach kurzer Zeit hat sie gemerkt, dass der Kerl zwar die Geldsorgen ihrer Familie beendet hatte, sie ihn aber nicht liebte. Er sie übrigens auch nicht. Knut hatte nur seine Gewinne im Kopf. Schließlich sind Lilo und ich also wieder zusammengekommen. Heimlich, natürlich.«

»Herr Hansen, haben Sie ein falsches Geständnis abgelegt, weil Sie Lilo für die Mörderin halten?«, fragte Björnsen. Ihm war klar geworden, dass Hansen davon ausging, Lilo hätte die Taten begangen. Alle drei Morde.

»Ich würde alles für Lilo tun.« Hansen setzte sich hin.

»Aber wenn Lilo unschuldig ist, dann haben Sie sich völlig umsonst in diese Lage gebracht«, erklärte Björnsen. »Sie helfen damit weder ihr noch sich selbst. Und uns schon gar nicht.«

»Ansgar hat Lilo erpresst«, sagte Hansen. »Sie musste sich wehren.«

»Sie mögen recht haben, Herr Hansen. Das Dumme ist nur, dass Sie jetzt hier drinnen sitzen und wir trotzdem noch nicht so richtig wissen, wie genau die Taten abgelaufen sind.

Es wäre gut, wenn Sie uns irgendein Detail nennen könnten. Können Sie das?«

Hansen schüttelte den Kopf.

»Wie steht es mit dem roten Handtuch? Können Sie mir verraten, wie es in Ihren Kofferraum gelangt ist?«, fragte Björnsen weiter nach.

»Was für ein rotes Handtuch? Ich weiß nicht, wovon Sie sprechen.«

Björnsen kniff die Augen zu schmalen Schlitzen zusammen. Was wusste dieser Mann wirklich?

• • •

Kramer und Sobczak lehnten an der Motorhaube des Mercedes AMG, mit dem der Immobilienhändler gekommen war. Kramers Dienstwagen stand einige Meter dahinter. Den Treffpunkt am Großen Eutiner See hatte Sobczak vorgeschlagen. Die beiden Männer blickten auf die Wasseroberfläche, auf der sich zwischen ein paar Wolken das Eutiner Schloss spiegelte, das an der gegenüberliegenden Seeseite thronte. Am Ufer schimpfte eine Spaziergängerin mit ihrem Rhodesian Ridgeback. Ein paar Nebelkrähen zogen laut krächzend über sie hinweg.

»Schön, dass du noch gekommen bist, Ronny«, sagte Sobczak, ohne den Blick vom See abzuwenden. »Wie läuft die Arbeit?«

»Der Seiffert steht voll und ganz hinter mir«, erwiderte Kramer. »Zum Glück!«

Sobczak nickte ganz leicht und zwinkerte kaum wahrnehmbar mit nur einem Auge. Seine Mimik hatte etwas Gönnerhaftes, aber ihr wohnte auch eine gewisse Bedrohlichkeit inne. »Du hast ja auch gute Arbeit geleistet und den Mörder gefunden. Das hast du doch, nicht wahr?«

»Natürlich! Leo Hansen war es«, entgegnete Kramer. »Er hatte eine Affäre mit Lilo.«

Mit den Augen verfolgte Sobczak ein Reiherentenpärchen. Das braune Weibchen schwamm voraus, und das schwarz-weiß gefiederte Männchen mit den langen Schopffedern folgte ihm, wobei es sich immer wieder nervös umblickte, um Ausschau nach einem Rivalen zu halten, der nicht weit von ihm aufmerksam seine Kreise zog.

»Hör zu, Ronny!« Sobczaks Stimme hatte einen nervösen Klang angenommen. »Ich weiß nicht, ob du mich richtig verstanden hast. Mir geht es nicht darum, dass du mir irgendeinen armen Trottel als Mörder präsentierst. Ich will, dass du den echten Täter findest.«

»Aber Leo Hansen ist der echte Mörder«, protestierte Kramer. »Er hat die Taten gestanden, und wir haben Beweise gegen ihn.«

»Ich höre aber anderes«, entgegnete Sobczak. »Der Leiter der Mordkommission hat erhebliche Zweifel daran, dass Leo Hansen der Täter ist. Ein kompletter Vollidiot wird der Mann ja wohl auch nicht sein.«

»Björnsen?«, fragte Kramer. »Das ist ja kein Wunder. Er will nicht wahrhaben, dass ich den Fall allein gelöst habe. Er wollte mich nicht in der Mordkommission haben, und jetzt muss er einsehen, dass er einen Fehler gemacht hat.«

Sobczak warf Kramer einen durchdringenden Blick zu.

»Sein Fehler bestand darin, nicht erkannt zu haben, wie genial du bist. Meinst du das?«

»Was soll das, Jürgen? Ich habe dir doch geliefert, was du haben wolltest.« Der Oberkommissar verstellte seine Stimme ein wenig. Sie klang jetzt nicht mehr ganz so unterwürfig. »Oder etwa nicht?«

»Wenn ich herausfinde, dass du mich hinters Licht geführt hast, werde ich sauer. Ich wollte den echten Mörder. Auch wenn dieser Leo Hansen es verdient hätte, den Rest seines Lebens hinter Gittern zu schmoren.«

»Wusstest du, dass Hansen schon mit Lilo zusammen war, als sie und Knut sich noch nicht kannten?«, fragte Kramer sein Gegenüber und verspürte ein Stechen in der Brust. »Der Hansen hat sie sich geangelt, als sie gerade neunzehn war. Das Dreckschwein ist fünfzehn Jahre älter als sie.«

»Ich weiß«, pflichtete Sobczak ihm bei, ging ein paar Schritte und drehte sich zu Kramer um. »Aber der Altersunterschied ist mir egal. Mich stört, dass sie mit einem dicken Erbe davonmarschiert. Es ist ja letztlich nicht einmal Knuts Geld, das sie erbt. Es ist mein eigenes.«

»Dann ist es vielleicht ganz gut, dass sie nach Ansgars Tod wieder in den Fokus der Ermittlungen rückt«, erwiderte Kramer voller Bitterkeit.

38. Kapitel

Als Frida sich wieder an den Tisch gesetzt hatte, begegneten ihre Augen Diekmanns kaltem Blick. Nora schien nichts von der Spannung zu spüren und plauderte fröhlich weiter.

»Haben Sie alles geklärt?«, erkundigte sich Kalle.

»Ja, alles erledigt. Sie können sich sicher denken, dass man bei der Kriminalpolizei nie so richtig freihat«, erwiderte Frida.

»Meine Frida war schon immer ein fleißiges Bienchen«, bemerkte ihre Mutter und gab ein gekünsteltes Lachen von sich. Die Ärmste, dachte Frida. Sie weiß nicht, was hier gerade vor sich geht.

»Nun erzählen Sie mal, Frau Kommissarin! Was hat Sie denn eigentlich nach Neukirchen verschlagen? Wie kam denn Ihr spontaner Besuch hier zustande? Geht es um die Petersen-Morde?«, fragte Kalle sie plötzlich. Frida sah, dass seine Hände zitterten.

»Gut, dass Sie mich das fragen, Herr Diekmann«, antwortete Frida. »Ich habe bei Ihnen im Flur ein Foto hängen sehen, auf dem Sie, Konrad Hansen und der kleine Hendrik abgebildet sind. Mich hat gewundert, dass darauf zwei hellblaue Boote zu sehen sind. Das Bild ist noch nicht so alt, nicht wahr?«

»Ich glaube, ich weiß, welches Sie meinen.« Kalle schluckte und nestelte an seinem Hemdkragen herum. »Es stammt aus dem letzten Jahr.«

»Darf ich fragen, wem diese Boote gehören?«, fragte Frida weiter und musterte ihr Gegenüber aufmerksam. Neben ihr holte Nora ihr Smartphone hervor und begann, darauf herumzuwischen.

»Eins gehört mir, und eins gehört Hansen«, antwortete Kalle, als hätte er nie etwas anderes behauptet. »Wieso?«

»Hatten Sie nicht gesagt, Sie hätten Ihres an Hansen verkauft?«

»Ja, eins habe ich verkauft und eins besitze ich noch selber.«

Der machte es sich aber einfach, dachte Frida. Vermutlich hatte er sich den dänischen Blondschopf auch nur ausgedacht, um sie auf eine falsche Fährte zu führen. Ein Schönling, der sich gut mit Fisch auskannte. Das wäre der perfekte Liebhaber für den Giftmord an Petersen gewesen. Frida entschied sich dazu, zum Angriff überzugehen.

»Wer ist Fähnrich Böckler?«, fragte sie den Fischverkäufer. Ihre Frage musste ihn so unvorhergesehen wie ein Möwenschiss getroffen haben. Sein Blick begann zu flackern und wanderte zu Nora, die immer noch in ihr Handy vertieft war, das Ticken der Wanduhr erfüllte den Raum, draußen bellte irgendwo ein Hund. Frida spürte, wie die Innenflächen ihrer Hände langsam feucht wurden.

»Soweit ich weiß, ist Fähnrich Böckler tot«, antwortete

Kalle schließlich. »Er ist an den Folgen einer dreijährigen Haft in Rostock gestorben. Misshandelt und gepeinigt von den Folterknechten des kommunistischen Unrechtsregimes.«

Nora blickte überrascht auf, als sie Kalle so reden hörte.

»Warum hassen Sie die DDR denn eigentlich so?«, fragte Nora plötzlich. Frida nickte anerkennend. Die Frage ihrer Mutter gefiel ihr.

»Weil sie mir alles genommen hat«, antwortete Kalle.

»Wer genau hat Ihnen alles genommen?«, erkundigte sich Frida. »Und was hat Jürgen Sobczak damit zu tun?«

Kalle Diekmann nahm seinen Löffel in die Hand und begann, ihn zwischen seinen Fingern zu drehen. Frida sah, wie sich seine Mundwinkel langsam nach unten neigten. Als ob er etwas Bitteres auf der Zunge hätte. Ein medizinisches Tonikum oder ein Stück Vergangenheit.

»Das kann ich Ihnen leider nicht sagen.« Kalle Diekmann rutschte verlegen auf seinem Stuhl hin und her.

»Glauben Sie an das, was jener Fähnrich Böckler behauptet hat? Halten Sie es für möglich, dass Sobczak das Leben unschuldiger Menschen auf dem Gewissen hat?« Frida kam auf das Dokument in ihrer Tasche zu sprechen. Nora legte die Stirn in Falten. Dann sah sie auf ihr Handy, als ob sich dort des Rätsels Lösung finden ließe.

»Sie hätten das Buch von Professor Bänder nicht aufschlagen dürfen«, rief Kalle plötzlich und sprang auf. Nora erschrak so sehr, dass ihr das Telefon aus der Hand glitt und dumpf auf dem Boden aufschlug. Noch ehe sie sich bücken konnte, war Frida bei ihr. Sie zog ihre Mutter vom Stuhl hoch und schob sie hinter sich. Kalle Diekmann stand auf der anderen Seite des Tischs. In seiner Hand blitzte ein Messer.

»Bleiben Sie ganz ruhig«, entgegnete Frida und hob ihre Hände langsam hoch. Nora rang hinter ihr nach Luft. »Und legen Sie das Messer weg!«

»Es tut mir leid, Nora«, sagte Kalle.

»Was tut dir leid?« Fridas Mutter schien jetzt doch ihre Stimme wiedergefunden zu haben. Sie klang mehr empört als ängstlich. »Dass du dich hier benimmst wie ein Halunke aus der Gosse? So ein charmanter Mann! Und dann macht er so etwas! Ich fasse es nicht. Worum geht es hier überhaupt? Kann mir das mal einer verraten?«

»Was wollen Sie mit dem Messer?«, fragte Frida Kalle mit ruhiger Stimme. »Legen Sie es bitte weg!«

»Telefone auf den Tisch, und ab in den Korridor«, forderte Kalle sie auf. »Und die Taschen bleiben auch hier!«

»Tu, was er sagt, Mama!«

»Umdrehen und los!«, insistierte Kalle.

Nachdem Frida Telefon und Tasche auf dem Tisch abgelegt hatte, nahm sie ihre Mutter an die Hand und ging mit ihr in den Flur. Hinter sich hörte sie Kalles erregten Atem. Seltsamerweise verspürte sie keine Angst. Im Kopf ging sie die Handgriffe durch, die sie benötigen würde, um den Alten zu entwaffnen. Und wenn sie allein mit ihm gewesen wäre, hätte sie dieses Risiko wohl auch auf sich genommen. Aber sie tat es nicht, weil sie ihre Mutter nicht gefährden wollte.

Bei dem Gedanken daran, dass sie Nora vor diesem

Mann schützen musste, erfüllte sie ein eigenartiges Gefühl. Sie sah ihre schmalen Schultern vor sich und wusste, dass sie gerade für einen kurzen Augenblick eine unendliche Zärtlichkeit für ihre Mutter empfunden hatte.

»Ab ins Bad!«, befahl Kalle.

Frida und Nora befolgten Kalles Anweisung und betraten ein winziges Gäste-WC neben der Eingangstür. Die Tür flog mit einem lauten Knall hinter ihnen zu. Frida hörte, wie Kalle von draußen den Schlüssel im Türschloss herumdrehte.

39. Kapitel

Über ihm spielte der Wind sein leises Lamento in der noch blattlosen Erle. Eine seltsame Stille hatte sich wie ein unsichtbarer Riese über die Straße gelegt. Langsam ging Kalle zu dem Wagen, der in der Einfahrt stand. Er warf einen Blick auf die Rückbank, um sich zu versichern, dass die lederne Tasche sich noch dort befand, wo er sie abgelegt hatte. Sie enthielt alles, was er von nun an brauchen würde. Es war so weit. Jetzt würde er verschwinden. Fast so, wie er es schon einmal getan hatte.

»Lade niemals eine Polizistin zu dir nach Hause ein«, flüsterte er und schmunzelte. »Und am besten auch keine ihrer Familienangehörigen.«

Als er am Steuer saß, sah er im Rückspiegel die Fassade seiner Garage. Er selbst hatte sie gebaut, als er von Dahmeshöved hierhergezogen war. Ein neblig-trübes Fenster, die Landkarte abgebröckelten Putzes und ein paar Dachziegel, die altersschwach an der Wand lehnten. Daneben das heruntergekommene Haus, das er als junger Republikflüchtling bezogen hatte, in dem Lasse groß geworden war. Nun wirkte es wie ein Zeugnis, das ihm die Zeit über sein Leben ausgestellt hatte. Nicht bestanden!

Seit Lasses endgültigem Auszug vor fast zehn Jahren hatte Kalle Haus und Grundstück sich selbst überlassen. Auch, weil er das Geld für andere Dinge benötigt hatte. Wertlose Jahre. Weil Kalle sie in Einsamkeit verbracht hatte.

Lasses Mutter war längst aus seinem Leben geflohen. Kalle hatte sich bemüht, noch einmal jemanden zu finden. Aber irgendwann gingen einem auch dafür die Versuche aus. Dann blieb man allein.

Allein waren auch diejenigen, die ihren Schmerz nicht teilen konnten, außer mit dem Papier. So wie Kalle. Sein Sohn war der Mensch, der ihm immer am nächsten gestanden hatte. Und doch war auch er unendlich weit weg gewesen. Weil Kalle es nie vermocht hatte, sich ihm anzuvertrauen. Ein halbes Leben hatte er damit gewartet, ihm alles zu sagen. Oder ihm den Text zu lesen zu geben, den er sich aus dem Herzen geschrieben und dann hatte verbrennen lassen. Nun hatte er den richtigen Moment um ein paar Minuten verpasst. Aber so konnte es gehen. Ein Augenblick hatte schon immer ausgereicht, um ein ganzes Leben zunichtezumachen.

Doch er musste sich nichts vormachen. Sein Unglück hatte damit begonnen, dass er seine Frau zu der wahnwitzigen Flucht über die Ostsee überredet hatte. Der Tod seiner kleinen verletzlichen Familie lastete schwer auf seinem Gewissen. Die Schuld hatte er in jahrelanger apathischer Stille zu ersticken versucht und sie dabei wie in einer Inkubationskammer in Hass transformiert. Hass auf Sobczak, auf die

Ex-DDR, auf seine alte Heimat. Wie ein wildes Tier war das Verlangen nach Vergeltung in ihm erwacht. Diesem Biest hatte Kalle fortan alles untergeordnet. Sogar die Liebe zu seinem Sohn.

Und nun hatte er auch Lasse ein unumkehrbares Unglück zugefügt. Weil ihm die eigene Rachsucht wichtiger gewesen war. Weil er selbst sich wichtiger gewesen war. Weil man zu bestimmten Fehlern ein ganzes Leben lang verdammt ist und sie immer und immer wiederholt. Bis einem nur noch ein einziger Anruf blieb, der nichts mehr geraderücken würde.

Kalle befestigte sein Handy in der Halterung neben dem Lenkrad und wählte Lasses Nummer. Es klingelte, während er rückwärts ausparkte.

»Papa«, meldete sich Lasse. Seine Stimme klang anders als sonst. Irgendwie besorgt.

»Hast du einen Moment Zeit?«, erwiderte Kalle. »Ich muss kurz mit dir sprechen, mein Sohn.«

»Ich weiß, dass du das möchtest«, sagte der Kriminaltechniker. »Und ich bitte dich, nicht loszufahren.«

»Wovon sprichst du?«, fragte Kalle erschrocken und blieb in der Auffahrt stehen.

»Papa, ich wollte dich auch gerade anrufen«, erklärte Lasse.

Kalles Blick wurde starr. Was ging hier vor sich?

»Wo sind Frida und Nora?«, fragte Lasse.

»Sie sind im Haus.« Kalle hob langsam den Kopf. Jetzt sah er sie, die blau-silberne Schnauze eines Einsatzwagens am Ende der Straße.

»Geht es ihnen gut, Papa?« Lasses Stimme klang brüchig. Kalle richtete seine Augen auf die rechte Straßenseite. Dort sah er einen Pkw stehen. Auf dem Beifahrersitz glaubte er seinen Sohn zu erkennen.

»Was denkst du von mir, Lasse? Natürlich geht es ihnen gut. Wieso bist du hierhergekommen?«

»Frida hat uns benachrichtigt«, antwortete Lasse. »Ich möchte dich jetzt bitten, aus dem Auto zu steigen und die Hände zu heben. Bitte, Papa!«

»Ich weiß zwar nicht, was das soll. Aber wie du willst.« Kalles Stimme klang hart. Niemand sah, dass ihm eine Träne über die Wange kullerte. Dann stieg er aus dem Wagen.

Urplötzlich löste sich ein halbes Dutzend schwarzer Gestalten aus den Hecken am Straßenrand und bewegte sich lautlos auf Karl Diekmann zu. Zwei Männer griffen ihn an den Armen, drückten ihn zu Boden, tasteten ihn ab und fesselten ihn schließlich. Aus den Augenwinkeln sah Kalle, wie die Spezialkräfte in sein Haus eindrangen.

40. Kapitel

Unter ihnen glitzerte die Ostsee im Licht der Sonne, und über ihnen schwebten ein paar harmlose Wolken am blauen Himmel. Der Wind, der sanft über die Küste strich, mischte dem Geruch des Frühlings ein wenig herbes Seearoma unter. Frida kniff die Augen zusammen und atmete tief ein.

Seit Karl Diekmanns Festnahme war eine Woche vergangen. Lasse war bis auf Weiteres vom Dienst freigestellt worden. Frida hatte ihn von sich aus kontaktiert und zu einem persönlichen Gespräch überredet. Da Lasse vorübergehend zu einem Freund nach Travemünde gezogen war, hatten sie sich auf einen Spaziergang am Brodtener Steilufer verabredet.

Lasse hatte eine harte Woche hinter sich. Das LKA hatte ihn nicht nur zu seinem Vater vernommen, sondern auch seine Wohnung in Lübeck nach Hinweisen auf die Mordserie durchsucht. Obwohl der Fall weitgehend aufgeklärt war und Kalle Diekmann ein umfassendes Geständnis abgelegt hatte, stand der absurde Verdacht im Raum, dass Lasse möglicherweise von den Plänen seines Vaters gewusst haben könnte. Die Belastung musste unerträglich für Lasse sein.

»Der Verdacht gegen dich ist ein Skandal«, bemerkte sie.

»Mein Vater hat ein Bootsgestell manipuliert, ein Handtuch mit Gift präpariert, einen Drogencocktail gemischt, sich den Dänen ausgedacht, um uns in die Irre zu führen, und schließlich sogar noch einen Abschiedsbrief bei Ansgar deponiert, noch bevor wir die Observation begonnen hatten«, erwiderte Lasse. »Da kann man schon mal vermuten, dass ich irgendetwas mitbekommen habe.«

»Er muss Jahre an diesen Plänen gesessen haben.«

»Auf jeden Fall länger, als ich bei der Polizei bin«, entgegnete Lasse. »Da will man am liebsten hinschmeißen.«

»Heißt das, du willst aufhören?«, fragte Frida ihn.

»Ich habe darüber nachgedacht, aber ich liebe meinen Beruf zu sehr.«

Frida verspürte Erleichterung, als sie das hörte. »Wie ist es dir die letzten Tage so ergangen?«

»Ich habe mich die ganze Zeit gefragt, was in meinem Vater vorgeht«, entgegnete Lasse.

»Das kann ich dir leider auch nicht beantworten«, meinte Frida. »Aber ich kann dir erzählen, wie ich ihm auf die Spur gekommen bin.«

Lasse verzog das Gesicht. »Ich schätze, deswegen sind wir hier.«

»Alles fing auf unserem gemeinsamen Ausflug zum Leuchtturm Dahmeshöved an«, erklärte Frida. »Dort erzählte uns dein Vater von einem Streit mit Leo Hansen. Ein Streit mit unserem Hauptverdächtigen? Das machte mich neugierig. Und ich zog zum ersten Mal die Möglichkeit in Betracht, dass Kalle in Bezug auf das hellblaue Boot eine Falschaussage getätigt haben könnte. Einfach nur, um Leo Hansen zu schaden. Als mir meine Mutter ein Selfie aus Kalles Wohnung schickte und ich an der Wand ein Foto mit zwei hellblauen Booten ausmachte, war ich mir dann sicher, dass etwas an der Aussage deines Vaters nicht gestimmt hatte. Allerdings ging ich zu dem Zeitpunkt wirklich nicht davon aus, dass er der Mörder sein könnte. Ich nahm lediglich an, dass er den Verdacht auf die Familie Hansen gelenkt hatte, um an den Posten des Leuchtturmführers zu kommen.«

»Was die Stelle als Leuchtturmführer angeht, hast du gar nicht mal so falschgelegen«, pflichtete ihr Lasse bei. »Mir gegenüber hat mein Vater einige Male angedeutet, dass er den Hansen gern in der Aufgabe beerben würde.«

»Ein weiterer Baustein war die Zeugenaussage des Einwohners von Dahme, der einen alten Mann an dem Willkommensschild gesehen hatte«, erzählte Frida. »Als dem Zeugen einfiel, dass er ihn von dem Imbisskutter aus Heiligenhafen her kannte, meldete er sich bei Deniz. Daraufhin schickte Deniz mir eine Nachricht. Ich erhielt sie, als ich bei deinem Vater am Mittagstisch saß. Ich wusste also, dass Kalle an Ansgars Drogenversteck gewesen war. Und ich ahnte auch, warum.«

»Um Ansgar den tödlichen Drogencocktail unterzuschieben«, beendete Lasse den Gedanken laut.

»Mein Besuch bei deinem Vater nahm also ganz plötzlich eine unerwartete Wendung. Noch immer ging ich nicht davon aus, dass Kalle tatsächlich ein dreifacher Mörder sein könnte, aber mir war klar, dass er auf irgendeine Art in den Fall involviert war. Erst, als ich dann rein zufällig das Dokument aus dem Buch von Professor Bänder las, schickte ich Deniz eine Nachricht und bat ihn, unser System nach dem Namen Karl Diekmann zu durchforsten.«

»Er hat dann den Zeitungsartikel von 1977 in den Archiven gefunden, in dem von dem verstörten Mann berichtet wurde, der an der Küste von Kellenhusen an Land gegangen war und sich an nichts erinnern konnte«, meinte Lasse, der selbst bereits Kenntnis von dem Artikel hatte. »Meinem Vater.«

»Da ich ja bereits einige Indizien hatte, die gegen deinen Vater sprachen, benötigte ich nicht allzu viel Vorstellungskraft, um Sobczak und deinen Vater in Verbindung zu bringen«, erklärte Frida. »Zudem sprach die Tatsache für sich, dass ich das Böckler-Verhörprotokoll bei deinem Vater entdeckt hatte. Die Einzelheiten ergaben plötzlich ein sinnvolles Gesamtbild. Dein Vater war über die Ostsee geflohen und dabei zum Opfer des Kontrolloffiziers Sobczak geworden. Karl Diekmann und seine Familie waren es, von denen jener Fähnrich Böckler gesprochen hatte.«

»Warum stand in dem Zeitungsartikel, dass er einen Gedächtnisverlust erlitten hatte?«, fragte Lasse.

»Dafür gibt es zwei Erklärungen«, erwiderte Frida. »Die eine hat Kalle selbst uns geliefert, als er vor zwei Tagen ausgesagt hat, dass er sein Erinnerungsvermögen nach seiner Flucht erst allmählich wieder zurückgewonnen habe. Die andere ist, dass die Medien damals angehalten wurden, bei Fluchtgeschichten auf Details zu verzichten, um mögliche

Fluchthelfer in der DDR nicht zu gefährden. Welche die richtige ist, wissen wir nicht.«

»Er hat diese Ereignisse all die Jahre mit sich herumgetragen«, sagte Lasse. »Das hat ihn krank gemacht. Daher kamen seine depressiven Schübe.«

»Ich glaube, er hat sie niedergeschrieben«, sagte Frida plötzlich und holte tief Luft. Ihr Herzschlag beschleunigte sich und ihre Hände wurden feucht. »Ich habe seine Erinnerungen in der Hand gehalten. Wenige Stunden später sind sie verbrannt. Er muss es selbst gewesen sein.«

»Wovon sprichst du?« Lasse zog die Augenbrauen zusammen und hielt den Atem an.

»In der Nacht nach dem Mord an Bjarne habe ich den Nebenturm des Leuchtfeuers Dahmeshöved besucht und ein verstaubtes Büchlein gefunden«, erklärte Frida.

»Dort hatte mein Vater ein Zimmer. Aber das war noch vor meiner Geburt«, sagte Lasse.

»Das erklärt, wie das Buch dorthin gelangt ist«, erwiderte Frida nachdenklich. »Ich habe ein wenig darin geblättert. Es war dunkel und ich war unkonzentriert nach dem langen Arbeitstag. Viel ist nicht hängen geblieben. Aber ich kann mich an einen Jungen namens Lars erinnern. In der Geschichte überquert er mit seinen Eltern die Ostsee. Ich glaube, am Ende stirbt er.«

Frida hatte ihren Schritt verlangsamt und drehte sich zu Lasse. Besorgt forschte sie in seinem Gesicht. War zu ihm durchgedrungen, was sie gerade gesagt hatte? Jener Lars musste sein Bruder gewesen sein, verewigt in einer schriftlichen Erzählung, die in den Flammen aufgegangen war.

Hatte Lasse wirklich nichts von dem Schicksal der ersten Familie seines Vaters gewusst?

»Als ich drei oder vier Jahre alt war, kam mein Vater eines Morgens betrunken von einer Betriebsfeier nach Hause«, begann Lasse plötzlich zu erzählen, als ob er Fridas Gedanken gelesen hätte. »Ich war schon auf den Beinen und sah ihn, wie er in der Küche vor einer großen dampfenden Tasse Kaffee saß, die ihm meine Mutter hingestellt hatte, bevor sie wieder zurück in ihr Bett gegangen war. Er versuchte mehrmals, von dem Kaffee zu trinken, verbrannte sich aber immer wieder die Lippen. Als er mich bemerkte, winkte er mich heran und hob mich auf seinen Schoß. Dann erzählte er mir davon, dass ich einen älteren Bruder hätte, der gerade an einem anderen Ort sei. Als ich ihn am nächsten Tag nach meinem Bruder fragte, konnte er sich nicht erinnern. Er sah mich nur verwundert an und schüttelte den Kopf. Später fragte ich ihn wieder, und er verneinte immer energischer. Einmal fuhr er mich sogar an, ich solle keinen Unsinn reden.«

»In den Verhören hat dein Vater ausgesagt, dass die Rachegedanken erst mit der Wiedervereinigung kamen. Allerdings musste er dann noch mal über zehn Jahre warten, bis er den Professor kennenlernte, dem er von seiner Geschichte erzählte. Bänder arbeitete damals an seiner Habilitationsschrift über die sogenannten Kontrolloffiziere der Stasi und hatte exklusive Zugänge zu unzähligen Archivbeständen von Greifswald bis nach Zwickau. Die beiden knüpften eine Freundschaft, und irgendwann ließ Professor Bänder ihm das Verhörprotokoll zukommen.«

»Das war dann wohl der Zeitpunkt, an dem Kalle seine düsteren Pläne erstmals ins Auge fasste«, schlussfolgerte Lasse.

»Dein Vater gab bei den Vernehmungen auch an, dass er Sobczak zwar schnell ausfindig gemacht hatte, jedoch zunächst nicht wusste, was er unternehmen sollte«, erklärte Frida. »Erst als Sobczaks Sohn vor zehn Jahren damit anfing, Immobilien in Ostholstein zu erwerben, begann er, an Mord zu denken. Den endgültigen Entschluss, Sobczaks Familie auszulöschen, fällte er, als Petersen die Nebengebäude jenes Leuchtfeuers erwarb, das ihm vier Jahrzehnte zuvor nicht nur das Leben gerettet hatte, sondern auch ein Zuhause nach der Flucht gewesen war.«

»Ein paarmal hat er erwähnt, dass ihn der Verkauf dieser Häuser wütend machte«, erwiderte Lasse. »Aber da ich nicht wusste, welche immense Bedeutung der Turm für meinen Vater besaß, ging ich davon aus, dass es sich nur um die allgemeine Entrüstung über Investoren handelte.«

Unterdessen waren die beiden Kollegen an einer Bank angelangt. Frida spürte, dass Lasse mit den Tränen rang. Mehr war ihm nicht zuzumuten. Sie nahm Platz und richtete ihren Blick auf die See. Lasse tat es ihr in steifen und unbeholfenen Bewegungen nach. Sie verstand, was in ihm vorging. Auch sie hatte einen schweren Schlag zu verarbeiten gehabt. Auch ihr Leben war abrupt auf den Kopf gestellt worden.

»Ich denke, das reicht für heute«, befand Frida.

Vor ihnen lag das Meer, auf dem sich eine Vielzahl an Booten tummelte. Große Frachtschiffe, kleine Segeljollen,

Motorboote und Jachten kreuzten wie in Zeitlupe gegenseitig ihre Kurse. Von der Küste aus betrachtet, schien es, als würde es jeden Augenblick zu Zusammenstößen kommen. Doch wie durch ein Wunder wichen sich alle immer rechtzeitig aus. Und wenn dort draußen doch ein Unfall passierte, so könnte Frida hier oben nichts dagegen tun. Sie müsste tatenlos zusehen. Bei dem Gedanken, machtlos gegen einen Zusammenprall zu sein, machte sich ein Gefühl der Beklemmung in ihr breit. Ihr Herzschlag fühlte sich so an, als würde ihr jemand sanfte Hiebe in die Magengrube versetzen.

»Der Frühling ist jetzt doch gekommen.« Auf Lasses blassen Lippen zeichnete sich ein kaum merkliches Lächeln ab. Frida lächelte zurück.

• • •

Als sie das »Längengrad« im Kieler Hafen verließen, beschlich Frida ein mulmiges Gefühl, von dem sie sofort wusste, dass es nichts mit dem Kabeljau auf Wurzelgemüse zu tun hatte. Eher mit der Aussicht auf eine längere Dienstbesprechung im Landeskriminalamt. Laut Björnsen, der gerade neben Frida an der Ampel stand, sollte es darum gehen, die Zusammenarbeit von LKA und Mordkommission im Fall Petersen auszuwerten. Merkwürdigerweise sollte das Dezernat für Schusswaffenspuren auch an der Besprechung teilnehmen. Frida dachte an die Berichte, die sie zu ihrer Schussabgabe verfasst hatte. War ihr dabei womöglich ein

Fehler unterlaufen, den Seiffert und Kramer jetzt ausnutzen wollten, um ihr eins auszuwischen?

»Wissen Sie, was mich immer noch beschäftigt?«, fragte Björnsen an Frida gewandt, als sie von der Hafenstraße in die Fabrikstraße einbogen. »Es sind die Mordmethoden, die Diekmann gewählt hat. Was meinen Sie? Steckte eine persönliche Befriedigung dahinter, oder waren es Botschaften an Sobczak?«

»Vielleicht beides«, entgegnete Frida in das Geschrei einiger Möwen hinein, die sich um ein paar am Boden liegende Pommes zankten. »Das Boot hat er als Mordwaffe gewählt, weil das Streifenschiff über die flüchtende Familie hinweggefahren ist. Und vermutlich sollte Ansgar durch den Drogencocktail ohnmächtig werden und ertrinken, weil auch Diekmanns Sohn ertrunken ist.«

»Wobei nicht genau feststeht, wie die beiden wirklich zu Tode gekommen sind. Ihre Leichen sind ja nie gefunden worden«, gab Björnsen zu bedenken. »Aber was ist mit dem Petermännchen? Warum hat er sich diesen Aufwand gemacht?«

»Der Fisch passt nicht so recht ins Schema und wird wohl ein Rätsel bleiben«, pflichtete Frida ihm bei. »Aber ich würde es nicht ausschließen, dass er uns peu à peu doch noch die Details seiner Taten verrät. Er hat ja schon angefangen zu reden.«

»Sie meinen den Jungen?«, fragte Björnsen. »Unfassbar, wenn Sie mich fragen.«

Kalle Diekmann hatte ausgesagt, dass er Hendrik Hansen gezeigt hätte, wie er die Holzböcke umtreten sollte, die als zusätzliche Sicherung unter der Jacht gestanden hatten. Damit schien geklärt, warum der Junge zum Zeitpunkt der ersten Tat für kurze Zeit verschwunden gewesen war. Er war seinem Großvater davongelaufen, um Diekmanns Auftrag auszuführen. Hatte Leo Hansen geahnt, dass Diekmann den kleinen Hendrik für seine dunklen Absichten missbrauchte?

»Die Werkstatt liegt direkt am Wegrand. Und der alte Hansen geht dort regelmäßig mit seinem Enkel spazieren. Mit Sicherheit ist Hendrik vorher bereits in dem Schuppen gewesen und kannte sich aus«, erklärte Frida und machte abrupt einen Satz nach hinten.

»Aufpassen!«, schrie eine junge Frau auf dem Rad, die haarscharf an der Ermittlerin vorbeischrammte.

»Die ist bei Rot gefahren!«, schimpfte Björnsen und sah Frida erstaunt an. Sie sahen der Radlerin hinterher, doch es bestand keine Aussicht darauf, dass sie sie noch stoppen würden.

»War vielleicht auch dunkelgelb«, wandte Frida lächelnd ein. »Sagen Sie, Herr Björnsen, warum nimmt eigentlich das Dezernat für Waffenspuren heute auch an der Besprechung teil? Hat es etwas mit meiner Schussabgabe zu tun?«

»Ich habe bereits darauf gewartet, dass Sie mich das fragen würden«, entgegnete Björnsen und strich sich mehrmals mit der Hand über die Glatze. »Nein, Ihre Schussabgabe interessiert niemanden mehr. Es geht um die ballistische Analyse der Waffe, die wir in Ansgars Wohnung gefunden haben.«

»Eine Makarow, von der wir nicht wissen, woher sie stammt«, erwiderte Frida. Die Wörter fraßen sich langsam in ihr Herz. Ihr stockte der Atem. Was hatte das zu bedeuten? Manuel und Elias waren mit einer Waffe desselben Typs ermordet worden. Der Täter war gefasst worden, nur die Pistole war nie aufgetaucht.

»Die ballistische Untersuchung der Pistole hat ergeben, dass es sich um die Waffe handelt, mit der Manuel und Elias erschossen worden sind«, erklärte Björnsen.

Frida lehnte sich gegen eine Wand. Ihre Fingerspitzen legten sich an den rauen Putz der Fassade. Am Ellenbogen spürte sie Björnsens festen Griff. Sie holte tief Luft. Ihr Herzschlag war so stark, dass sie ihn wie einen Presslufthammer durch den Straßenlärm hindurch hören konnte. Ihr Blick verschwamm. »Aber wie ist das möglich?«

»Wir wissen nicht, wie Ansgar Petersen an die Pistole gelangt ist«, sagte Björnsen. »Aber es war dieselbe Waffe. Daran besteht kein Zweifel.«

Frida fehlten die Worte. Tausend Dinge gingen ihr durch den Kopf. Aber vor allem beschäftigte sie die Frage, wie Ansgar in den Besitz der Waffe gelangt war. Vielleicht wusste ja dieser Drogendealer Deiters etwas? Warum ausgerechnet eine Makarow? Frida schüttelte den Kopf. Das war zu viel für sie.

Den restlichen Weg bis zum Landeskriminalamt legten die beiden Kollegen schweigend zurück. Als sie das Gebäude im Mühlenweg betreten wollten, blieb Björnsen unvermittelt stehen. Er legte ihr die Hand sanft an den Unterarm und räusperte sich. »Sie können mit meiner vollen Unterstützung rechnen.«

»Danke.«

»Übrigens können wir zukünftig gern zum ›Du‹ übergehen«, bot Björnsen an. »Ich bin Thilo.«

41. Kapitel

Sobczak und Kramer standen auf der Seebrücke inmitten einer Schar lärmender Kinder und sahen aufs Meer hinaus. Der Wind stellte ihnen die Haare auf wie Federschmuck, und ihren Gesichtern war anzusehen, dass sie sich durch die tobenden Bälger gestört fühlten. Sie hatten nicht damit gerechnet, zu dieser Zeit einen solchen Menschenauflauf auf der Seebrücke vorzufinden.

»Nun verschwinde schon!«, knurrte Sobczak ein kleines blondes Mädchen an, das ihn daraufhin aus seinen großen Augen ansah und dann blitzschnell zu seiner Mutter rannte, um ihr von dem bösen alten Mann mit dem komischen Gesicht zu erzählen.

Als Kramer sah, wie die Mutter des Mädchens zu ihnen hinüberschaute, drehte er sich schnell mit dem Gesicht zum Meer. Es war eine Einheimische. Bloß nicht gesehen werden!

»Es klappt doch noch«, bemerkte Kramer, ohne Sobczak anzusehen. »Kriminaloberrat Seiffert hat meiner Umsetzung in die Mordkommission zugestimmt. Es war eine seiner letzten Amtshandlungen vor der Rückkehr Rositzkys.

Der Björnsen wird Augen machen.« Kramer atmete tief ein. Es schien, als würde er nicht nur die frische Seeluft in sich aufnehmen, sondern auch die Bedeutung seiner eigenen Worte. Endlich war er am Ziel seiner Träume angelangt. Endlich ein Mitglied der Mordkommission!

»Vergiss es!«, entgegnete Sobczak. Zwei Worte voller Unerbittlichkeit. Kramer spürte, wie sich sein Magen zusammenzog. Ein kalter Schauer lief ihm den Rücken hinab. Was ging hier vor sich?

»Aber Seiffert hat es schon abgesegnet«, protestierte Kramer mit gespieltem Selbstvertrauen.

»Du hast ein paar Textilien zu viel in fremden Autos hinterlegt, würde ich sagen«, erwiderte Sobczak und lachte bitter. »Wenn irgendjemand davon erfährt, dass du Beweisstücke manipuliert hast, um deinen Vorgesetzten einen Verdächtigen präsentieren zu können, dürftest du froh sein, wenn du noch Falschparker aufschreiben kannst.«

»Wovon sprichst du?« Kramer runzelte die Stirn.

»Denkst du, ich weiß nichts davon, dass du das rote Handtuch, das deine Tochter am Strand gefunden hat, in Hansens Pkw deponiert hast?«, fragte Sobczak und lachte gehässig in den Wind. »Bedenke, dass ich meine Augen überall habe, mein Freund. Überall!«

»Was willst du von mir?«

»Ich will, dass du in Oldenburg bleibst«, sagte Sobczak. »Hier kann ich dich besser gebrauchen.«

»Wie bitte?«

»Du wirst noch heute deinen Umsetzungsantrag zurückziehen, mein Guter.« Sobczaks Gesicht glich der Steilküste, die ein paar Kilometer weiter stand. »Kein Wort mehr. Freu dich lieber, dass dein Kollege Röder aus dem Krankenhaus entlassen wurde. Der bleibt auch in Oldenburg.«

Das blonde Mädchen und seine Mutter waren unterdessen verschwunden. An ihrer Stelle stand jetzt ein Dutzend vermummter Spezialkräfte, die sich für den Zugriff bereitmachten.

• • •

Frida blickte ihrer Mutter hinterher. Sie sah zerbrechlich aus, als sie sich in den Glasscheiben der Sicherheitskontrolle auflöste. Die Ereignisse in Neukirchen hatten Nora stärker mitgenommen, als Frida es vermutet hätte. Sie war mit einem Messer bedroht worden und hatte anschließend einen Großeinsatz des SEK miterlebt. Frida konnte nicht leugnen, dass ihre Mutter ihr leidgetan hatte. Vielleicht zum ersten Mal in ihrem Leben.

»Ich glaube, Mama fand diesen Kalle wirklich nett«, sagte Thea, die neben ihr stand.

»Dann war es wohl eine Ironie des Schicksals, dass ausgerechnet sie den entscheidenden Beitrag zu seiner Verhaftung geleistet hat«, antwortete Frida, während sie beobachtete, wie sich der blonde Haarschopf ihrer Mutter zwischen den anderen Passagieren verlor.

»Vielleicht verstehst du mich ja nicht richtig«, erklärte Thea. »Aber ich glaube, seinetwegen wäre sie vielleicht sogar wieder nach Deutschland zurückgekommen.«

»Hat sie das gesagt?« Frida zog die Augenbrauen hoch.

»Die Beziehung zu ihrem Macker in Amerika läuft wohl schon länger nicht mehr so rosig, wie sie es uns immer verkaufen wollte«, entgegnete ihre Schwester.

»Das habe ich mir gedacht.« Frida merkte, dass sie dieses Gespräch traurig machte. »Sonst wäre sie nicht so scharf auf einen Urlaubsflirt gewesen.«

Thea antwortete ihr nicht. Wortlos gingen sie zum Ausgang. Anschließend hielten sie Ausschau nach einem netten Lokal für einen schwesterlichen Kaffee.

• • •

Leo und Lilo gingen Hand in Hand auf dem Steinwarder entlang in Richtung Steilküste. Hendrik lief vor ihnen und trat gegen sämtliche Baumstämme, die er am Wegrand sah. Als sie auf der Höhe des Ferienparks ankamen, blinzelte das Paar in die Sonne und hielt inne. Hansen warf einen wehleidigen Blick zu der gewaltigen Bettenburg aus den Sechzigerjahren, deren architektonische Anleihen beim Seebad Prora unübersehbar waren.

»Das Ding wirkt irgendwie aus der Zeit gefallen«, bemerkte er. »Aber im Sommer ist es trotzdem regelmäßig ausgebucht.«

»Wenn man den Ferienpark auf dem Steinwarder so sieht, versteht man schnell, wieso auf dem Graswarder so viele Holzbauten entstanden sind«, entgegnete Lilo. »Als wollten die neuen Bauherren dem ganzen Beton etwas entgegensetzen.«

»Meinetwegen hätten sie nach dem Ferienpark gar

nichts mehr bauen müssen«, meinte Leo, gab Lilo einen Kuss auf den Mund und zog sie weiter. Hendrik hatte es unterdessen auf ein Geländer aus dicken Holzsparren abgesehen, dem er einen Tritt nach dem anderen versetzte.

»Kann sein«, antwortete Lilo.

In Gedanken trauerte sie ihrer Strandvilla hinterher. Mit Sobczak als direktem Nachbarn wollte sie nicht mehr auf dem Graswarder wohnen, ob nun im Rollstuhl oder nicht. Allerdings hatte sie Leos Bitte, zu ihm nach Dahme zu ziehen, auch eine Abfuhr erteilt. Sie war zwar froh, die Beziehung nicht mehr geheim halten zu müssen. Trotzdem wollte sie erst mal ihre Ruhe vor den Männern. Sie brauchte ein wenig Zeit für sich und wusste auch, wo sie die verbringen würde. »Warum tritt dein Sohn eigentlich überall gegen?«

»Eine schreckliche Angewohnheit, oder?«, sagte Leo. »Ich glaube, das hat ihm Kalle Diekmann beigebracht.«

»Dieser Kalle schien mir immer schon ein merkwürdiger Kerl zu sein«, pflichtete ihm Lilo bei. »Schon damals, als er als junger Mann bei uns in der Gemeinde ankam und man ihm das Zimmer in dem Beobachtungsturm gab. Er war der einzige Flüchtling, der wirklich geblieben ist. Ich weiß nicht, aber mir haben die Flüchtlinge alle irgendwie Angst gemacht. Ich wollte nicht, dass sie blieben.«

»Weißt du, was mich umtreibt?« Leo wechselte das Thema und sah sie durchdringend an. »Ich wundere mich, wie dieses verdammte Handtuch in mein Auto gekommen ist.«

•••

Die ersten Frühlingstage in Ostholstein waren hier in Hovedstaden noch die letzten eines langen Winters, dachte Lasse und blickte durch die knospenden Zweige einer Trauerweide auf ein gutes Dutzend anonymer Gräber auf dem Vestre Kirkegård in Kopenhagen. Dort lagen die Leichen von vermeintlichen DDR-Flüchtlingen, die während des Kalten Krieges an der dänischen Küste angeschwemmt worden waren. Die Namen der Menschen waren nie bekannt geworden, da die DDR ihren Nachbarn im Norden die Zusammenarbeit bei der Identifizierung verweigert hatte. Dennoch war ihre Herkunft nie ein Geheimnis gewesen, da die Kleidung und die Gegenstände, die an ihnen gefunden worden waren, eine eindeutige Sprache gesprochen hatten. Sie alle hatten den Weg über das Meer als letzte Möglichkeit gesehen. Männer, Frauen und Kinder. Lagen hier auch die sterblichen Überreste von Lars und Kirsten Diekmann?

Nachdem sich herumgesprochen hatte, dass Lasse einen zehnjährigen Halbbruder bei der Flucht über die Mecklenburger Bucht verloren hatte, waren die Kollegen vom Erkennungsdienst des LKA auf ihn zugekommen und hatten sich eine DNA-Probe von ihm erbeten. In wenigen Tagen würde der Kriminaltechniker der Polizeidirektion Lübeck erfahren, ob die sterblichen Überreste, die am Timmendorfer Strand gefunden worden waren, seinem Halbbruder Lars gehörten. Lasse wusste nicht, warum, aber er fürchtete sich vor dem Resultat.

Vielleicht, um diese Furcht zu verdrängen, hatte er unmittelbar nach Abgabe seiner Speichelprobe die Fähre nach Rødby genommen und war in einem Rutsch nach Kopenhagen gefahren. Jetzt stand er im dichten Nebel des Friedhofs und wusste nicht, auf welches Grab er den Blumenstrauß legen sollte, den er mit beiden Händen umklammerte.

Eine kalte Träne lief ihm über die Wange. Hastig wischte er sie weg. Dann streiften seine klammen Finger sanft Fridas Hand.

• • •

Der Professor klopfte sich den Sand aus den Klamotten und blickte den Strand hinunter. Es war der erste Tag, der so richtig nach Frühling schmeckte. Die Sonne stand hoch, die Ostsee lag gezähmt unter einem blauen Himmel, und ein weicher Wind liebkoste die Gesichter der Tagesausflügler, von denen mehr als genug den Graswarder und den Hafen bevölkerten. Manch einer warf dem Professor ungefragt eine Münze vor die Füße. Ein einheimisches Pärchen hatte ihm eine Tüte vom Bäcker spendiert, nachdem er heute Morgen am Kommunalhafen schon mit einem geräucherten Aal bedacht worden war. Er wog das gute Stück in seiner Hand, während er auf eine freie Bank an der Promenade zuhumpelte.

»Meine Bank!«, rief der Professor, ließ sich ächzend nieder und schälte den herrlich duftenden Spickaal langsam aus seiner Verpackung, einer Doppelseite der Lübecker Nachrichten von letzter Woche. Doch ehe er bis zu der Delikatesse aus dem Räucherofen vorgedrungen war, erregte eine Überschrift auf dem fettverschmierten Zeitungspapier die Aufmerksamkeit des vormaligen Gelehrten. Seine Augen huschten wie zwei kleine flinke Tierchen über die kurze Meldung am Seitenrand, dann begannen sich seine Lippen zu bewegen.

»*Verfahren gegen Stasi-Offizier eingestellt*«, las der Professor von der Verpackung ab. »*Vor dem Lübecker Landgericht wurde das Verfahren gegen Jürgen Sobczak, einen ehemaligen Oberst des Ministeriums für Staatssicherheit, am gestrigen Donnerstag aus Mangel an Beweisen eingestellt. Der Sechsundachtzigjährige, der nach einem Schlaganfall mit einer beidseitigen Lähmung im Rollstuhl sitzt, soll als sogenannter Kontrolloffizier willkürliche Tötungen von DDR-Republikflüchtlingen zu verantworten haben. Von einer Revision des Verfahrens ist wegen des schlechten Gesundheitszustandes des Angeklagten nicht auszugehen.*«

Kopfschüttelnd wickelte der Professor den Anguilla anguilla weiter aus. Kaum lag der Fisch in seiner Pracht vor ihm, hatte er ihm auch schon den Zeigefinger in die goldbraune Flanke gebohrt und einen Fetzen seines kostbaren Fleisches entrissen. Rasch schob er sich das Stück mitsamt der Haut in den Mund und begann, genüsslich zu kauen.

»Frische Seeluft, viel Bewegung und ab und an mal einen Aal. Mehr braucht der Mensch nicht«, verkündete der Professor in all seiner Weisheit und nickte einer Gruppe Gleichaltriger in bunten Funktionsjacken zu.

Der Tod lauert am schönsten Strand Dänemarks

Als Bestatterin ist Gitte Madsen darauf vorbereitet, dem Tod ins Auge zu blicken. Doch eine Leiche auf der Terrasse ihres Ferienhauses bringt selbst die patente Halbdänin aus dem Konzept. Schon auf der Fähre von Puttgarden ist ihr ein junger Mann aufgefallen, der sich offenbar bedroht fühlte. Dass er noch am selben Abend tot vor Gittes Tür liegt, kann kein Zufall sein. Was hat es mit den Wikingerrunen auf sich, die dem Toten in die Haut geritzt wurden? Und welche Rolle spielt Gittes Vater, der zwanzig Jahre zuvor in Marielyst verschwunden ist? Zusammen mit Ole Ansgaard, dem einheimischen Kommissar, geht Gitte den Geheimnissen des idyllischen Urlaubsortes auf den Grund.

Frida Gronover
Ein dänisches Verbrechen
Gitte Madsen ermittelt

Kriminalroman
Taschenbuch
Auch als E-Book erhältlich
www.ullstein.de

ullstein